戦後思想の修辞学

——谷川雁と小田実を中心に

北野辰一
Shinichi Kitano

アーツアンドクラフツ

こだわりたいのは唯一つ。それは〈言葉の力〉である。それも記された言葉に。ここでは直接刻み込まれた言葉、つまり文字もあれば、語られた言葉が文字におこされたものもある。言表行為とは、既に表現された言葉の反復でしかあり得ない。何故人は言葉を反復するのであろうか。そこに反復を誘引する快楽が隠されているからに他ならない。快楽が力だというわけではない。力が及ぼす影響として快楽が存在する。語られていない言葉、記されていない言葉にいったい誰が興味を持つというのだろうか。沈黙も以前語られていたからこそ興味が持たれるのである。共通するのは語られた言葉に持続する息遣いがあるかどうか。死してなお、後続の養分となる未来へ託された言葉の力があるかどうかで、これから本書で書くのは、単純化していえば、語られたことを〈読む〉だけである。別ないい方をすればテキストを〈註釈〉することでしかない。言表行為の本質とは、ゼロから語ることではなく、既に語られ、言葉として認識されているものに註釈を加えることといえる。ならば〈読む〉こと、〈註釈〉すること、〈反復する〉ことは、等しい言表行為ともいえるだろう。

言葉には語り手が死してなお生き続けるものがある。以下に記すのは、私に響き続ける言の葉との対話の記録である。言葉の力とは反復・解釈された物語である。それを私は思想と呼ぶ。しかしながら、この既に語られている思想を無に帰そうとする風潮が世界を席巻している。今回、私が筆をふるう企てと自由は、そんな現代の危うい状況によって強いられたものといえなくもない。

私たちにとって一番近い既に語られた言葉とは、敗戦後を生きた思想のはずである。戦争を二度と繰り返さないために、戦後の欺瞞に満ちた民衆への去勢攻撃を許さず、闘い続けた記録の集積がそこにはある。彼らの軌跡は過去の、既に終わった問題などではなく、今日の課題にも対応可能な思想的営為であった。にもかかわらず、戦後という歴史は虚しく扱われ、思想という言葉も力を失って久しい。世界の破局の兆しがみえながら言葉の豊かさを支える創造よりも眼の前の経済成長主義による破壊が、今なお優先されるのはどうしたわけであろうか。戦後思想のいくつかには、いまだ言葉に力をみなぎらせ、その輝きを失せず息づくエネルギーがある。不屈の倫理に支えられたロゴスの歌がある。それはひとつの起爆力であり、戦後この国に投げられた執念の刃でもある。

テキストの選択と註釈をすることで思想の襞を二重の自伝的な手法で浮かびあがらせることはできないだろうか。著者よりも語られたテキストを。そして選ばれたテキストが、イデアとなる時、なぜ今これなのかという文章に込められた意味や著者の心情が伝わるに相違ない。解釈学より行為(パフォーマティヴ)的な修辞学にこだわる理由がここにある。さながら工作者(谷川雁)と虫の眼(小田実)で世界を綴ることが求められている。思想の対比が例え恣意的であれ、不可視に思えた戦後思想の共同体が、可視化されるために私は礫(つぶて)をここに投げる。そのためにそれが「巨象の群盲」といわれようとも、なるべく遠くまでを念頭に筆を進めてみたい。

はじめに

私はこれまで谷川雁と小田実の二人を同じ土俵で論じたことはない。谷川雁研究会、そして「小田実を読む」の発起人として顔を出してきたが、それぞれの会は全く違った体質の方々が集まっている。それぞれの研究会に集まる人たちが、同じテーブルに就くなど正直いって想像もつかない。それはつまり、谷川雁と小田実の二人が向きあって話をすることが考えられないに等しいことを意味しているのではないだろうか。一方は言葉の力と発掘に忙しく、もう一方は世界の読みと政治に忙しい。このように一種の危うさを抱えながらではあるが、私は私の「谷川雁と小田実」の海へ漕ぎ出す誘惑にかられている。

しかしそれにつけても「谷川雁と小田実」と並べるのには、やはりどこか違和感が残る。間に両者を接続する別の固有名を挟み込めば、もっとすっきり落ち着きのあるものになるのかもしれない。例えば、そこに鶴見俊輔や日高六郎の名があったらどうであろう。おそらくはその方が手に取る者にとっては、想像しやすく違和感もある程度薄らぐのではなかろうか。彼らの運動の理念（大正行動隊やべ平連）や交友関係から最短距離で、谷川雁と小田実を結びつけることができるであろう。

谷川雁に小田実の名を教えたのは鶴見俊輔であった。まだべ平連が立ちあがる前、一九六四年一月一日発行の『日本読書新聞』一二三九の巻頭対談「うら目おもて目対話篇」での二人の対談であった。冒頭、鶴見俊輔は戦後十八年の成果のなかで面白い人も出てきていると小田実を紹介している。《小田実なんてのは私の時代には出てこなかった面白いタイプの人物だ。彼はたとえばアメリカ人に対して体格上からも自分の考えていることからも、なにも劣敗観念がないわけだな。彼の『アメリカ』という小説はなかなか面白いですよ》と。また小田実の小説『アメリカ』は黒人問題を中心にすえて書いているから面白いと述べている。しかし、ここでの谷川雁の反応は発言としては出てこない。おそらく知らないこと、読んでないことには発言を控えたのかもしれない。いやそれ以上にこの対談で二人の噛みあわなさからくるものだったかもしれない。安保闘争から三年を経ての対談企画に、いきなり「アメリカ的方法」からの対談の始まりに谷川雁は食欲がわかなかったようにみえる。因みに、鶴見俊輔は一九二二（大正一一）年生まれ、谷川雁は一九二三（大正一二）年生まれ、小田実は一九三二（昭和七）年生まれ。大正生まれと昭和生まれ。小田実と二人の世代との間には、十年の開きがある。

実際に谷川雁と小田実は、この鶴見俊輔と日高六郎の立ち合いで初めて相まみえたことは、「はなかみ通信」の高橋幸子氏から聞いた話である。その場についてはニつのことが考えられる。

ひとつは、谷川雁が専務をしていた株式会社テックの東京言語研究所の第一回理論言語国際セミナーの講師としてノーム・チョムスキーが一九六六年夏、来日しており、反戦運動家でもあるチョムスキーが「ベ平連」と連絡を取りたがっていたのを谷川雁が鶴見俊輔を介して小田実に会いにゆき、そこで初めて面通しをしたとも考えられる。その時、ベ平連に深くかかわっていた大学時代の先輩にあたる社会学者の日高六郎も同席してのことだったのかもしれない。

もうひとつは、同じ一九六六年一〇月一五日読売ホールに於いて、サルトル、ボーヴォワールを迎えて「ベ平連」主催による討論集会「ベトナム戦争と反戦の原理」があったのだが、谷川雁は鶴見俊輔の出席依頼に応えてパネラーの一人として参加している。事前の顔合わせで谷川雁が鶴見俊輔、日高六郎のもとに立ちより、企画、主催者である小田実とも言葉を交わした可能性がきわめて高い。

そうだとすれば二人はそこで何を話したのであろうか。詳しくは知る由もないが、同じ一九六六年四月、雑誌『世界』に掲載され、後に本にするにあたり加筆修正した小田実の『義務としての旅』(一九六七年/岩波新書刊)収録の「I　十三の星の星条旗」にこんな一節がある。

昨年五月に私はカリフォルニア大学の「ベトナム・デイ・コミュニティ」の人たちと電話で連絡して「べ平連」主催の共同のデモを行った。そのあとで、谷川雁が、そんな電々公社の社員なら誰でもできることをやって有頂天になるな、とどこかで書いたことがある。さしずめ、この旅など、谷川流の言い方を借りれば、航空会社の社員なら誰でもできることだろう。実際、私はあちこちで、彼のことばをそんなふうに自分でおきかえてみて笑った。

『義務としての旅』「I　十三の星の星条旗」より

小田実の谷川雁に対する印象が窺われる一節である。あちこちで谷川雁の言葉をおきかえてみて笑ったとある。小田実は自らの行動や書きぶりを鼓舞するために谷川雁の言葉を忘れないでいたのではなかろうか。文中にある昨年とは《一九六五年の五月二二日「ベトナムの日委員会」(カリフォルニア)と共同して第二回反戦デモを清水谷公園から芝公園まで三千人を動員して行われたもの》のことである(『資料・「べ平連」運動　上巻』ベトナムに平和を！　市民連合・編一九七四年/河出書房新社刊)。まだ二人が会っていなかったか、それとも会っていたかは定かではないが、谷川雁の横顔が目に浮かぶようである。小田実にとって谷川雁とは、このような言葉を吐く存在でしかなかったのかもしれない。

話をもとに戻そう。谷川雁と小田実を繋ぐルートは、その流れでは私の遍歴とはいささか外れてしまう。私が偏愛する思想家・作家のルートは、谷川雁から始まり、保田與重郎があり、次に中上健次があり、最後に小田実へとたどり着く。つまり谷川雁に始まり、小田実に至ったのである。よって本来ならば、「谷川雁と小田実」の間に接続する固有名を並べるならば、保田與重郎と中上健次を挙げねば、私のいいたいことにはならない気がする。所詮、個人の嗜好の問題であり、彼らの名を持って自分を語ることにしかならないのではあるが。

そこで第一章では、ロマン派を一つの軸に据え空を仰ぎみるごとく遠景に二人を繋ぎ、第二章では、二人の違いを明らかにしながらその魅力を語るには、共通した人間関係にみる二人の批評を外観し、共通した問題意識を最後に取りあげ考察することにしたい。共通した問題意識として選んだのは、「差別について」である。二人のものした文章のなかには差別意識について正面から取りくんだものがある。谷川雁には「無(プラズマ)の造型」(『思想の科学』一九六三年一〇月号/特集=差別、収録)があり、小田実には小説『冷え物』(『文藝』一九六九年七月号掲載/一九七五年、河出書房新社より単行本となる)がある。勿論、それ以外にも差別に触れた著述は数多あるが、代表的なものを挙げるとするならば、まずこれらのものが思いつく。

いずれにしても、私の「谷川雁と小田実」を、私にしか書けぬ「谷川雁と小田実」を目指し、ゆっくりと論理の飛躍を抑えながら歩いてみたい。

目次

【前狂言】 3
はじめに 5

第一章 ロマン派点描 谷川雁から小田実へ—— 15

鮎川信夫の谷川雁評 15
保田與重郎を彷彿させる「農村と詩」 18
村立阿蘇中央病院、谷川雁「原点」の地 22
詩「晩夏郵便」からなにが読めるか 25
「原点が存在する」の外観 30
詩「帰館」再読 35
保田與重郎と『日本浪曼派』 41
保田與重郎のレトリックを読む 43
日本浪曼派とは何か？ 46
保田與重郎と『戸隠の絵本』 52

津村信夫の死と丸山薫　62
丸山薫の津村信夫評　68
丸山薫と小田実　74
焼跡の詩作とデカダンス　83
詩誌『青い花』同人として　89
中村真一郎の「死の影の下に」　93
作家小田実誕生の神話　98
『何でも見てやろう』前夜　104

【幕間狂言】　109

第二章　谷川雁と小田実　思想の遠近――111

谷川雁の「オルグ・ミツハルよ」　111
季刊誌『使者』と論争の日々　117
戦後精神の不滅を信じて　125
弔辞、「ミツハルという名の雲よ」　129
《否、したがわぬ》の精神　137

井上光晴、最後のプロレタリア作家 142
もうひとりの作家の死 149
谷川雁の解く「海」という急所から 152
小田実と中上健次の一致するところ 158
文学の現場における「錬金術」とベトナム 162
本源的なものの強さと弱さ 166
金もうけと「帰る文学」 173
対談を終えて…… 179
『思想の科学』と谷川雁の差別「原論」 181
谷川雁の核にあるもの 186
差別の力学、無(プラズマ)とは何か? 190
弁証法と工作者、そしてアンチモダン 194
感性の自殺と軍隊と詩 203
「南、差別、そして自由」と越境する工作者 213
宮沢賢治と差別の密度 221
「ベトナムに平和を!」と唱える市民運動 224
「冷え物」論争・吉川勇一の報告から 227

小説『冷え物』とはどんな小説か？　231
文学者としての「ある手紙」　236
「差別」を語る《外の思考》　238
共著と小田実にある《群衆の声＝ポリフォニー》　244
相補うものとして　249

おわりに　253

「ベ平連」主催、サルトル・ボーヴォワール参加の討論集会
「ベトナム戦争と反戦の原理」での谷川雁と小田実をめぐって

あとがき——後狂言に代えて　259

〔跋〕小田実は死なないことを確信させてくれた
「門外の弟子」の著書発刊を祝して　山村雅治　263

〔跋〕谷川雁と小田実を結ぶ
戦後思想・不滅の言霊群再照射の企てに助力して　松本輝夫　276

戦後思想の修辞学

——谷川雁と小田実を中心に

第一章　ロマン派点描　谷川雁から小田実へ

鮎川信夫の谷川雁評

谷川雁を私のなかで決定的な存在としたのは、鮎川信夫の言葉であった。以下、暫く鮎川信夫の谷川雁評におつきあいを願う。

谷川雁を鮎川信夫は「座談会　途方もない一回性の夢　谷川雁、その浪曼の帰結」（『現代詩手帖』一九七六年七月号「特集・谷川雁　拒絶とメタファー」収録）のなかで、《ぼくが最初に谷川雁から連想したのは、日本浪曼派の戦後版という感じでした》と述べていたのである。この雑誌を読んだ頃（おそらく一九八〇年初頭で私はまだ学生であった）、戦前、日本浪曼派の旗手であった保田與重郎の名前は、松本輝夫氏（『谷川雁　永久工作者の言霊』平凡社新書の著者）から聞いており、「理解できなければお話にならない」と、自分に課した一種のハードルのような存在として意識にあった。それが、鮎川信夫に従うなら、あの谷川雁と保田與重郎が繋がると思うと、自然とからだが熱くなり興奮したものであった。

鮎川信夫は、何故谷川雁を日本浪曼派の戦後版と思ったのか、以下のように語っている。

……戦後の日本浪曼派だということだったわけですが、それは彼のなかにある土着思想への傾斜とか一種のナショナリズムの要素からですね。その後、彼の手紙とか書いたものを通じて感じたことも、それとあまり違ってないですね。だけど、その詩にはすごく魅惑されました。ぼくらにないものを持っていましたからね。美的言語の曼陀羅みたいな気がしたわけですよ。そのなかへ入っていくとこっちの感覚もすごくかき乱されちゃうような、それはただ感覚世界だけじゃなくて、その中心になにか迫ってくるものがある、一種の祭壇みたいな感じがしたわけです。眩暈に近い感じだった。それは彼の詩が本質的に象徴詩だったからだと思うんです。ヴァレリィをよく読んだんでしょうね。ヴァレリィと道元とか老子だとか、そういう東洋思想の悟りといったものとがミックスした感じがまずあったわけです。

「座談会　途方もない一回性の夢」より

この中で鮎川信夫は、二つの事柄を述べている。一つは、谷川雁の書くものの傾向についてである。《土着思想への傾斜》と《一種のナショナリズムの要素》があるという。もう一つは、文体と詩について。《美的言語の曼陀羅》といい、読む者の感覚をかき乱し、その中心にはなにか迫ってくるものがあって一種の《祭壇》みたいな感じがしたと述べている。またそれを評して《眩暈》のような感じがしたともいう。

鮎川信夫は、谷川雁の詩がもともと象徴詩であるとその所以を語っている。以前、谷川雁は『詩学』一〇巻十二（臨時増刊）号（一九五五年一一月一五日発行）の「あなたはどう考えるか」のアンケートで、「四、最も影響を受けた詩人」の問いに対し、「ヴァレリイ」と答えている。鮎川信夫がヴァレリィをよく読んだのではないかというのは間違いではないようだ。

また一九六〇年五月二一日の『図書新聞』五五三号の「読書開眼」に、谷川雁は以下のような文章を寄せている。

十八才から二十才の戦争末期にかけて、老子とヴァレリイと正法眼蔵とマルクスが私の愛読書であった。そのほかにヘディンの探検記やコルヴィジェの建築論などをあげれば、ただ夢想することによって今日を切りぬけようとしていた学生の情念を察する人もあるだろう。北京の天壇の写真を壁にのりづけし、ヴォルガの世界情勢分析に古い週刊誌のようにくりかえしめくりながら、私は何にもしなかった。講義にも教練にもまるきり出なかった。飢えてもいたが、断末魔の東京を見るのがたのしみでこうしていると宣言していた。たまに古本屋をのぞき、気に入った単語が三つ以上ある本は買って帰った。自然、食事をしない日が多かった。単語と食事を交換する原始経済は、その後の私を単純な人間にした。みずからの単純さに反射させてものを読む行為は、五才のときピーター・パンという本に凝って以来のことだった。つまりそのとき混濁した少年期は終り、私はふたたび自己の観念によって燃えあがったのだった。

何故、全文を引いたかというと、谷川雁の戦中の読書傾向と幼き日の『ピーター・パン』との出会いが、いかに大きな体験としてあったかを窺い知ることができるからである。鮎川信夫が「ヴァレリィと道元とか老子だとか、そういう東洋思想の悟りといったものとがミックスした感じ」といったのも、もしかしたら戦中の読書について二人で話したことがあったのかもしれない。そのあたりのことは推測でしかないが、老子、ヴァレリイ、正法眼蔵、マルクスを愛読書といっていることは、やはり谷川雁の思想を考えるときに重要なファクターとなるであろう。また、ここでは詳らかには触れぬが、谷川雁にとってのピーター・パン体験は、自ら《単純さに反射させてものを読む行為》の始まりと《混濁した少年期を終え》、自己の観念によってふたたびもえあがったといっているように、あの《沈黙》と云われた株式会社テック時代（谷川雁は音声教材「ラボ・テープ」として『ピーター・パン』を制作している）を含めて論文一篇を書くに値するほど重要なことだと思っている（松本輝夫氏の『谷川雁　永久工作者の言霊』参照のこと）。

保田與重郎を彷彿させる「農村と詩」

谷川雁の文章は保田與重郎と似て、その謎めいた修辞と人の真似できぬ論理で煙に巻いたような文章で対象を射抜いてしまう。そして何よりも保田與重郎は奈良を根とした愛郷の地から、日本の歴史や文化、芸術にロゴスを見出そうとした。その傾向は、はからずも谷川雁にも同じ匂いを嗅ぎあて、鮎川信夫はいみじくも《日本浪曼派の戦後版》と云ったのであろう。

では谷川雁のどんなところに、その《土着主義の傾斜》や《一種のナショナリズムの要素》を感じたのであろうか。これまた老子やヴァレリイ、道元、マルクスの名を文中に散見できる一九五七年一月『講座現代詩』Ⅲ（飯塚書店刊）に収録された散文「農村と詩」から見てみよう。

僕は近代主義に向かって斧をふりかざしている人間だときめている人がある。だがそれは僕がふみ越えた石にすぎない。正直なところ僕は日本の近代主義などというものに戦慄も恐怖も感じはしない。僕がこぶしを握るのは東洋の村の思想だ。凝然たる孤独のなかで日本の民衆の魂をつかんだ道元だ、雪舟だ、芭蕉だ、武蔵だ。「爾今の山水は古仏の道現成なり」と言い、「その貫通するものは一なり」と言い、「世々の道に背かず」と言った反逆の思想家たちの逆説を読むがいい。彼等こそいちはやく反抗の果てにあるものを読みとっていたのだ。究極のところこの世の運動のすべてが回帰してゆき、そこからしか変革のエネルギーが倒錯なしに生まれてはこない一点をみつめていたのだ。

「農村と詩」より

ここにいう、日本の近代主義に戦慄も恐怖も感じないという言葉は、保田與重郎の「近代の終焉」を想起させる。己が拠点とするのは、《東洋の村の思想》だという。それは民衆の魂をつかんだ道元であり、雪舟であり、芭蕉であり、武蔵だと。そして最も眼を見張るのは《反逆の思想家たちの逆説》、《世の運動のすべてが回帰してゆき、そこからしか変革のエネルギーが倒錯なしに生まれてはこない》という件りである。これはアイロニーであり一種のニヒリズムではあるまいか。まるで保田與重郎と瓜二つである。鮎川信夫が《土着主義への傾斜》や《一種のナショナリズムの要素》というのは、初見で眼を通しただけでも一目瞭然であろう。

日本浪曼派っていうのは敗戦と同時にパッと消えちゃったわけです。だけどぼくらの感じとしては、あれはそうやすやすと消えるはずがないって感じがある。消えたように見えたって必ずどこかで、どういう形でか現れるんじゃないかっていう勘があったんです。それがたまたま谷川雁にあったっていうことだと思うんです。

「座談会　途方もない一回性の夢」より

日本浪曼派は《そうやすやすと消えるはずがない》、《消えたように見えたって必ずどこかで、どういう形でか現れるんじゃないか》と、戦前の保田與重郎の文章を読んでいた鮎川信夫ら「荒地」のメンバーは、そんな勘があったという。いや、そんな勘を持っていたのは鮎川信夫ひとりだったとしても、これは何をいわんとしているのだろうか。思うに保田與重郎や谷川雁の思想は、本質的に非転向で生き延びるものであるという確信があったということであろう。鮎川信夫は対談の先で、谷川雁の「原点」を指摘し、この思想の転向の不必要性を説いている。

そこでいう「原点」とは、『母音』一九五四年五月号に掲載された「原点が存在する」と題された散文のことである。鮎川信夫は、書籍にまとめられ世に出た詩論集『原点が存在する』（一九五八年／弘文堂刊）は、当時、衝撃力を持っていたという（私は今なおその力は失っていないと思っているが……）。

但し鮎川信夫は、谷川雁は日本浪曼派や保田與重郎から何かを受け継いでいるという訳ではなく、本人自身そんなことをこれっぽっちも意識することなく孤独に書いていたのではないかとつけ加えている。谷川雁とは、戦前から変わらずにかくのごとくそうあり続けた《非転向の典型的な詩人》だというのである。


彼には日本浪曼派が根をつけた土壌というものは変える必要がない。変える必要がないどころか、それに根ざさない限り、どんな思想も根づかないという考えがあったと思うんです。そういうことが彼に「原点」ということを言わせた基じゃないかと思うわけです。「座談会　途方もない一回性の夢」より

ここで鮎川信夫がいっているように、谷川雁は先に引いた散文「農村と詩」の中で、日本のコミュニズムは日本それ自体の土壌に発生した前コミュニズムの内在を明らかにすることなしに一歩も前進することはできないという。つまりそれは、《無名民衆の優しさ、前プロレタリアートの感情》、理念とするなら《東洋風のアナルコ・サンジカリズム》であると。どんな革新であろうとも、その風土固有の前期的な可能性の契機を確かめずに前進することはできない。続けて谷川雁はこういい放つ。

日本の民衆が執念のごとく罪業のごとく背負っているまぼろしと妄動の本体は何か。法三章の自治、平和の桃源郷、安息の浄土から八紘一宇、大東亜共栄圏、王道楽土へと旋回してゆく敗亡の歴史はその源流に帰ることによってしか快癒しないのだ。

「農村と詩」より

この件りを読んだとき、戦後、「日本ロマン派」の黙殺の文脈を問題とした竹内好（『国民文学論』一九五四年／東京大学出版刊）や、日本浪曼派を政治と文学の視点から体験的にもの云いした橋川文三（『日本浪曼派批判序説』一九六〇年／未来社刊）のことが思い出された。が、谷川雁はいともも易々と戦中のイデオロギーを《源流に帰る》ことを以てしか快癒しないといい切った。竹内好や橋川文三とはまた異なった志向性を持つ思想家として谷川雁は私には映った。

続く「農村と詩」には、谷川雁はマルクスの資本による古い共同体の破壊の過程を取りだして、西欧とアジアの共同体とでは、個人の意義そのものまでまるで違うことを強調する。それも老子を取りあげながら。《個人の自立性のとぼしさを歎く前に、共同体の連帯をほり起すことの方がよほど自立的な考え方だ》とつけ加えている。

考えようによっては、松本輝夫氏が若き日、谷川雁のもとを訪れた折、書棚には柳田國男と折口信夫の全集以外はほとんどなかったというのも、《源流に帰る》志向性や《共同体の連帯をほり起す》といっていたことからも、なるほど頷ける話である。

鮎川信夫は、源流に帰る志向性や共同体の連帯をほり起そうという谷川雁に「原点」といわせた基と、日本の歴史や文化、芸術にロゴスをみいだそうとした保田與重郎らの土壌とをイコールに見ていたのである。「原点」をそれに近いものと見なしていたことが引用からも判る。では一体「原点が存在する」とはどんな作品なのであろうか。

村立阿蘇中央病院、谷川雁「原点」の地

「原点が存在する」は、こんな書き出しで始まる。

まるでワグナア歌劇の装置を思わせた。みすぼらしい寝衣にふくれて、私は谷の横倒しにされた栗の木に腰をおろしていた。銀河ほどの幅に空をのこしたまま両岸に茂りあう樹木と渇ききった砂が作りだす洞窟——気流は封をきった手紙を読みおえた一枚々々を下手にとばした。入院中の私にとって、そこは非合法の聖所であり、ときに警察が追求する文書をつめたく透きとおる心でひらくこともあった。三年前のことであった。

「原点が存在する」より

舞台はこの文章が書かれた三年前の一九五一年、村立阿蘇中央病院に結核で療養生活中の谷川雁二八歳の時のことを回顧するように始まっている。ここにいう「つめたく透きとおる心」と聞くと、つい宮澤賢治を思い出すのは私だけであろうか。

この結核療養中の谷川雁の横顔については、谷川雁研究会機関誌『雲よ—原点と越境—』第4号収録の井澤浩二氏、第5号収録の高宮達生氏の文章が詳しい。遠回りでも、以下少し触れてみたい。

井澤浩二氏の『『かいだんこぞう』と私——村営阿蘇中央病院での雁さんとの出会い」は、株式会社テックの音声教材（ラボ・テープ）となった谷川雁（当時「らくだ・こぶに」というペンネーム）のオリジナル作品『かいだんこぞう』に、在りし日の谷川雁との関係をみてとりタイトルとした文章である。

引用したいところは、数多ある。井澤浩二氏が隔離病棟に入院した翌朝、一人のひとの背後に立って歯を磨いていると、その人が振り返り、「人が歯を磨いている後ろに立つ奴があるか？」といって眼鏡の奥から鋭くみつめられた谷川雁との最初の出会いや、リンゴのお礼にと認めた歌（「異郷に病み赤きリンゴを貰うとき／人間もちょっとやさしかりけり」）のことや、テレビに映る菅原洋一を指して「このくらい顔がまずくないと歌は上手くないんだよ。天は二物をあたえずというからね」や、空を見あげ「あれがカシオペア座、あれが大熊座、小熊座」といくつかの星座を教えてくれたことなど、細かく辿ればきりがない。

そのなかでも私が一番印象に残った美しい情景を読み手に想像させてくれる件りを紹介したい。


阿蘇中央病院は坊中駅（現阿蘇駅）から阿蘇登山道路を歩いて一〇分あまりのところにあり、そこから登山道路を距てた反対側には、天台宗の三十六坊を統括していた西巌殿寺という有名な古刹がある。その本堂は山頂から移築されたというもので、正門からつながる参道は杉の大木に囲まれ苔むした石段を七十九段上らねばならないが、登山道に面した裏門から五十段の石段を登ると本堂まで行けるようになっている。梅や楓、楠などに囲まれた泉水のある閑かな寺院の庭園も、石段を上った本堂も患者たちにとっては格好の安らぎの場であった。本堂の周囲の境内は、樹齢四百年の大銀杏を始めとする大樹が陰を落とし、森閑とした雰囲気がある。

秋も半ばを過ぎた頃であったか、私は夕食後一人で石段を上って境内に入った。と、すでにそこに雁さんが来ていて何かに没頭している風であった。急に現れた私に驚いた様子で、メモのようなものを素早く丹前の懐にしまわれた。私は詩作に集中していたのだと直感したが、何も気づかぬ風をしたし、雁さんも知らぬ顔で普段の会話を交わし始めていた。雁さんもメモをとることもあるのだということを知って、なぜかほっとしていた。雁さんは自分がメモをとっていることを人に知られることは、たまらなく嫌なことだったにちがいない。

「『かいだんこぞう』と私」より

古刹、西巌殿寺への参道を葉漏れ日の中を歩き、境内へ通じる正門を潜り、苔むした石段を登ると本堂前の広場にでる。そこが谷川雁の創作・思考の聖所であったというのである。井澤浩二氏の姿を認めると谷川雁は取っていたメモをすかさず丹前の懐に隠したとある。《雁さんは自分のメモをとっていることを人にしられることは、たまらなく嫌だったにちがいない》と井澤浩二氏はいっている。思うに、この神経質な態度は、あくまでも自分のスタイルにこだわり続ける美学や、初対面では気づかぬ細やかな人への気遣いなどとも共通したものではなかろうか。

井澤浩二氏は、谷川雁の「晩夏郵便」や「雲よ」などの詩を読んだとき、間違いなくここで詩作したものであり、あるいは詩想を練ったと確信したという。しかし、その本堂も残念なことに近年焼失してしまい、谷川雁がメモを取っていた昔日の面影は、既になくなってしまっている。

次に高宮達生氏の「村立阿蘇中央病院時代の谷川雁さん回想記」は、幼な馴染の井澤浩二氏の『雲よ』第四号に掲載された文章に融発されて書かれたものである。高宮達生氏は親鸞教徒で、米谷匡史氏（専門は日本思想史、『アジア／日本』岩波書店の著者）の訪問の折紹介された谷川雁の《歎異抄は、子どものたわごとだ》（一九六一年、真宗大谷派『教化研究』三二号収録「組織者としての親鸞」より）という言葉に痛く傷つき、全体の半分近くは「組織者としての親鸞」にこだわられた文章が書かれている。度々療養中の谷川雁がお風呂をかりにきていたことや、その折、縁側で聴いたという徳富蘇峰と遭った時の印象や、西日本新聞の取材で松本治一郎に会った時のこと、谷川雁曰く《女性は男のエネルギーの源である》など興味つきない逸話はここでは割愛させていただき、短いが「谷川雁の思惟の横顔」を紹介する。


病院の父の所へ行く時、私も寺の階段を登り、境内を通った。時折、雁さんに出会ったが、口を横一文字に結び、ある時は上を向いていたり、又地面を見つめていた。

病棟にて田代修さんと囲碁を楽しんでおられたが、局面の悪い時、苦吟されている横顔も思惟されている時の顔も同じだった。

「村立阿蘇中央病院時代の谷川雁さん回想記」より

ここでいう《私も寺の階段を登り》とは、井澤浩二氏も云っていた西巌殿寺の石段のことで、谷川雁がメモを取っていた本堂のある境内に出られる。やはり多くの人に目撃されていることから、ここが谷川雁のお気に入りの場所であり、村立阿蘇中央病院から登山道を隔てた反対側にあった西巌殿寺の境内は、谷川雁「原点」誕生の地といえそうだ。

詩「晩夏郵便」からなにが読めるか

さて井澤浩二氏がここで作ったと確信された詩は、どの辺りがそのように思えたのであろうか。以下、その詩のひとつと目される「晩夏郵便」を私の〈読み〉も併せて取りあげてみることにする。

晩夏郵便

弟よ　火山のふもとの小さな牧で
はずかしめられた自由を歌う大学からの
ラテン風の飢えがにおう便りを読むと
苦行者の血でそだった杉のむこうに
もう黄色い太陽がしずむのだ

都の白い炎を背負い
おまえが古本屋の前にたたずむとき
かつて神々がしたとそっくりに
ふるさとのおんな達が作る砂糖気のない
皿の味をおまえが忘れていないように

野ばらとくもの巣でまもられた
ここさびしい農民の城で　わたしはきく
哀れな嘘のようにみちる大気をふるわし
天山北路をとおってきた呪符にむかって
アラゴンの蟬が伝道するのを

ゆうぐれはいま熔岩に腰をかけ
狐の母と子がなきながら林を縫う
やがて月がのぼるだろう
恐竜の静かな笑いを知っている　それは
わたしの胸の病める湖のうえに

おお　そして
おまえとわたしの胸にだかれた
ひそかな共和国の上にも

『大地の商人』「晩夏郵便」より

詩「晩夏郵便」は、一九五四年一一月母音社より刊行された詩集『大地の商人』に収録されている。出だしが《弟よ　火山のふもとの小さな牧で》とある。これは阿蘇山周辺に見られる牧のことであろう。同じパラグラフの四行目と五行目の《苦行者の血でそだった杉のむこうに／もう黄色い太陽がしずむのだ》とは、境内から下る石段の両側にそびえるか杉の大木の参道、それは寺の修行僧によって苗木され育てられたもので、その緑の木立の向こうに陽が今にも沈もうとする風景を詠んだのであろう。第三連の一行目と二行目の《野ばらとくもの巣でまもられた／ここさびしい農民の城で　わたしはきく》は、先ず農民の城とは村人の信仰を集める寺のことで、一揆などで集まる場所でもあることから《城》と呼んだに違いない。また野ばらや蜘蛛の巣が、本堂や周辺にあったのであろう。そこで季節は晩夏、蜩の声が聞こえていた。そして第四連一行目にある《ゆうぐれはいま熔岩に腰をかけ》は、阿蘇中央病院周辺で見られる熔岩であり、それは寺の境内にもあったものかもしれない。夕暮れがその上に影を落したというのだろう。五行目の《わたしの胸の病める湖のうえに》は、結核療養中の谷川雁自身の想像の世界を《湖》に例えていったに相違ない。以上のような〈読み〉をしてみると井澤浩二氏が、ここで書かれたと確信した気持ちがわかるような気がする。

では、ここに登場する「弟」とは、一体、誰のことなのであろうか。詩としては誰でもよいことなのであろうが、推測するに療養中の兄を見舞った便りの主であることは間違いない。その主を実弟、谷川道雄と断定するのは少々性急であろうか。

なぜそう思うかというと、谷川道雄は兵役を終えて京都大学大学院に復学するが、京都府立亀岡高等学校や同じ府立洛北高等学校の教員もするという苦学ぶりである。名古屋大学文学部の助手に、はれてなるのは一九五二年一一月になってから。それはつまり谷川雁が阿蘇から水俣へ既に帰郷していた年にあたる。よって第一連の二行目から三行目の《はずかしめられた自由を歌う大学からの／ラテン風の飢えがにおう便りを読むと》とは、京都で苦学する谷川道雄からの病中の兄を見舞う便りだったのではなかろうか。《ラテン風》とは、中国の古典籍や漢語に長けた谷川道雄を風刺した戯言であろう。《はずかしめられた自由を歌う大学》とは、戦中の京大の文化研究会『世界文化』グループが弾圧・粛清の対象にされたことを念頭に置いていったのかもしれない。であれば第二連の一行目と二行目の《都の白い炎を背負い／おまえが古本屋の前にたたずむとき》とは、京都でのことを記したことになる。《白い炎を背負い》は、清い精神で勉学に励む弟の姿を写したものだろう。もっとも第二パラグラフは、古書からのインスピレーションで、文字の誕生は元来呪言として生まれ、その祭禮を連想させる詩となっている。幼き日、いたずらで神棚にある供物を二人で盗み食いした時の無味な記憶も連れ立って。第三連の四行目に《天山北路をとおってきた呪符にむかって》とあるのも、東洋史を研究し古書のことなど書いてきた谷川道雄の便りを意識して文化流入のルートをいったものではあるまいか。

今少し気になるところを肉づけするなら、第三連の三行目の《哀れな嘘のようにみちる大気をふるわし》は、五行目の《アラゴンの蟬が伝道するのを》と対応している。谷川雁はアラゴンを評して、世界の〈創造者／破壊者〉ではない種類、つまり世界の〈賛美者／呪詛者〉の詩人であると云っている（一九五二年五月「母音」第八冊収録「アラゴンについて」）。それは谷川雁の目指す詩人像とは違う。それで《哀れな嘘》にみちるといったのではなかろうか。もっとも、この詩のなかで眼を見張るのは、第四連の二行目と三行目の《狐の母と子がなきながら林を縫う／やがて月がのぼるだろう》にある。この詩の全体の抒情を創りだしているのはこの二行にある。いずれにせよ何事につけても原始やオリジンへと思考が向かう谷川雁である。文化流入のルートであるシルクロードを意識（天山北路）し、恐竜時代、原始共産制から共和国へと思考は自由に飛躍する。途中アラゴンを持ち出すところなどは、谷川雁の共和国像との差異を意識させ、なんとも心憎い。最後に《おまえとわたし》と呼ぶ二人の兄弟が抱いた世界にも、やがて《月がのぼるだろう》というように詩は閉じられている。

因みに谷川雁（本名、巌）は次男であり、長男は民俗学者の谷川健一、三男はここで触れた歴史学者の谷川道雄、四男には「日本読書新聞」や「日本エディタースクール」の編集者・代表を勤めた吉田公彦がいる。男兄弟は四人だが、妹に徳子と順子がいて、総じて六人きょうだいであったという。

「原点が存在する」の外観

話をもとに戻そう。「原点が存在する」は散文詩のような書き出しで、読む者は書かれている情景にじっくり腰を落ちつけ立ち止まることもできず、先へ先へと急かされてしまう。

谷川雁の文章は、基本、誰かに宛てて書かれたものが多い。先ほど紹介した詩「晩夏郵便」ですらそうである。鮎川信夫も《真理に向かって何か言うというより、どうしてもこいつらを口説きおとす》とか《本質的に搦手の文章》であり、《少なくともこの範囲までは自分の領分になるという見極めがついたところで書くんじゃないか》といっている。このことは谷川雁の書く文章を理解する上でとても重要なことを指摘している。つまり、谷川雁の文章は基本的に個人に宛てた手紙の延長上にあるということである。例えばその典型である『極楽ですか』（一九九二年／集英社刊）などは、宛名のある散文集であることからもそのことが容易に窺える。相手の顔が浮かばないと書かないといっていた谷川雁の特徴のひとつといえよう。

この「原点が存在する」も安西均（あんざいひとし）（本名、やすにし・通称、きん＝K・Y）に宛てて書かれたものであり、安西均から《最近の新仮名使いに対する賛否から再軍備の是非》に至るまで《日本詩人に対する百問というのを考えてほしい》という求めに応じて書かれたものである。

彼がきまじめになるとき、やや教化趣味があらわれるのはなぜだろう。読み終えてマッチをすった。葉漏れ日のために炎はほとんど色がなかった。

「原点が存在する」より

彼とは、安西均のことであるのはいうまでもない。

結局、質問項目は三問しかできず、最後には《百問だなんて無茶だ。私はそう思いながら病舎に帰った。一日に十度も死が話される処へ》と捨て台詞のような言葉で締め括られている。以下、三つの質問をざっと外観してみよう。

先ず詩とは、《留保なしのイエスか、しからずんば痛烈なノウでなければならぬ》と規定し、そして〈詩人とは何か〉へと話は続く。本来、前衛的形象を扱う者である以上、保守に一票を投ずることは困難なはずだ。何故なら《古くなってしまった力は根源的ではないし、根源的でないものは創造的ではない》からだという。また、進歩的なものに〈尾をふる〉者は、詩人ではない。そうして生まれた第一の問いが、《汝、尾をふらざるか》である。

次は《頬白が一羽あたまをかすめた》から始まる。これはワーグナー歌劇を思わせる舞台（聖地、西巌殿寺の境内）でのこと。

思うに人間の思想は幾度か転向しさえすることがある。何をもってその者最後の思想と呼ぼうか。時はなにがしかの魔力で人間からその思想をひきはがし固定する。そのときはじめて人は一瞬の己が影に責任をもたねばならなくなる。誰に向かって？

「原点が存在する」より

ここに書かれていることとは、この文章を書いている私自身にも突き刺さる言葉である。思想は一種のエネルギーであり、エネルギーは不滅であると説く谷川雁。続けて、《口も利かず手も触れないのに、私の死すら支配している彼等》。彼等こそ、私が責任をもたねばならぬ者達なのである。彼等とは一体何者か。〈谷川雁はメフィストフェレスとファウストとの対話でそれを語らせようとする。そして《二十世紀の「母達」はどこにいるのか》と問い、《原点》という言葉がここに初めて登場する。

寂しい所、歩いたもののない、歩かれぬ道はどこにあるか。現代の基本的テエマが発酵し発芽する暗く温かい深部はどこにあろうか。そここそ詩人の座標の『原点』ではないか。「原点が存在する」より

そして舞台は、二八歳の主人公が立ち上がり、目の前に遠い昔、火山からほうりだされた岩が映しだされる。
《汝、彼処にゆきて彼等を見しや。彼等を知れるか》と問いながら、自分の見たものを挙げてみせるのである。

馬糧を盗みぐいしながら尿をこらえることができない栄養失調の兵営
鶩鳥の声で叫んでいる盲の原爆症の男
昼の電灯をとぼしながらギターを弾く特殊部落の青年達
六人で二組の布団をオルグの私に一組貸した金属工
出奔した夫の留守に社宅を追出されないために労務と姦淫した鉱夫の妻
首を切られた私を追いかけてきて十円を与えた掃除婦
握手すればひりひり痛むほど握り返す牛飼いの少年

フェルトの草履が一年の労働で買えたと喜ぶ紡績女工
清水のような笑声を立てる地下生活者
屑拾いをする党員の妻
葱一本で夕食をすます地区委員
ひややかな弁舌
脱落者の除籍
裏切者の追放
スパイの眼

「原点が存在する」より（引用上一部手を加えた）

谷川雁は共産党細胞オルグとして、こんなものを見たという。もっと多くのものを見たともいう。もっと多くのものを見るであろうし、見るべきであるともいう。《では——彼等を知れるか》という問いに対しては、ノンを突き返す。《知るとはそのものを創造しうる》ということだというのである。そして、あの有名な件りが続く。

「段々降りてゆく」よりほかないのだ。飛躍は主観的には生まれない。下部へ、下部へ、根へ、根へ、花咲かぬ処へ、暗黒のみちる所へ、そこに万有の母がある。存在の原点がある。初発のエネルギイがある。メフィストにとってさえそれは「異端の民」だ。そこは「別の地獄」だ。一気にはゆけぬ。

思いみよ、うすら青く貧しい田舎町の営みは遥かな視野も届かぬ森林から、ゆれやまぬ波の底から、細菌のような集落から死者を運ぶ水のように一箇の法則がもたらした憂いと嘆きと怒りの集積であることを。すべての水は通じあい、すべての血管は廻りあい、すべての道は交りあう、もし一箇の大洋、一箇の心臓、一箇の広場があるならば。

「原点が存在する」より

繰り返すまでもないだろうが、ここで初めて《原点》なるものが映像化される（「下部へ、下部へ、根へ、根へ、花咲かぬ処へ、暗黒のみちる所へ、そこに万有の母がある。存在の原点がある。初発のエネルギイがある」と）。そして《原点》に通じる憂いと嘆きと怒りの集積の場として、《すべての水は通じあい、すべての血管は廻りあい、すべての道は交りあう、一箇の大洋、一箇の心臓、一箇の広場》が想起される。続けて、《ただちに原点に立とうとあせるべきではない》、《原点は単なるイデアではない》と注意を促し、こう言い放つ。《私達は未来へ向けて書くのではなく、未来へ進む現在へ向けて書くのだ》と。そして《今日の大地の自らの足もとの深部を画け！》の号令の下、問いの第二は、《汝、足下の大地を画くか》となる。

最後の第三問のまず舞台は、《風が急に寒くなり、砂が舞いあがった。遠い原子核分裂の渦——淡い太陽は退いていった。私は谷の岸に立つ——ここに人類が……》から始まる。

原子力の時代、人類は原子力の鍵を持って、自らの命を絶つか新しい太陽を呼ぶかに迷っている。それは始めか、終わりか、思いがけぬ氷河期の到来だと現代の情況を指摘する。人類生存のために火の使用が成功の鍵であったように、詩人の使命は言葉の火を消さぬこと。よって一刻も早く新しい子供達を創らねばならない。この嬰児らのために平和のために戦い、平和へののぞみを歌うといい、最後の問いは《汝、人類の生存を望むか》とし、ここで質問は終わる。

以上、ざっと「原点が存在する」を外観してみた。やはり表題となっている《原点》の件りのある第二問がこの作品の中心をなしており、三つの質問を「序破急」に例えるのならば、「破」に当然重きがある。「原点」へむかうという足下の大地を掘ることを鮎川信夫は、谷川雁の思想の基点と考えれば、《ちょっとずらせばいろんなものに通用するのではないか。結局、転向しないで転身はいくらでも可能だ》という。確かに論理ではそうであろう。されど谷川雁も人間である。そう易々と転身などできるものではない。それなりに痛みを伴い、いうにいわれぬシコリや思い入れやくやしさを残し、自己弁明しながらの身を斬る転身であったに違いない（例えば、谷川雁研究会機関誌『雲よ―原点と越境―』第7号に「【資料編】②谷川雁　ラボへの遺言　――私は、なぜラボを辞めざるをえなくなったか」が掲載されている）。鮎川信夫は勿論それを知る由もない。しかし、見逃してはならないのは、《彼が敗れたとすれば生活の面からだったのではないかという指摘である。鮎川信夫は、谷川雁にはいまだ未練があるといいながら、もし敗北というものがあるならば、それは思想の高みに実生活が追いつかなかったのではあるまいかと述べている。もしかしたら、これは一方的に森崎和江からの報告を聞かされて、そう判断したのかもしれない。この点は慎重であらねばならぬ。しかし、鮎川信夫は小林秀雄と正宗白鳥のトルストイ翁をめぐって為された「思想と実生活」論争を持ち出すまでもなく。実生活に敗れたとしても作品の価値が下がる訳ではないことを暗に云いたかったのかもしれない。

詩「帰館」再読

次にこんな気になることを鮎川信夫は述べている。

彼の散文作品の場合はあんまり本気にとらなかった。だから悪く言えばレトリックを鑑賞するだけ、ということになりますね。それはぼくが日本浪曼派の保田與重郎なんかを読んだ場合もそうだったんです。『工作者宣言』なんていうのを、あまり真面目に読んだ記憶がないですね。

「座談会　途方もない一回性の夢」より

思うのだが、谷川雁を読んできた多くの読者がそうであったのではなかろうか。まして同時代を共有していない後発の読者にとっては、なお更のことそのような〈読み〉しかできなかったはずだ。かえってこのような鮎川信夫の発言に、共感を持つのではなかろうか。当時の私がそうであったように。そうなると当然、自ずと詩人谷川雁へと〈読み〉の重心は移動する。すると《瞬間の王は死んだ》という例の詩を書かなくなった谷川雁、現代のランボオという神話の彼方へと引きよせられてしまうのではないかと思いたくなる。よって株式会社テック時代の谷川雁の《沈黙》は、こうした読者が神話として口の端にのせ語り伝える先鋒となったのではなかろうか。

話を戻すが、やはり鮎川信夫は詩人であるが故に、谷川雁の散文より詩に重きをおいて読んでいたのであろう。散文は本気に取らなかったというのだからそうであるに違いない。

ならば、ここに谷川雁の一篇の詩を紹介しよう。一九五五年三月、詩誌『今日』に掲載され、後に「伝達」という題の下にまとめられる詩のひとつである。

帰館

おれの作った臭い旋律のまま待っていた
南の辺塞よ
しずくを垂れている癩の都から
今夜おれは帰ってきた

びろう樹の舌先割れた詩人どもの
木綿糸より弱い抽象を
すみれの大地ぐるみ斬ってきた
優しい蛮刀で一片づつ

鶏頭色の巣窟を
世界中の細胞にふる雪で洗ってきた
ぞっとする明け方をかけてきた

むしろ眼のような孤独の点に立ち
炎も遠い井戸をのぞくために帰ってきた
おれの前敵司令　剣術はもうやめた
革命月の小料理屋なんてまっぴらさ

どこまでも拳を痛ませる土壁よ
緑ある鍋に刃物をひらめかす友よ
城がそそりたってならぬことがあろうか

今はほほえみながらきっとして
冷えた盃をひそかな核にささげよう

それから、党と呼んでみる
村の娘をよぶように
形容詞もなく静かにためらって

『谷川雁詩集』伝達より

この詩をどう解釈したらよいのであろうか。谷川雁が亡くなり二十四年が経った現時点から眺めれば、原点、母の国、現代の黄泉の国へ帰館した物語という印象がどうしても拭えない。自分を主人公に仕立てあげ、詩人、共産党細胞、オルグ、工作者としての谷川雁の姿が浮かびあがってくる。

鮎川信夫は《あの人にはなにか圧倒的なものがある》といっていた。第一連の三行目の《しずくを垂れている癩の都から》といい、第二連、第三連と続く内容を読む限りにおいて、確かに余人には体験できぬ《圧倒的なもの》が、ここでも詠われているようにも窺える。主題は何処から何処へ《帰館》したのかということにある。つまり、この《圧倒的なもの》を体験して帰ってきたというのである。「原点が存在する」でオルグとしてみてきたものを挙げていた。あれらこそ、ここでいう《圧倒的なもの》なものの正体なのである。〈東アジア〉という埃っぽいオブラートに包み、詩のイメージを作りあげながら。

　では一体どこに帰館したというのであろうか。それはこの詩の真中にある第四連の一行目と二行目に詠まれている《むしろ眼のような孤独な点に立ち／炎も遠い井戸をのぞくために帰ってきた》とあることに鍵がありそうだ。これこそ、初発のエネルギーであり、誰もゆかぬ道であり、花咲かぬ地といえるのではなかろうか。帰館前と帰館後とでは間違いなく詠われている世界の位相が異なっている。この詩は、谷川雁の「原点」発見のドキュメントになっているのではあるまいか。

　それにしても多くの読者の耳目を引くのは、最後の連に見える三行に渡る《それから、党と呼んでみる／村の娘をよぶように／形容詞もなく静かにためらって》であろう。私のような『谷川雁詩集』改装第一版が出た一九六三年に生を得たものにとって、この詩にあるように昔は〈共産党〉と口にするその響きには、村の小娘を呼ぶような感じがあったのかと、同時代を知らぬ無知から、そのまま文字通り信じていたのだから、今から思うと恥ずかしい限りである。

　鮎川信夫も対談でこう述べている。

> 谷川雁の「帰館」っていう詩のなかに「それから、党と呼んでみる／村の娘をよぶように」っていうのがあるでしょ。あれを最初に見たときはすごく新鮮だったんです。ぼくらの考えている共産党っていうのは、「村の娘をよぶように」っていうふうにはどう考えても出てこなかったですよね。だから、そういう人がいるということに驚いたわけです。そのときたまたま吉本君がぼくの家へ遊びに来たんで、見せたわけよ。そうしたら百鬼夜行の共産党に対して「こういうやつがいるからいけないんだ」と言っていた（笑）。
>
> 「座談会　途方もない一回性の夢」より

当然、鮎川信夫の眼にもこの最後の三行は止まっている。

この時、鮎川信夫の家にたまたま遊びに来ていた吉本隆明の言いぐさ、余談が微笑ましい。後に文学・思想誌『試行』を一九六一年九月、谷川雁、村上一郎、吉本隆明の連名で創刊することになるとは、この時のさすが吉本隆明自身も想像していなかったであろう。谷川雁は、そこで《のぼせっきりの阿Qと、しっぽを垂れた阿Qとにかこまれてこの雑誌を作る》で始まる「試行のために」という創刊の辞を起草している。

谷川雁の詩の紹介を終えるにあたって、鮎川信夫は別の対談（『現代詩手帖』一九七八年一〇月、原題「戦後詩の10篇を読む・戦後詩の読解」対談者：吉本隆明。後に思潮社から対談集『詩の読解』に「戦後詩を読む」と改題され収録）でこんなことを語っている。

谷川の「商人」という詩も、――完全な、徹底した暗喩の世界で、その中で非常に自己というものをロマンティックにドラマタイズしているんだね。

「戦後詩を読む」より

鮎川信夫の谷川雁の詩は《自己をドラマタイズ》しているというこの指摘は、かなり重要なものであろう。谷川雁にはロマンティックに《主観を拡張する》詩しかないとまで述べている。これまでここに引用してきた詩「晩夏郵便」「帰館」、いやそれ以外の散文「読書開眼」「農村と詩」「原点が存在する」においてもそれは当てはまることではなかろうか。全てに《拡張》された私が描かれているのである。《自己をドラマタイズ》することによって成り立つ文章、それは現実の裏付けがあってのものいいなのである。

しかし、詩において裏をとるような〈読み〉は、本来してはならないのではなかろうか。これまで自分のしてきたことを自ら否定するようなものいいで恐縮だが、谷川雁のようにメタファーの冴えが妙味な詩ほど、本当はそのような〈読み〉をしてはつまらないものとなってしまう。結局、わからないけど良いといえるようなものに詩の魅力はある。そうはいえまいか。《具体的にイメージを喚起するように見えても、本当のところはわからない》。対談者の吉本隆明も谷川雁の詩の特徴をそう述べている。また逆もありうると、具体的なイメージを本当は喚起しないものさえもさせてしまうのだと。これは先に見た「原点が存在する」で、所詮、座標軸の交点でしかない《原点》を映像化させてしまうところなど当てはまることである。となると、それは保田與重郎の文章や日本浪曼派にも、同じものが見てとれることなのであろうか。

保田與重郎と『日本浪曼派』

ここで保田與重郎とはどんな人物か、また日本浪曼派について概略だけでも触れておいた方がいいだろう。これまで鮎川信夫の谷川雁評として無前提に日本浪曼派や保田與重郎の名を連呼してきたが、決して多くの人が知っている名ではないことは充分承知している。この辺りで保田與重郎とはどんな文士であったのか、また彼が旗手であった「日本浪曼派」とはどんな文学運動であったのかを保田與重郎の文章を交えて紹介しておきたい。

保田與重郎は一九一〇年奈良の桜井に生まれ、一九八一年京都に没す。戦前は衆目を集める人気の文芸評論家で、当時の代表作には『日本の橋』『英雄と詩人』『戴冠詩人の御一人者』『後鳥羽院』『佐藤春夫』『和泉式部抄』『蒙疆』『芭蕉』『万葉集の精神』などがあった。戦後はC級戦犯として公職追放となる。一九六四年『現代畸人伝』が新潮社から公となるまでの間、名を伏せ『祖国』や『新論』などの雑誌の編集や主筆をする傍ら、今日の新学社の母体となる教育活動に専念していた。それには当時京都大学学長の平澤興や作家の佐藤春夫、陶工の河井寛次郎などの協力を得ている。谷川雁が株式会社テックや十代の会、「ものがたり文化の会」などで教育活動に専念するのと、どこか通じるところがあるようにみてとれる。以前、新学社の方にお会いした折、谷川雁が始めた英語教育（ラボ草創期のGDM教科）の器械を委託販売したことがあると聞いたことがあった。それで保田與重郎と谷川雁の繋がりをいうのは早計であるとは思うが、やはり教育というフィールドにおいてお互い相知る関係にあったとはいえそうだ。

戦後、二十年近く経ってようやく公となった『現代畸人伝』をかわきりに、保田與重郎は精力的に文章を書き文芸誌などに掲載されるようになる。著書も『日本浪曼派の時代』『木丹木母集』『方聞記』『氷魂記』『わが万葉集』『日本史新論』など多数存在する。現在、図書館でみる講談社版『保田與重郎全集』（一九八五年～一九八九年刊）は、戦前戦後の文章を網羅し、谷崎昭男氏（相模女子大理事長、『保田與重郎』ミネルヴァ書房の著者）の監修・全解説による堂々全四十五巻（四十巻と別巻五）の立派な全集である。他にも新学社版の『保田與重郎文庫』（一九九九年～二〇〇三年刊）全三十二巻があり、現在保田與重郎を読む環境は随分整備されている。

さて日本浪曼派についてだが、その実態は、保田與重郎が、神保光太郎、亀井勝一郎、中島栄次郎、中谷孝雄、緒方隆士らと共に一九三五年に文学同人誌『日本浪曼派』を創刊することによって始まった。伊藤佐喜雄の証言（『日本浪曼派』一九七一年　潮新書刊）によれば、「日本浪曼派は、内在的に見れば文学史の一つの要請に応えたものであろうが、その成立のきっかけは、保田與重郎と亀井勝一郎との友情の結びつきにあった」といっている。誌名の『日本浪曼派』は亀井勝一郎の案であったらしい。初期の同人たちの顔ぶれを見てみると、太宰治の加入で『青い花』の同人が多数を占めた。檀一雄、山岸外史、木山捷平、伊馬鵜平（春部）、北村謙次郎、今官一、中村地平などである。『青空』からは、中谷孝雄、淀野隆三、外村繁。『コギト』からは、保田與重郎、中島栄次郎、伊藤静雄、伊藤佐喜雄。『現実』からは、亀井勝一郎、緑川貢。ほかに芳賀壇、緒方隆士、神保光太郎などがいた。その後、次々と同人は増える。

一九三八年には、二十九号をもって終刊するが、四年間のこととはいえ、終刊時には五十名以上の同人がいたというのだからその求心力は凄まじい。プロレタリア系の転向作家も合流しており、日本の文学の在り方を追求する一種の文学運動の様相を呈していた。当時、『日本浪曼派』に敵愾心を抱いて対抗する論陣を引いていたのが『人民文庫』の同人たち、高見順、新田潤、平林彪吾らであったという。一九三六年に創刊号を出し、「日本浪曼派」と同じ一九三八年に終刊する。共に終刊の理由は、紙代の高騰、検閲発禁、検挙など時局の悪化が主な要因であったようだ。

保田與重郎のレトリックを読む

鮎川信夫は、谷川雁の文章を保田與重郎のものと同じくレトリックを鑑賞するだけで、真面目に読んではいなかったといっていた。では、当の保田與重郎の文章とはどういうものなのであろうか。以下、引用は全体少し長いが紹介する。これは「日本浪曼派」創刊に際して『三田文学』一九三五年二月号に掲載された保田與重郎の文章の冒頭である。

一茎の雑草の花にも未来への美は創られてある。人間の性もともと美を思つて切ないものであらう。実のところ、近頃文学に関して述べようとすればこんな嘆きがまづはじめに浮んでくる。逆ふことなく嘆きも亦ない。僕は美の崩壊について、一通りの議論を熟知してゐる。人間生活よりも先き走るものが、およそ凡庸の議論の不可欠の性格であることも最近とみに知つた。しかし美を愛すれば切ない、といふ、美といふ代りに芸術の切なさを考えてくれるがよい。ものに満足できず、いつもみちたりぬ自己を描き匂はせてくれる文学が欲しいのだ。どんな知識階級の運命をのべた名文章をみても、僕はいさゝかも感じない。一茎の草花の豊富な生命ある美しさがむしろ感傷をよび起す。諸氏とくところの知識階級の運命も再建も僕には嘘だと思ふさきに、偽りの方が眼のさきにちらつく。もともと僕は嘘を愛して偽を憎む。今も「ドン・キホーテ物語」をよめば、稚しと知りつゝも心の中に涙をつくる最も素朴な読者の一人として甘んじてゐる。かつてきいた物語に、ハイネはむかし少年の日この物語に無頼の涙を流したといふ。その涙とは別のものでない、従者の方がドン・キホーテよりはるかに悟性的で従つて唯物的である。しかも彼は夢を愛するロマンチストに従はねばならない。二世紀の間にこのドン・キホーテはさまざまに改編せられた。あるときは自己弁護のため、あるときは滑稽のため、あるときは指針のため、どのやうな悲嘆も、悲運も、さらに非情もセルバンテス自身の嘆きに及びはせぬ。所詮文学は絵空事である。この絵空ごとと公言する切ない心の秘事にふれてみよ、世情の関心にいくばくの羨望を思ひ、しかも風雲に身をせめたよりなき文章の道に身をけづり五臓をそこねる。そこに孤高の芸術人の根性がある。賢愚文質の等しからざるも、所詮幻の世のすみかならずやと思ひ臥して了ふ元禄びとの孤高のイロニーである。

「日本浪曼派のために」より

《一茎の雑草の花にも未来への美は創られてある》とこの当時の文学への嘆きから始まるこの文章が、実は自身のことを語っていると解ったのは、随分後になってからのことであった。声に出して読めば名調子である。されど作者の明滅する感情を支配する彩は、よく意識はできるが、どうも何が書いてあるのか要領を得ない。いや、要領を得ないのは自分の〈読み〉の能力であって、文章の方には責任などないのではないかと思えてくるから不思議である。何故なら、昭和初期における社会の思想の空白を嘆き、その刹那にイロニーを拠り処に保田與重郎は、ロマンティックな心情を歌っている。その時代の空気を知らぬとその修辞にばかりに眼がいってしまう。但し、《ものに満足できず、いつもみちたりぬ自己を描き匂はせてくれる文学が欲しいのだ》という若々しい渇望からも窺えるように、こんなにも文学に、いや芸術に餓えた想いで吐露する文章を私は未だ嘗て知らない。文中に《もともと僕は嘘を愛し偽りを憎む》とあるのは、所詮文学は絵空事ではあるが、その心に隠された孤高の芸術人の純正しか愛さぬという保田與重郎の信念の表明である。またこれはイロニーの反語的なものとそうでないもの区別をいうものでもある。引用の続きをみてみることにしよう。

自己のみちたりなさを意識するとき、始めて人間の魂は望郷の嘆きに眼をひらく。芸術人の母胎であり、十九世紀以降連綿と続くロマンティクの心情の歌である。そして以降の芸術家たちは、各々の心情の世界を歌つた。描いた。しかも主として失つたものゝ嘆きである。初めより失つてゐたものと改めて失つたものと、純情の詩人は狂気して嘆きの歌を浄化した。狂気し得ぬ詩人たちはイロニーに佯狂の鬱憤と憤怒を表情した。しかも嘆きは止まぬ、佯狂とは由来狂気の一つである。との常識が成心を以て行はれる。文化の敵がいづこにあつたか、文学の、進歩の、真の敵とは何ものか、――そして僕らは、今日、日本浪曼派をこゝに主張する。芸術の果敢無さを思へば、己が塵芥に汚れることなど、一毛もいとはない。元禄の芭蕉は、不抜のきびしさを芸道に感じてゐたゆゑに、自己の蒙る成心ある汚損を寸毫も考慮しなかつた。

「日本浪曼派のために」より

保田與重郎の文章には、虚無感が基調にある。それを無常観というもニヒリズムといってもあながち間違いではなかろう。この虚無感に抗うでもなく、それを肯定し生きようとするところに人を引きつけるものがある。自己のみちたりなさを意識すると、魂は望郷の嘆きに眼を開く。その望郷とは、芸術人の母胎である十九世紀以降連綿と続くロマンティックな心情である。それは主に失いしものの嘆きであるという。イロニーに佯狂の鬱憤と憤怒をのせ、この泡粒のごとき幻影を求めつづける運命をになう。文化の敵、文学の敵、進歩の真の敵とは何者かを問い、塵芥に汚されることなど一毛もいとわぬ「日本浪曼派」を保田與重郎はここ主張するのである。

日本浪曼派とは何か?

では一体「日本浪曼派」とは何であったのであろうか。保田與重郎が「日本浪曼派」の始まる地点においてものしたこの文章から、その姿が浮かびあがってくるように思うのである。引き続きこの「日本浪曼派のために」とお付きあいを願う。

一面の近世精神史は売淫の歴史である。青春も恋愛も、齢へて省みれば、売淫の一趣味であつたかもしれぬ。初期独逸浪曼派を酷断した青春独逸のハイネにしても、ものなすことのけだるいやるせなさに老ひついたときの安堵の生命を僕はそこに見出す。だが、皆ひとは安んじるがいゝ、僕らは青春を愛し、むしろその暴力に今の唯一を構想する。若さの暴力を振ふために、まづ「時代の青春」を高唱するのだ。

嘆の中でも趣味を切なく愛し得るものは青春以外にない。かつて生々しき芸術が汚されることは止むを得ない。ものかくものの群衆からうける復讐の一様式であらうか。だが自ら進んで芸術家が、「娼婦の技術」を弄する必要がどこにあつたか。たとへば前述の「ドン・キホーテ物語」を考へてみるがよい。汚されたとも汚れたとも云はぬ。依然として生きてゐるものは、セルバンテスの嘆きだけである。あらゆる群衆を知り、つぎつぎの嫖客の品定めを予想し、それらへの復讐のあの手この手を測定した後になほその手を弄し得ぬ孤高のイロニーを今の僕らはこゝ今日の日にも築かねばならぬ。色どるものはつひに嘆きの歌である。文学は絵空ごとだと吐きすてる、拮強の放言をたゞにつゝむもの一つに芸術人の根性である。下らなければ止めよ、といへる人間に限つて、下らないとは絶対に云はない。下らないがと弁証してゐる人たちの間で、下らないと知りつゝもすぐにも忘れてうちこんでゐる人間が僕らの若い時代に未だ少しとせぬ。うちこんだ日になお予も顧慮もない。浄化された真の偉大さだなどと、そんなこともいふ必要なからうか。

「日本浪曼派のために」より

ここに目立つのは、彼等の嘆きを切なくし得る《時代の青春》と呼ぶものである。青春を愛し、青春という若さが振るう暴力から構想されるもの、それが孤高のイロニーの構築だという。時代に対する嘆きがアイロニカルな表現を生むのである。そこには既に老いをも射程に入れた青春の文学がある。つまり、若さの中に既に老いを宿した精神こそ、保田與重郎の想い描く「日本浪曼派」の入口だといえる。

一例を以て語れば云い易い。親近した人々は、日本浪曼派といへば、安んじて僕らの希望をこゝろよくうけいれてくれる。僕らも古典人を愛し、自らも古典人に擬さんとする心常住に激しい。今も古典人を思へばこそ、この日新しき日本の浪曼派を考へる。誰がかつて僕らに於ける如く、窮迫の夢の中に芸術する心を駆りて描いたか。近代日本芸文は諸他の風潮を移入するに急とした。その技術は今日の教壇文芸学徒を生み、職業的名刺つくりを生んだ。あらゆる文芸上の主義は紹介されつゝも真諦にふれずに忘れられた。僕らは今日混沌の中で改めて近世芸文家の自覚の原始をとらへ、名を浪曼派にかる。この高美の精神の新しき、しかも未聞の開拓を始める。この激しい自覚を、僕は何十ぺんもくりかへして云ひたりない。僕らの時代はその青春の日に於て、情緒も心情も思惟も、何もかもが切迫されてゐた。この数ヶ年の歴史的期間を考へるがいゝ。一様に僕らは傷つけられ、純な心情は害せられた事実をこの眼でみてきた。つひに僕らは芸術することをこの日の成果の終りにきづく。しかも僕らはいまだ夢を失はず、失はれた希望、はぐれた理想を忘却せぬ。古き芸文の地盤に育まれた夢をすて、この日の通りよき合理的な理屈を考へたくはない。最後の切迫した境地で僕らは今世紀の青年の文学を創造したい。文学の歴史に於て唯一の偉大にして清純であつたものを、この現実の中に創造せねばならぬ。

「日本浪曼派のために」より

この件りは比較的理解しやすいだろう。あらゆる文学上の主義は紹介されるが、絶対の真実などなく忘れさられてしまう。こういった混沌状況の中、近世文学の自覚の始原を考えて浪曼派を称する。保田與重郎はこの精神の新しさ、いまだかつてない未開の地をゆく自覚を何べん繰り返してもいいたりないという。実際、明治の時期にロマンティシズムの雰囲気がなかったわけではない。北村透谷、島崎藤村、戸川秋骨、平田禿木らの『文学界』や、與謝野鉄幹、晶子らの『明星』がそうだ。されど浪曼的思潮はあっても、明確にそれは文学運動を思考するものではなかった。そこでこの国の文学として根づいていない浪曼主義を運動として残すことが、青春の情熱を傾けるにたる文学に貢献、献身できる唯一のこととしたのである。昭和初年は「京都学連事件」など治安維持法の適用から始まり、時代は切迫し、文学者は一様に傷つけられ、文学を愛する純粋な気持ちは害されてきた。ここは、おそらくプロレタリア文学に対する検閲や検挙により作家が転向を余儀なくされてきたことを指しているのであろう（保田與重郎も学生時代マルクス主義に一時親しんだことがあった）。そのことによって芸術精神の終りを否応なく意識させられるのである。しかし、彼等の夢は失われはしない。ここに至ってついに日本浪曼派の精神が書かれるのである。それは《古き芸文の地盤に育まれた夢をすて、この日の通りよき合理的な理屈を考へたくはない。最後の切迫した境地で僕らは今世紀の青年の文学を創造したい。文学の歴史に於て唯一の偉大にして清純であつたものを、この現実の中に創造せねばならぬ》と。時代精神と拮抗するものとして、古典を賛美し、その伝統から今日の文学を創造したいというのだ。

ここまでくると先に引いた鮎川信夫のいう谷川雁に「原点」と言わせた基である《日本浪曼派が根をつけた土壌》というものが見えてくる気がする。源流回帰、《ここに根ざさない限り、どんな思想も根づかない》といわしめた谷川雁の思想との親和性を持つ土壌が……。

芸術にかつて存在しなかつた偉大な色彩を創り、今日の文学を実録実話の中から広き現実の中に拡大する。僕ら少年の日に於て、まづ小なるものにこだはることを知つた。一番身辺微細なもの丶もつ大なる意義を顕らはにし、卑近のもの丶美を拡大する。現実のくまぐまにゆきわたり、末端に於て殊に光はなつものを。僕らの芸術はつねに高踏の美の立案である。未来への握手である。この説くに難しとする文学の主張のために、この云へば味気堕ちる芸術の立言のために、如何なる権威をも藉りぬ。芸術の切ない清らかさは、子供らの時代を未来に夢む心によつて擁護されねばならぬ。僕らはことさら合理的な権威の援助を仕組むことによって、論理の罠に陥つた近頃の常識を知つてゐる。芸術は危険な存在である。一歩にして堕し、一歩にして高踏する、この隠微の境地を守るために、僕らは悉皆の敵と闘はねばならぬ。そのことに僕は今日烈々とした自由人の正義を感じる。自由人とは立場としての自由主義などでない、芸術家たる自由なる精神の謂である。その後のことである、僕らは原始の素朴に原始の形式を与える、といふ。卑近の日常の高さを、高さにまで賦課するものは、天成の芸術家のみである。不遜を自覚する境地である。こゝにイロニーはきづかれる。論証の外にある、そして論証の停止場である。切ない気持ちだけがこゝに来こゝより始める。日本浪曼派のために又僕らと同じ同時代の心ある齢若き作家に呼びかける所以である。

「日本浪曼派のために」より

引用はここまでとする。全体のまだ三分の一程度ではあるが、読者にはこれぐらいで充分であろう。いや過ぎたかもしれぬ。これは保田與重郎二六歳になる年の文章である。

最後に引用した冒頭には「神は細部にやどりたまふ」を文学に引きあてたものいいが眼を引く。そして再三語られている文学の敵である合理的な権威や論理の罠を嫌うのである。これは時代に対する文学の嘆きである。保田與重郎はいう、《芸術は危険な存在である。一歩にして堕し、一歩にして高踏する》、この境地を守るために悉皆の敵と闘わねばならぬと。当時の情況が空気感として窺い知れるのではなかろうか。芸術家の自由なる精神に、イロニーは築かれねばならない。文学への渇望がここに来、ここより始まる。日本浪曼派はこうして同時代の作家に向け呼びかけられたのである。

ここで註釈めいたことを一つだけいっておく。イロニーとはドイツ語でアイロニーを指す言葉である。それは保田與重郎のここで取りあげた日本浪曼派の頃を絶頂となす思想の核にあるものであった。それは決して時代と切り離されてあるものではなく、世界の様相が楽観するものではないため、その調べの奥にはこの世に対する嘆きがあった。それを美学にまで引きあげようとすると、どうしても肯定否定どちらにも受取れるような演技めいたものいいになってしまう。結果、語り口は敗れし者へのロマン的な憧憬と、一瞬の光明や歓喜を永劫回帰する不死の精神へと、崇高なる芸術として倫理的に語ることになるのである。そういった美学に根ざしたイロニーであるため抗し得ぬ世界に向けられた破壊と建設は、読み手に虚無を従えて聞こえきたに違いない。保田與重郎のイロニーは、何ともならぬ時代に抗うため自我のとった精神の様態であったことは間違いなかろう。*

＊ドイツ・ロマン派や保田與重郎のイロニーについて掘りさげた詳しい論考には松本輝夫氏の「保田與重郎覚書――イロニーとしての日本――」(『日本文学研究資料叢書　日本浪曼派』有精堂収録)がある。ドイツ・ロマン派のイロニーの精神から保田與重郎特有のイロニーの精神の内容的な変遷が克明に記されている。初出は「早稲田文学」昭和四六年一二月号。

日本浪曼派とは、保田與重郎にとって時代と闘うための謂わばイロニーの代名詞のようなものであった。近世芸文の原始を尋ね、青春の若き暴力で構想される孤高のイロニー。古典人を愛し自らをそれに擬し、合理の権威がはびこり検閲が日常化する思想の空洞化を嘆くなかで、汚れることなき文学の時代を築こうとした運動体であった。

以上で、長きに渡って叙してきた《日本浪曼派の戦後版》といった鮎川信夫の谷川雁評とは、この辺りでお別れすることにする。日本浪曼派が拓いた土壌、そこに根ざさない限り思想は根づかないと、それを谷川雁の「原点」の基といわしめたものが、イロニーとして、時代に対するアイロニカルな心持ちで、倒錯なしに生まれることのない母胎回帰の思想として保田與重郎の文章からも窺うことができたのではないだろうか。

保田與重郎と『戸隠の絵本』

ここに不思議と音楽がむしょうに聴きたくなる一篇の詩がある。単純に詩の中にフランスの作曲家の名が出てくるからかも知れないが……。

戦前、プロヴァンスの詩人を想わせる日本の若き魂のもとへ届いた音楽があった。それは詩人の絶望を救い、一篇の詩の誕生をみたのである。

音楽には、様々な聞き方がある。なかでも精神の救済の体験ほど、ささくれ立った心の襞が愛撫され、その感覚はいつまでも容易に忘れられるものではない。ここに紹介する詩も、そのことを私に思い出させてくれるものである。

一九三二年七月、同人誌『四人』第四号に掲載された。詩人、二四歳の時のものである。

花樹

ドビユツシイが私に嘗つて庭を與へた、私はこの庭にながらく住まへるであらうか。

音樂は私にひとつの散歩で、果てしない、疲れをさへ知らない散歩で、いつのまにか樹のもとに來てゐる。花ひらく。私はその花樹の下で多くの言葉を知る。人の心を知ることは、その心を把へることは……。その絶望が私を驅る、私は言葉を把へる、山鳩をとらへるやうに、言葉は、また時あつて、山鳩のやうな可愛いい音をたてる。

「愛する神の歌」より

ここでいうドビュッシーの音楽は、《果てしない、疲れをさえ知らない散歩》とあることから娘のクロード・エマ（愛誦「シュシュ」）のために作曲された「子供の領分」ではないかと想像したくなる（クロード・ドビュッシー［一八六二年〜一九一八年］は二〇一八年、没後百年を迎えた）。

詩人の名は、津村信夫（一九〇九年〜一九四四年）。戦中病に倒れ、惜しまれて逝った詩人である。生前は室生犀星や堀辰雄を文学の父母とし、丸山薫とは兄弟分であり、茅野蕭々、呉茂一、太宰治、その他多くの文学者から愛された「四季」派の詩人である。最初期から共に『四季』編集に携わっていた年若い立原道造は戦後かなり有名になる。が、生前〈不運〉を度々口にしていた津村信夫は、戦後はあまり語られることが少なくなった抒情派詩人である。実は、この津村信夫は、終生愛した土地やその友情関係から間接的にではあるが、谷川雁や小田実を呼びおこすことのできる詩人なのである。そのことを以下述べてみたい。そのためには今一度、保田與重郎に登場していただこう。

一九三八年八月に『日本浪曼派』は終刊となる。保田與重郎は、一九三五年から四年間の「日本浪曼派」の時代は、最初の主著となる『日本の橋』（芝書店）、『英雄と詩人』（人文書院）を共に一九三六年一一月に公にし、同月、池谷信三郎賞を「日本の橋その他」で受賞する。一九三八年五月には、佐藤春夫と同龍児を伴い朝鮮各地から、大阪高等学校時代の同級であった竹内好（竹内は「甲文」、保田は「乙文」）を頼り、北京、熱河地方を四十余日に亘って旅をしている。帰国した六月には、柏原典子と結婚し、中野区野方町一ノ九一九に新居を構え、八月に同人誌は終刊を迎える。この四年間の「日本浪曼派」の時代は、保田與重郎にとって前途洋々たる希望と、体力の充実と、人的交わりも喧しい日々を送ったものと思われる。年齢から見てもそうだろう。保田與重郎、二六歳から二九歳のことである。無理のきく年齢である。

ここで保田與重郎の横顔を少しだけ紹介する。《ある意味では、日本浪曼派随一の豪傑は保田與重郎であるかもしれないと、私なども感じることはあるけども、世上でいう国士風あるいは壮士風なところは保田にはまったく無い。むろん、名士気取りのポーズなどは、瞬間的にもみせることはない》と伊藤佐喜雄はこう述べている。アララギ短歌結社や「岩波ジャーナリズム」に対する激しく執拗な攻撃ぶりをみると、ときに甚だしく戦闘的に偏りすぎることさえあったという。文章と実物との印象の違いに戸惑われる人が多かったのであろう。後の三島由紀夫である当時学生だった平岡公威も、その内の一人であったようだ。

以下、続く伊藤佐喜雄の保田與重郎評である。

……まったく彼は好奇心の強い男だ。奇人や高山や大木や巨岩の話を、彼は愛してやまない。妖異や怨霊などの話にも、人並以上の興味をしめす。こういう好奇心は、浪曼精神の一つの属性をなすものであって、ヨーロッパのロマンティークの作家や詩人の多くにも、そうした性癖が見られる。しかし、保田も私たちも、民俗の純粋が土俗の野卑や怪奇に堕したものは好まない。浪曼精神とは、ゲテモノ趣味の対極に立つものである。

伊藤佐喜雄著『日本浪曼派』潮新書「青春——一九三五年」より

ここに紹介した保田與重郎の横顔は、晩年になっても変わらなかったようである。戦後、作家の中上健次が保田與重郎の元へ訪問した折、同じようなことをいわれている。

京都の太秦の家に保田與重郎氏をたずねたことがあった。やくたいもなく私の故郷熊野と保田與重郎氏の故郷大和のいずれが強力なのか、と問うと、保田與重郎氏は、若い頃、熊野を歩き廻った、熊野の玉置山の大杉を見たかと問い返された。

「ぼくの熊野を読み解くために」より

どうやらその時中上健次は、玉置山の大杉を観たことがなかったようである。後日、早速、観に行ったようだ。が、保田與重郎とその時かわした言葉は、《ことごとく謎として》残ったと述べている。これは一九八五年講談社版『保田與重郎全集』発刊を知らせるパンフレットに掲載されたものから冒頭部分の引用である。保田與重郎には『コギト』第百二十四号に掲載した「大杉の記」(一九四二年一一月発行)という文章がある。中上健次に話した玉置山の大杉のことではなく、土佐の長岡郡大杉村の八坂神社の境内にある樹齢三千年の大杉のことや、蔵原伸二郎の詩のこと、また郷里の忍坂の巨石について書いている。保田與重郎は、天然自然物を芸術の原型とし古代の美の精神を味わい尋ね歩くことが多かったようである。

話をもとに戻そう。『日本浪曼派』終刊後、一九四一年一月に「四季」の同人となる二年間の間に、保田與重郎は自著『後鳥羽院』(万里閣)と『ヱルテルは何故死んだか』(ぐろりあ・そさえて)を一九三九年に、『佐藤春夫』(弘文堂書店)と『文学の立場』(古今書院)を一九四〇年に世に送り出している。

この中の『ヱルテルは何故死んだか』を出した「ぐろりあ・そさえて」とは、神戸出身の伊藤長蔵が始めた出版社で、「新ぐろりあ叢書」は一九三九年から一九四二年の四年の間、全二十四タイトルの書籍を発刊したという。まるで日本浪曼派そのままの精神で額を飾る「新ぐろりあ叢書 発刊の辭」は、保田與重郎によって書かれたものである（谷川雁研究会機関誌『雲よ―原点と越境―』第五号、北野辰一の「谷川雁と保田與重郎」注の(3)を参照）。この叢書は「ぐろりあ・そさえて」再建を期して保田與重郎のきもいりで始まったものである。この叢書の一冊に、津村信夫の『戸隠の繪本』（一九四〇年一〇月刊）が加えられたのである。そして翌年の一九四一年一月に保田與重郎は「四季」の同人となるが、その『四季』の編集を当時中心的に担っていたのが津村信夫であった。この『戸隠の繪本』といい、「四季」の同人といい、保田與重郎と津村信夫の関係は通り一遍のものとはいえなさそうだ。

一九四四年に「ぐろりあ・そさえて」の発行人である伊藤長蔵は「信夫さんを惜しむ」という追悼文章でこんなことを語っている。

信夫さんについて書かうとすれば旧師津村先生を想はずにいられない。

自分は津村先生には商大で四年間薫陶をうけたのであるが、それも学問に不勉強の自分は教室内より教室外でうけた方が多かつたと思つて居る。今にして考へれば、津村先生は当時慨世憂国の士であつた。転じて実業界に投ぜられ、後退いて再び評論や随筆をものして悠々自適の生涯に入られたが、其間二十有餘年常に同窓の旧子弟に伍して変わらぬ慈愛を示され、子弟もまた、先生を旧師としてよりも、人生の先達として敬慕し、その情愛は他の学窓で多く見ざるものがあつた。（略）其後自分は保田与重郎氏等の勧めに依り、ぐろりあ叢書の刊行を思ひ立ち、其書目の選択の一切保田氏等の推薦に俟つて居たが、選ばれたる一篇に「戸隠の絵本」があつて、其が計らずも信夫さんの創作なる事を知つて自分は奇縁を欣んだのである。

「信夫さんを惜しむ」より

伊藤長蔵は神戸商大で津村信夫の父、秀松に習った縁があったという。当然、息子の津村信夫や、その兄の朝日新聞記者（Q）で映画評論家の秀夫、夭折した姉の節子を知っている。引用では省略したが、津村信夫・昌子の結婚披露に招かれ二十数年ぶりに堂々たる体軀になった花婿と再会したとある。津村秀松は、神戸高等商業学校（後の神戸大学）の法学博士であり、後に大阪鉄工所（現在の日立造船）社長を歴任し、大正末年に神戸市葺合区籠池通に一家を構え妻久子と暮らしていた。文中にある悠々自適の暮らしとは、この家のことである。この家を秀松は「対故山荘」と名づけていたが、津村信夫は「薔薇（そうび）屋敷」と呼んでいた。近所でも有名な千坪もの庭のある大きなお屋敷であったと伝わっている。

書いてある通り『戸隠の繪本』の仕掛人は保田與重郎である。同人となった保田與重郎も、『四季』（第五十三号）一九四一年の一月号に早速「『戸隠の繪本』をよむ」なる文章を載せている。

我國の文學のためには、かういふ本こそ今後ます〳〵世の中にあらはれて欲しいと思つた。無理に形をつけて、心を示す必要はない。この本をよんでゐると、津村君の詩集をよんだときよりも、一きははつきりと詩の心が私の心にうかんできた、又津村君の詩の思ひもよくうつされてゐると思つた。詩人と稱へ、詩をつくらうとする此からの人々は、きつとこの本をよんで自分らの心の表現に於て得るところが多いと思ふ。

大體に於て津村君は文化的な神経衰弱症をもたないところの我々の仲間の詩人であるが、――このことは津村君の身體の健やかさをいふのではなく、彼の詩の和やかで、又おほらかなゆとりを云ふのだが——とりわけこの本ではさういふ彼の詩の思ひが、思ふ存分にうつされてゐて、私はたのしい讀書をしたのである。

「『戸隠の繪本』をよむ」より

詩作するものの心を刺激する本の誕生を喜び、《和やかで、大らかなゆとり》ある詩境、これが保田與重郎の津村信夫評である。そして続く文章の中で、この『戸隠の繪本』の《淡いものの云ひ方がよく》文学に希望を与えてくれる。そして一詩人である津村信夫の成熟の《今後を大きく見せてゐる》と作品評と共に期待も込めて述べている。津村信夫のことは早くから知っていたようだ。それで彼の詩作を見てきた者としての感想が述べられているのである。また、保田與重郎自身、肩の力をぬいた平易な文章を書いているのも注目にあたいする。津村信夫という健康な精神が、そうさせたのかもしれない。この人はよっぽど性格がよかったようである。多くの追悼文を読んでも、非の打ちどころのない笑みを忘れぬ豊かな人間性が、詩や文章に顕れていることを誰もが異口同音讃えている。

保田與重郎のこの文章が掲載された号の「編輯後記」は、立原道造が既に他界していることもあり、ひとり津村信夫が担当している。

四季は今度新しく同人として伊藤静雄、山岸外史、保田與重郎、蔵原伸二郎、田中冬二、大山定一の六氏が加はつて下さつた。これらの諸氏は從來から四季の親密な友人であつたのだが、今後は同人として益々力をつくして下さる事と思ふ。

四季は諸氏の熱心な御寄稿によりたいへん原稿も豊富になつた。それだけ隙間のない編輯が出來ると考へる。
ブックレヴィユ、會員の投稿詩、この二つの事にも力を入れて行きたい。書評は、同人の著作を中心として、なるべく多くの頁をさきたいと考へてゐる。

編輯後記（「四季」昭和一六年一月號）より

この三年後に、津村信夫は病に倒れ亡くなってしまう。
『戸隠の繪本』は、その形式と文体を《抒情日誌》と呼んでいる。発刊には萩原朔太郎の次のような推薦文が寄せられていた。

古い伝説に埋れた信州の山中で、里の神楽を聞いたり、山の少女と語つたりして、ひそかにその心の郷愁を綴つたこの書物は、いかにも戸隠の絵本といふ題にふさはしい。鬼が棲んでたといふ戸隠山の伝説は、この著者のヴイジヨンに於て、里神楽の笛の音に漂ふところの、物語（バラツド）の詩的幻想にまで展開されてる。だがそれよりももつと、若い日の純情なロマンと思慕とを哀切に感じさせる類の抒情詩（散文の抒情詩）である。

ぐろりあ刊「文学通信」（昭和一五・一一・二五）より

豪奢な宣伝である。萩原朔太郎といえば保田與重郎が、佐藤春夫や川端康成と並ぶ尊敬する師のひとりである。勿論、保田與重郎は「ぐろりあ・そさえて」のためにもこの『戸隠の繪本』を売りたかったに違いない。が、それだけではないだろう。その横顔でも触れたように保田與重郎の浪曼精神をくすぐるものが、戸隠の土地にはあって、それを《抒情日誌》風にまで詩的に引きあげている津村信夫の文章に惚れこんだのである。

戸隠とは、中世は叡山、高野と並ぶ有名な修験道の道場であり、謡曲の「紅葉狩」の舞台としても数多の伝説が色濃く残る土地柄であった。謙信、信玄の戦に巻き込まれることもあり、近世になると古より敗者の側（木曽義仲、真田正幸・幸村）に加勢した歴史を持つことから、戸隠三千坊の名は天海によって善光寺の遠景に退き、蕎麦と竹の民俗誌を伝える神仏混淆（本地垂迹）の寺社を残す辺境の地として信仰と物語を護り続けてきた。江戸文化の爛熟の波が戸隠にも押し寄せてきた頃、時代は近代を迎え、廃仏毀釈により貴重な伝承は物心ともに失われてゆく。そんな煽りを受けた戸隠の暮れ方に詩人津村信夫は、戸隠の風物誌を抒情豊かに、そこに暮らす人の中にわけ入り、歴史の影落す歳時記を書きとめたのである。そのおかげで戦後、戸隠の信仰と観光は息を吹き返し、今日ある戸隠の大恩人と津村信夫はなるのである。

先に述べたようにこの土地は、谷川雁が株式会社テック（ラボ）を辞めた後、十代の会で合宿する地となる。勿論、ラボ時代、戸隠の隣の黒姫に谷川雁は居を構えていた。近いこともあろうが、なぜ戸隠だったのか。それは峻厳な山稜と平地では生きられぬまつろわぬ民の歴史や物語が今も息づく土地柄に魅せられて選んだのではなかろうか。合宿で本部を置いた蕎麦屋のご主人は「山脈（やまなみ）の会」の落合宏。この邂逅も見逃すことはできない。この落合宏こそ、戸隠の信仰と物語を伝承研究する村（今は長野市だが当時は上水内郡戸隠村）の第一人者であった。その落合宏自身、津村信夫の存在なくして自分の戸隠は語れなかったと自著『紅葉、そなたは――「鬼女」であれ「貴女」であれ』（二〇〇六年　信濃毎日新聞社刊）で回顧している。あとがきには、谷川雁の名も見える。

『戸隠の繪本』の扉に記されている津村信夫の詩「戸かくし姫」を紹介しよう。

戸かくし姫

山は鋸の歯の形
冬になれば　人は往かず
峯の風に　屋根と木が鳴る
こうこうと鳴ると云ふ
「そんなに　こうこうつて鳴りますか」
私の問ひに
娘は皓い歯を見せた
遠くの薄は夢のやう
「美しい時ばかりはございません」

初冬の山は　不開の間
峯吹く風をききながら
不開の間では
坊の娘がお茶をたててゐる
二十を越すと早いものと
娘は年齢を云わなかつた

『戸隠の繪本』より

解説するまでもないわかりやすい詩である。戸隠に住む人々が暮らす空間の陰翳がよく表れている。それでいて戸隠を訪れる異郷の人の戸隠人に対する心持ちが自然と伝わってくるから不思議である。またこの詩は、一九七四年六月三〇日、戸隠中社に有志の発案によって文学碑に刻まれ建立される。列席者は、遺族昌子、初枝（娘）、兄秀夫夫婦ならびに神保光太郎、堀多恵子、室生朝子、上原一男で、除幕式が催された。『津村信夫全集』第三巻の「年譜」に堀内達夫氏が記している。

今も戸隠では、毎年、津村信夫の亡くなった六月二七日には紫陽花忌が行われている。

津村信夫の死と丸山薫

津村信夫はアジソン病（慢性原発性副腎皮質機能低下症）であった。現在も厚生労働省より指定される難病（旧　特定疾患）である。

一九四四年六月二七日午前二時五分、《病状あらたまって、妻昌子の胸に抱かれて永眠。臨終には、妻子二人と、ほかに医師小林義徳、兄秀夫夫妻、友人上森子鉄がいた》と兄秀夫は年譜に記している。法名洪善院湘山清竹居士。

六月二九日、丸山薫、佐藤正彰、上森子鉄らの奔走で盛夏のような日盛りに丸山薫を葬儀委員長として本葬が催された。続いて鎌倉の名越の火葬場で焼骨式が行われた。随行は丸山薫、佐藤正彰、上森子鉄、坂本幸一、高橋幸一、山崎勇らに叔父小山恒男ほか親族十数名。

六月三〇日、《北鎌倉、浄智寺本堂における告別式は如何にも雅趣があり、つつましやかながら美しい式であった。私の家は真宗であったが、特に禅宗で営み、円覚寺館長の朝日奈宗源先生におねがいした。また母の知友でありかつ信夫も晩年御世話になった、円覚寺内の富沢臥龍庵先生にも式に列して読経して頂いた。茅野蕭々先生に信夫の詩の「千曲川」その他の数篇を朗読して頂き、先生の御声に涙すら混じって聞えた。恩師室生犀星先生の弔辞も、丸山薫さんの弔辞も、列席者に清らかに深い感動を与えた。室生さんの弔辞は最後に、「信夫君、信夫さん、信スケー」と大きな声をふるわせて叫ばれた》と、兄津村秀夫は「弟津村信夫の思い出」に記している。室生犀星の声が耳奥に聞こえてくるようである。

茅野蕭々（ドイツ文学・詩人／津村信夫の妻昌子を婚前、養女とし籍を入れる）が告別式で朗読した津村信夫の「千曲川」はこんな詩である。

千曲川

その橋は、まこと、ながかりきと、
旅終りては、人にも告げむ、

雨ながら我が見しものは、
戸倉の燈（ひ）か、上山田の温泉（いでゅ）か、

若き日よ、橋を渡りて、
千曲川、汝（な）が水は冷たからむと、
忘るべきは、すべて忘れはてにき。

「日本の橋」を語った保田與重郎を思いださせる詩である。

続いて、津村信夫にとって文学の父であり、自ら実質岳父となることも引き受け、信夫・昌子夫妻の媒酌をした室生犀星の弔辞（「弔詞」）である。

弔詞

詩人津村信夫君、卒然として他界す。

つらつらその詩業をかへり見るに、可憐哀惜のあとしめやかにして、虚構なく、よく抒情詩の本体中核に触れ、或は夕雲に一点彩を仰ぎ見るが如き忘れがたなきはなやかさを表識す。

才能はしかも年とともに小説物語のあとを慕ひ、既に玲らう詩のごとき二三の作品を以て世に問ひ、句高き一作家たらんことを約束せり。

しかも文体柔らかにして気品を失はず、格調また詩のたたずまひを寄するに最も本質的なりし也。

けふ大東亜戦争の真只中悲報を得て鎌倉に来て見れば、若葉の木々はすでに山径にくろずみ、老鶯ややうやく声を絶たんとして、しかも君なし。

君を呼ばんとすれば声かすみ、敢て無理にも別れんとするものなり。

左様なら、信夫君、信夫さん、ノブスケ、皆からもよろしく。

昭和十九年六月三十日

室生犀星

既にサイパン島奪還放棄のニュースが入っていたのであろう。本土に住む者にとってサイパン陥落（一九四四年七月九日）は、ある象徴性を持つものであった。陥落の悲報の後、本土の空襲警報がよく鳴り響くようになったという。そんな雲行きの悪くなる最中、津村信夫は亡くなったのである。

また、津村信夫逝去の日を刊行日として、奇しくも『四季』は廃刊になった。津村信夫は戦前の「四季」創刊から廃刊までを文字通り共に歩んだ詩人であったといえる。享年三六歳。早すぎる死であった。

以上、津村信夫が亡くなってから告別式までの四日間をかなり詳しく記したが、その中で献身的に尽くし動きまわる丸山薫（一八九九年～一九七四年）の姿が目につく。津村信夫とは親交も深く、体軀も良く似て、連れ立って歩く姿は路行く人に兄弟と間違われるほどだった。本葬で汗が噴き出すなかでの葬儀委員長、焼骨式への随行、告別式での弔辞と、津村信夫の死で人々に印象に残った顔は、他でもない丸山薫であったに違いない。丸山薫が津村信夫に贈った弔辞（「弔詩」）を紹介しよう。

四季代表　丸山薫

弔詩　君去ったあと

君は少女を愛し
少女の詩を書くのが好きだつた
君は冬を愛し
雪の旅と田舎人の人情を寫すのが好きであつた
君は信濃を愛し
戸隠山の風俗と善光寺平の星を語るのが好きだつた

君はお神樂を愛し巫女を好み
神代のやうな傳説を郷愁した

君が詩に歌つた自然も人情も風俗も
諸々の哀しみも美も喜びも
それはこの世のものでありながら　この世になく
君の不思議は天才にだけ映る世界であつた
君自身この世の住居（すまゐ）するやうに見えて
実は君の心に在る別な世界に呼吸してゐた
君は在るが儘の形の中に優雅な魂を見詰め素朴で直な色彩の裏から文（あや）な模様をひき出し
相愛の娘さんを娶り　子供さんを生み　和やかな家庭をいとなみ
詩文に精進し
それらの君らしい経営をとほして　ぼくたちにまで
君の理想するメルヘンの内部を覗かせて呉れた
君は誰よりも藝術家であつて
日本のアンデルセンであり　カロツサであり　またドオデエである

だが　君の息を入れた風船は途中ではぢけて
君の生命も考へも

一陣清らな風になつて　いづくへか吹き去つてしまつたとき
あとは空しく暑い夏の日が殘り
その陽射しの中に戰ふ人々を滿載して走る汽車のひゞきとともに
ぼくたちだけが汗と埃にまみれて殘された

愛らしい思想よ　いづくへ行つたのだらう
信夫君　君はいま何處にゐるのだ
鎌倉山の山ふところから　飄々として蒼い虛空に昇つていつた
茶毘一片の烟をのぞみ
君の奥さんはひとりぼつちになつた姿で泣かれ
ぼくは心に泪を流した

親しい友が去つたあと
下界はいまこのやうに淋しい
　昭和十九年六月三十日

あくまで「四季」の代表として弔辞を述べている。彼の詩業を讃え評するものとなってはいるが、内容をみれば、それだけではない故人との親密な関係が偲ばれ、残されし者の心に空いた穴を虚しく嘆き、思い出と哀しみの調和した読後に寂寞残る優れた詩である。津村信夫の死去で丸山薫が作詩したものは、この「弔詩　君去ったあと」の他、もう二篇ある。一つは、一九四四年七月一日発行の『日本詩』（昭和一九年七月號／實文館刊）に掲載された「津村信夫を悼む」が、もう一つは未完となる『津村信夫追悼綠』に掲載予定であった「十三年の話」がある。どちらも二人の交友関係を示す心温まる詩である。

丸山薫の津村信夫評

保田與重郎は「古りし人」という文章を『津村信夫追悼綠』に寄せている。文中では立原道造を《天稟のものを鋭く人眼にあらは》と評し、津村信夫は《大様で豊満》だったという。汚れたものをよせつけぬ、素直に淡々と情の出ているところを懐かしく思うと洩らしている。最後に、いくども消そうと思ったというむかしの歌を津村信夫追悼のために残している。

さゝなみの志賀の山路の春にまよひ
ひとりながめし花ざかりかな

「古りし人」より

北信の山間部に隈笹の群生する森に迷い込み、まるでそこに津村信夫を見いだしたようにも、夢の中で再会したようにも取れる歌である。

保田與重郎にとっては、この誰の系譜ともいえぬ津村信夫の書きぶりを自分と同じ孤高の魂とみていたようである。人間的な交わりは先輩詩人等とあったにしろ、彼自身の口からお手本としている詩人や詩境の話など、一切聞いたことがなかったという。文学の故郷を同じゅうする者という意識が保田與重郎にはあったのであろう。つまり津村信夫とは、戸隠に共鳴する浪曼主義的趣興だけではなく、文学の同朋という強い意識があったのである。
一方、丸山薫は交流十三年間、相性の良さとしか言葉がみつからぬ間柄で、近くから津村信夫の天才を愛してきた。

十三年の話

十三年間　君と話したが
夢中になつて話し合つたが
しかも　なにを話したらう
詩を語らず　文學を語らず
況んや哲學に於てをや

話したのは
夢中になつて話したのは
みんな他愛のないことばかり
海戰の話　水兵の話
港の話　鷗と帆桁の話

さては萩原朔太郎先生の話

室生先生の咳拂ひ
ストックホルム水郷の話
諾威狭江（ノルウェイフヨウルド）の話
波に墜ちる雷撃機の話

少年飛行兵の話
孝行一途のフリッツ少年の物語
フリイドリッヒ大王と賢い少女の話
大王威儀を正して問ひ給へらく
——しからば朕は何界に屬するや？

八幡太郎義家の話　新羅（しんら）三郎の話
眞田幸村六文銭の旗じるし
瀧夜叉紅葉狩の傳説
豪傑の話　武者修行の話
岩見重太郎の話

戸隱山の神樂の話
巫女（みこ）の話　山の少女の話

少年の話　星の話
幽霊でもない　妖精でもない
かなしいまごころ　精神の話

ああ十三年間
話したのは　夢中で話し合つたのは
みんな他愛のないことばかり
詩を語らず　文學を語らず
況んや　哲學を語らず

たゞ〳〵話したのは
人を愛する氣持と
人生を愛する氣持
日本を愛し懐かしむ氣持
いくら話しても話しつくせない氣持

盡きないその思ひをのこして
卒然　君は行つてしまつた
有難う　信夫君

お蔭で僕の胸は爐のほとぼりで
まだこんなにも温い

『津村信夫追悼緑』より

保田與重郎が「古りし人」を寄せた『津村信夫追悼緑』（一九四四年・未刊）のために丸山薫の詠んだ詩「十三年の話」である。噛みしめるように津村信夫との十三年をふり返り、いくら話しても話つきなかったあの想いは未だ消えぬと、茶毘にふした友情への感謝、合掌する姿にも似た一篇である。夢中になって話したことは、みな他愛のないことばかり。されど、もっと話しておけばよかったと思うことはあるかと問えば、「ない」ときっぱり応えたに違いない。お互いの気持ちや感情を推し量れるほどの近しい間柄であったのである（「詩を語らず　文學を語らず　況んや　哲學を語らず」）。そこには保田與重郎とは違うある種の人間の故郷を同じゅうする同朋の意識があったといえよう。

戦後二度目にあたる『四季』（第4次「四季」／一九六七年～一九七五年まで一七号を数えた）が復刊されて第四号（一九六九年二月一五日発行）に「座談会」と名打たれた津村信夫についての比較的気楽な読み物が掲載されている。そこで丸山薫は、津村信夫の「吹奏樂」という詩が好きだと述べている。

吹奏樂

公園の近所に住んで、私は土曜日毎に音樂堂を訪れた。
一人の紅顔の樂手が空にむけて、ひたむきにラッパを吹きならしてゐた。

不思議に禮節に富む樂の音。


私は落葉を踏み、それは、まさに秋の畫廊であつたが、歸るさ、一人の子守の老婆に話しかけた。

――聞きましたか、あれはアルルの女ですよ。

既に感興を喪つた老婆は空を眺め、その不竝びな齒を見せて微笑んだ。

秋は、
吹く風に、誘うべく憂ひは殘さずとも、また、いかばかり物悲しく思へたか。「愛の神の歌」より

丸山薫はその「座談会」で津村信夫の詩について重要なことを述べている。それは、初期はフランシス・ジャムなどをよく読み三色旗で統一されたものを書いているが、後に散文を書くようになってから日本的な色合いになっていったというのである。また、一種の構造をもっている詩だともいう。どういうことかというと、題材に物語性をもっているものが多いため散文的形式になるのだと。よく比較される立原道造の現時点で書く詩に比べ、津村信夫の詩にはもっと永い人生的なものが凝縮されている。それがわかりにくさにつながっているという。その生活も感情も豊富だったものが、津村信夫に散文に赴かしめたのではないかと。先に挙げた詩「吹奏樂」もそうした視点から読むと、霧が晴れてゆくようである。それにしても「秋は、／吹く風に、誘うべく憂ひは殘さずとも、また、いかばかり物悲しく思へたか」はいい。

ここまで保田與重郎から津村信夫、そして無二の友情で結びついていた丸山薫まで辿ってきた。津村信夫を介して浮かびあがるもう一人の存在をそろそろ描く段になったようである。津村信夫とこれから登場

する若者とは、書いていて思うのであるが、どこか散文的な物語をうちに秘めていたところや家柄の良さなど、どこか似ているところもあるように思えてくるのは私だけであろうか。津村信夫が亡くなって四年目のことである。

戦災で焼かれ山形の月山につらなる村に疎開していた丸山薫のもとに戦後まもなく、一通のファン・レターが届いた。それがファン・レターといえる代物であったかどうか定かではないが、いくつかの詩も同封されており添削して欲しいというものだったらしい。その送り主こそ、まだ十代で無名の小田実であった。

丸山薫と小田実

丸山薫が『小田実全仕事10』（一九七一年／河出書房新社刊）の月報のために書いた「小田実君と私」は、こんな文章から始まる。

> 東京で戦災に遭って山形県の山村に疎開していた戦後まもない頃だった。大阪の一少年から一通の手紙をもらった。手紙の文通（ママ）は詩を見てくれということで、確か作品が同封してあったと思う。それが当時まだ旧制天王寺中学三年生だった小田実の名を識った最初である。
>
> 「小田実君と私」より

小田実には、詳細を極めた自作の年譜がある。『小田実評論撰4　90年代——これは「人間の国」かなど』（二〇〇二年七月二五日／筑摩書房刊）収録の「あとがきとしての年譜」である。もともと年譜は講談社文芸文庫『海冥』（二〇〇〇年発行）に自身の手でなったもの（「年譜——小田実」）が収められており、それをベースに二〇〇二年からの視点で一部加筆し、『評論撰』全四巻用にものしたのが「あとがきとしての年譜」である。その後、公とされる多くの年譜は、これら二つの自作年譜に倣っているのだが、ここには丸山薫とのこの間の事情のことは一切触れられていない。《一九四五年、姫路市立城巽国民学校卒業。大阪府立（旧制）天王寺中学入学》から《一九五一年、小説『明後日の手記』（河出書房）》、新制の夕陽丘高校二年生の夏休みに一気に書きあげられた小説の出版まで飛び、六年間のことはすっぽりと抜け落ちている。つまり丸山薫との関係を語ることは、この空白を埋めることになる。その空白を埋めることは小田実の思想の土壌を明らかにすることにつながる。小田実が今日多くの人が知るところの小田実に成るのは、やはり『何でも見てやろう』を書いてからであろう。このフルブライト基金でハーバード大学大学院留学から世界を巡る一日一ドルの謂わば乞食旅行は、本人もいうように、それまでの小田実に風穴をあけた。風穴からそれまでの余分なものを吹き飛ばした。これまで神話としてしか語られてこなかった「文学青年」小田実から、市民運動に関わりながら小説や評論を書く《行動する作家》小田実に変貌を遂げる。そのためにも「年譜」の空白を埋めることは、前（ウル）＝小田実*を知る重要なポイントとなるであろう。

＊『思想の科学』68年2月号収録の「私の日本語観」の冒頭は、こんな文章から始まっている。
《小説を書いていたんだな、子供の時。それから、それをやめて、山登りにこったのかな。それから俳句にこったんだ。それから詩を書いたんだ。それからまた小説。『明後日の手記』というのを書いた。模倣が強い。それで詩的文体というやつ、あれ、感じが悪いな。ああいうのは嫌いだ。今読んでみないと解らないけど。その次に書いたのは、ボツになって書けなくなって、それからまた書き出して、五年かかって書いたのが『わが人生の時』。その時、もう前のがいやになっているから散文で書こうと思っていた。》
これは小田実が最初に語ったとおぼしき（室謙二に語る形式でなされた）自伝的なものの一部である。これから触れるであろうことが概ね語られているので道標となると思いここに記しておく。

丸山薫がここで一通の手紙をもらったと云っている「戦後まもない頃」とは、いつのことであろうか。小田実がまだ旧制天王寺中学三年生とある。そういえば小田実自身、焼跡をぶらぶらして一年中学をだぶったと云っていた。ならば一九四八年のことであろうか。

一九四五年の八月に戦争が終わったとき、私は大阪の中学一年生だったが、学校へ行くのがいやになった私は軽い結核にかかっていたのを口実にしてズル休みをすることにして、結局中学一年生を次の年にもう一度くり返すことになるのだが、いくさのなかで自分自身のことをふくめて飢えにからんでの人間のみにくさを十分に見もすれば、空襲という人間の生き死ににじかにからむ戦争の「現場」もいやというほど体験して来た上に、戦後は敗戦のあと次の年の春までのそのズル休みのなかで闇市に出入りもすれば街をほっつき歩きもして人生体験をその年齢にしては貯めこんでいた。「私の自伝的小説論」より*

＊「私の自伝的小説論」は、『ベトナムから遠く離れて』（一九九一年）の出版記念会の折に書かれた一文である。後に岩波文庫版『大地と星輝く天の子』の下巻付録として収録されている。

学制改革で大阪府立夕陽丘高等女学校が、府立夕陽丘高等学校になり、大阪府立天王寺高等学校と職員・生徒の交流をはかり男女共学となるのは一九四八年のことである。関西本線を境に北部在住者は夕陽丘高校へ、南部在住者は天王寺高校へ振り分けられるのであるが、ＧＨＱの指示で直後の五月、府立天王寺高校の敷地に中学移転が決まり、夕陽丘高校の敷地に天王寺高校も移転し、二校同居の形となる。それは一九五一年まで続く。小田実（生れは福島）はそのころ桃谷（天王寺区堂ヶ芝九〇）に住んでいた。当然、新制の大阪府立夕陽丘高校に入学する。同校の二期生である。

丸山薫に宛てた手紙にも小田実（丸山薫は「少年」というが）は、この学制改革のことに触れている。

小田少年の手紙でいまも印象につよく残っているのは、その後まもなく昭和二十三年の学制改革で、天王寺中学が夕陽丘女学校に合併されたしらせだった。その日、中学生たちが列を組んで夕陽丘の校門をはいってゆくと、女学生たちがまるでお婿さんを迎えるようにいっせいに拍手して迎えてくれたと得意そうにかいてあった。戦後の新しい共学制度の中で勉強出来るようになった思春期の若者の喜びは私までも羨ましくさせた。

「小田実君と私」より

「お婿さんを迎える」ようにとは、小田実の云い回しであろう。まるでどこかの集団見合いではあるまいが、微笑ましく思うのは丸山薫ひとりではなかろう。

私的なことで恐縮だが、我が父は小田実より一歳下で学制改革のことを聞くと、やはり「男女共学」には憧れたという。それで工業高校からわざわざ普通科の高校に高校二年時にわざわざ一年ダブり鞍替えをしている。理由は「男女共学」故にであったという。八六歳の今にして明かされる真実に、呆れてしまう一幕であった。

自作の「年譜」にも小田実はこの学制改革のことをわざわざ記している。その件りを以下引いてみる。

この記述には（旧制）から（新制）への推移と「男女共学」の実践という「戦後」が入っている。この「男女共学」は、私がいた（旧制）天王寺中学と（旧制）夕陽丘高女の生徒、教師を半数ずつ交換して、それぞれを（新制）高校にするという画期的方法によってなされた。「男女共学」は私に「民主主義」を実感させ、その実施の方法は「革命」の可能性を信じさせた。

「年譜――小田実」より

「焼け跡」世代とは、一般によくいわれる括りではあるが、小田実もある意味その範疇に入る世代である。彼らの戦争体験は空襲による《死と飢え》であり、それを経て生き残った小田実にとって、この学制改革は、教科書を墨で塗る後ろ向きな体験より、よっぽど新しい時代を感じさせる心躍る出来事であったに違いない。「年譜」では年を重ねているせいか、民主主義を実感したとか、方法として革命の可能性を云々と述べているが……。

「あとがきとしての年譜」には、一九三二年六月二日の自身誕生の日付と場所（大阪の北部・福島）、「上海事変」の年、生まれる二週間ほど前に「五・一五」事件があったこと以外に、《父は当時は大阪市の議員（のちに「政権交代」のあおりでクビ、弁護士になった）。母は商家（本屋）の娘。彼らのあいだの子供は男男女男の四人。末子が私だ》とある。小田実は四人兄弟の末っ子であった。名前を出さなかったのは、出さない理由があったからに違いない。しかし、どんな家族であったのか知りたく思い、生前、親交のあった山村雅治氏に聞いたところ、長男は医者で、次男はフランス語教師でフルートが達者で、姉は司法書士だという。この四兄弟とご両親がそろった家族を想像するに、かなり個性豊かな家庭環境を思い浮かべることができる。実際、皆、私利私欲のない、笑いがいつも絶えない家で、小田実の子供のころの夢が、母の実家が本屋だったこともあり岩波文庫を全部読むことだった（小田実の人生の同行者、玄順恵氏の談）というから、かなり早熟な青少年時代を過ごされていたことが窺える。

では小田実は、丸山薫の詩のどんなところに魅力を感じ、ファン・レターを書いたのであろうか？　小田実の『何でも見てやろう』（一九六一年／河出書房新社刊）のなかに丸山薫の詩が出てくる。「あいるらんどのような田舎へ行こう――ズーズー弁英語の国」の章の冒頭である。

私はかねがねアイルランドという土地に、ひそやかなる憧れを抱いていた。先ず、私の愛誦する丸山薫氏の詩の一節をあげておこう。

汽車に乗って
あいるらんどのような田舎へ行こう
ひとびとが祭の日傘をくるくるまわし
日が照りながら雨のふる
あいるらんどのような田舎へ行こう

これを口ずさめば、誰だって、アイルランドへ行ってみたくなるではないか。私がこの詩にはじめておめにかかったのは、まだ中学のころだったから、わがアイルランドに対する憧れも随分年久しいものである。それに陽気で寂しがりやでセンチメンタルな私は、まったくそんなふうなアイルランド民謡が大好きである。

『何でも見てやろう』より

詩の原題は「汽車にのつて」である。一九三五年、丸山薫第三詩集『幼年』（昭和一〇年／四季社刊）に収められた詩である。初出は『椎の木』昭和二年六月号で、昭和初年に作詩されている。第三詩集ではあるが、丸山薫の実質的には初期詩集である。小田実が引用しているのは、冒頭部分で、この後にもう四連続く。短いものなので、繰り返しになるが全文引いてみよう。

汽車にのつて

汽車に乗つて
あいるらんどのやうな田舎へ行かう
ひとびとが祭の日傘をくるくるまはし
日が照りながら雨のふる
あいるらんどのやうな田舎へ行かう
窓に映つた自分の顔を道づれにして
湖水をわたり　隧道（とんねる）をくぐり
珍しい顔の少女（をとめ）や牛の歩いてゐる
あいるらんどのやうな田舎へ行かう

『幼年』より

小田実はこの詩と出会ったのが、中学のころといっている。小田実の中学時代とは、一九四五年四月から一九四九年三月までである。

それは小田実にとって、想像の翼を羽ばたかせるに充分な詩であった。雨をみる自宅の階段の丸窓に映った自分の顔が、いつのまにか車窓に映る自分の顔に変わっていたかもしれない。そんな小田実の心の裡を想像したくもなる一篇である。日本脱出を企て、後に『何でも見てやろう』を書くことになる小田実が好きになりそうな詩である。

愛誦する詩は他にもあったであろう。当時の旅行といえば、まだ飛行機はなく、もっぱら船での旅であった。丸山薫の第一詩集「帆・ランプ・鷗」など、船や旅先でのことを詠った丸山薫の詩に魅力を感じないはずはない。

ふと私の脳裏をかすめたのは、丸山薫とは、小田実のささくれた心を癒すと同時に詩を書くこと、つまり表現することで内なるものを見つめ、考えることの喜びをもたらした存在といえるのではないだろうか。

丸山薫は、小田実の横顔をこう記している。

テレビなどで二、三度見た彼はいささか尊大不遜で不作法な男に見える。だが少年詩人だった往昔の彼を知っている私には、彼が権力の圧迫を嫌う叛骨とみずからを頼る強い意志を持つ半面、きわめてデリケートな神経の——というよりむしろ恥ずかしがり屋といってもいい性格の持ち主であるように思える。そうした矛盾する二つの内面の相克が、対人的に特に対世間的に彼の外面や行動をアウトロウに仕立てているのではあるまいか？『何でも見てやろう』のアイルランド紀行の冒頭に、彼は私がむかし書いた「汽車にのって」という詩を引用し、「この詩を読めば誰でもアイルランドへ行きたくなるだろう」と書いている。そして私に贈ってくれる本のトビラには洩れなく几帳面な字体で「先生」付きの私の名を書き入れてくれている。そんなところに私は彼の誠実さを観る。

「小田実君と私」より

小田実自身は、アイルランド紀行の冒頭で「陽気で寂しがりやでセンチメンタルな私」と自分を評していた。丸山薫は、叛骨の強い意志とデリケートな恥ずかしがり屋は、本来誠実さを内に秘めもつ人物であると小田実を観ている。献呈本にいつも丸山薫には「先生」と書いていたという。小田実にとって先生と呼ぶに値する人は、そう多くはあるまい。もしかしたら丸山薫ただひとりかもしれない。誰に対しても「さん」付けであった。

敗戦で埃まみれだった小田実の少年期から青年期にかけて、丸山薫の詩と出会い、自ら詩を書くことで戦後の小田実が始まった。それを思うと、丸山薫という支柱を「先生」と呼ぶのは至極当然なことであったのかもしれない。*

*ここにもう一人、高校生時代から小田実を知り、テレビなど出ている姿を見て同じように心配していた先達がいる。丸山薫と三高時代から生涯の友となる桑原武夫（一九〇四年～一九八八年／フランス文学・文化研究・評論家）である。やはり小田実の姿が不遜、不作法に見え、自慢の若者をひやひやしながら観ていたようだ。そのことは富士正晴が伝えている。

『小田実全仕事1』の月報には桑原武夫の「『明後日の手記』序」が転載されていて、そこで「外国文学ならびに中村真一郎氏や椎名麟三氏らの影響の下に、数年来丸山薫氏の指導の下に作詩した経験をいかしつつ、いきなり大胆にフィクションによる自己主張を試みたのであろう」と述べている。桑原武夫とのつながりも、丸山薫を介してなのかもしれない。

鶴見俊輔が小田実の名を最初に聞いたのも、桑原武夫だったという。「高校生がやってきて、書きあげた小説をおいていった。東大を受けるといっていた。これからどうする、ときくと、山登りをすると言っていた」という（鶴見俊輔・小田実『オリジンから考える』二〇一一年／岩波書店刊より）。この時、置いていった小説はかなりの長篇であったようだ。但し、それは大学五年間を費やして書いた『わが人生の時』とは別物である。それはおそらく「ある愛の序章―ロマンス」三四六枚、末尾に一九五一年三月から五月に書いたと記された作品ではなかろうか（「私の自伝的小説論」参照）。

焼跡の詩作とデカダンス

返事を出したのが縁となり、小田実と丸山薫の間で文通が始まった。丸山薫は小田実の当時の詩をこんな風にいっている。

……小田少年の詩の内容は知的に歌っている点でちょっと立原道造を連想させたが、立原のそれのような清澄さの代りに、もっと黒ずんで大阪の煤煙や濁った河の匂いが感じられたように、いま思い出される。屈折の多い言いまわしに多分の才能が透視され、それだけに言うことが多すぎて濾過が足りないせいか、正直にいって私には不通な個所もあったようだ。何にしても年齢が若いのだからと私にはそう思われた。

「小田実君と私」より

丸山薫の評に従えば、小田実の詩は、後に小説を書き大阪を舞台するものや長篇作家となる可能性が、この時より芽吹いていたことが窺える。

丸山薫と小田実との交流は、中学三年から高校、大学三年くらいまで頻繁に続いていたようだ。先に引いた「小田君と私」で丸山薫は、小田青年は新制高校時代、同好の級友の四、五人と『イルミナシオン』という同人詩誌も出していたという。もっとも詩が好きな青年で、ランボオを通らぬものはいないだろう。その作になみなみならぬ愛着を持つならば、あからさまにその書名を冠する同人グループであったとしても、かなり早熟な若者たちといえるのではなかろうか。考えすぎかもしれぬが、後年、大阪と商人（マーチャント）と革命を虚構に描いた小田実の心性には、青年時代のランボオへの傾倒が、ランボオが詩を辞めて商人になったことなど、胸の裡に燻っていたかもしれない。考えすぎついでに、吉本隆明が二五歳の時に《僕はあらゆる詩的思想と非詩的思想との一般的逆立の形式を明らかにしたいのだ》と述べていた「ランボオ若しくはマルクスの方法にかんする諸注」が思い出される。年齢は違えども、一九四九年といえば小田実は一七歳、高校時代にあたり同人詩誌『イルミナシオン』を級友と出していたころのことである。奇しくも同時期にランボオへの傾倒を二人が表明しているように私には思える。

気になるのは、小田実が実際どんな詩を書いていたのかということである。幸いにも私の手元には詩誌『青い花』第一巻・第一号（一九五一年二月一〇日／青い花発行所刊）がある。詩誌『青い花』創刊号に掲載された小田実の詩「詩について」を紹介しよう。

詩について

詩は死に通ずる
詩を書くことは
死に近づくことだ
暗い背景になされる
死のたえまない形象
無限のひろがりもつ大地への
不確かな挑戦
詩に音楽があるとすれば

それは　詩人の身体が崩れ去り
一つの死が終って
また新たな死が始まろうとする予感だ
生の頁のくられる一瞬一瞬に
きらめく火花と不協和音
詩――
　何という暗い生のつぶやきだろう

ここに書かれていることをつぶさに眺めていると、ひとつの風景が浮かびあがってくる。それは小田実の処女小説となる『明後日の手記』（一九五一年五月／河出書房刊）と同じ主題である。四連目と五連目の《暗い背景になされる／死のたえまない形象》、そして十二連目と十三連目の《生の頁のくられる一瞬一瞬に／きらめく火花と不協和音》、この間に挟まれた《詩人の身体が崩れ去り／一つの死が終って／また新たな死が始まろうとする予感》は、《詩に音楽があるとすれば》と語りながら、実は火焔と暗い烟に包まれ逃げまどい泣き叫ぶあの空襲でみたものを詩に写しているように思われる。昨日まで声をかけ挨拶していた人が、翌日には丸焦げになり辺り一帯鮭缶のような臭いを漂わせながら、後片付けをしなければならなかった体験が……。詩を書くことは、《無限のひろがりもつ大地への／不確かな挑戦》であるという。音から詩と死は翻訳可能なものとし、詩人の夭折から、詩は死に近づくことになり、自分のみた死と生を写したのではなかろうか。〈詩／死〉が、《――／何という暗い生のつぶやきだろう》で締めくくられている。

基本、この「詩について」と『明後日の手記』の主題は同じである。丸山薫が、一九五一年『図書新聞』七月九日号に寄せた書評を読むと、同じようなことを云っているのに驚かされる。

これは十七歳の小説だが、著者はその三年も前から、私のもとに詩を送ってきていた。それらの詩は初めは憧れに満ちたものだったが、中頃から、しだいに思想性を帯びてきたように思える。彼は一篇二篇の詩を決して書かなかった。それはいつも相当な厚さをもつ一綴りの連作体を成したものだった。このようなやり方には充分にフィクションを孕み易く、それが小説にまで発展したのだと思える。『明後日の手記』には、いわゆる小説らしからぬ生硬さもあるが、いわゆる小説らしくなくても一向に構わない。何よりも賞揚すべきことは、愚にもつかぬことに拘っていないことで、すべて今日の青春にとって、いずれを指すべきか重要な四辻に、作者の関心が集約されていることである。

『明後日の手記』図書新聞より

小田実の詩作の中頃からの変化を捉え、連作体によるフィクションが小説にまで発展をみせたのではないかと丸山薫は観ていたようだ。ならば当然、同じ主題を扱っていたと考えてもおかしくはあるまい。変わり果てたこの世に生きて、あの戦争は何だったのか、あの空襲体験で亡くなった人たちはどんな意味があったのか、そんな想いの連作の一篇として「詩について」はあり、そんな連作の想いが発展し、『明後日の手記』が生まれたのではなかろうか。小田実、高二の夏休みに一気に書きあげた長編小説である。当時、一高校生が書いた小説ということで出版界の一部からは、好奇の眼を引いていたようだ。

小田実は『明後日の手記』について「年譜」の中で、若いころから小説らしきものは書いてきたが、これはそれまでのものとは違って「小説家」になりたくて書いた小説ではなかったと述べている。《ただ書きたくて、書かねばならないものとして、また、小説以外に書きようがないものとして書いた》という。まさに丸山薫がいう、今日の青春にとって、どちらに向かえばよいのか重要な四辻に小田実の関心が集約されたものであったことは間違いない。

空襲体験で見た火焔と暗闇が、敗戦後の焼け跡に放りだされた青春の脳裏にこびりついて離れない、消しようのない映像として残りつづける。大人たちの顔の裏側に隠されている欺瞞や怠惰、見苦しい卑怯に崩れゆく人間とこの国の深淵を覗きみる主人公。聖職者と労働者の結びつきや姉がその聖職者に入れ込む姿に、懐疑の眼差しを向け、救いのない日常を生きる。そんな青春を癒す友人との邂逅。明日に変わり得ぬ今日ならば、明後日にむけて、明後日の世代にむけてこの青春は使われねばならぬと。後にものする小田実の思想の中核をなす「〈難死〉の思想」の萌芽は既にこの小説にもある。

詩誌『青い花』には小田実の詩がもう一篇、掲載されている。一九五一年四月五日発行の第二号である。タイトルは「詩が…………」である。

詩が…………

詩が私にあたえた
砂漠に投影する黒い入陽を　時間のはてにひろがる海の底鳴りを
或は翼を傷めた一羽の小鳥を

そして　なおも凝視をつゞける眼を
詩が私から奪つた

やさしい水の調べを　樹木たちのさゝやきを　焦げたパンの香に
ひろがる明るい午前のサフラン色の空気を　私の体温を
　そして　生命(いのち)の火のくるめきを

　つまり小田実にとっての「詩とは何か」がここには綴られている。もし詩と出合わなかったらと、詩と出合ったことによって、与えられたものと失ったものが、凝縮されたメタファーを駆使し表現されている。詩が小田青年に与えたものは、先に引いた「詩について」で表現されている『明後日の手記』の主題と同じようなものの見方や拘りであり、奪ったものは、山登りなど自然を愛する感性であり、西洋風様式の生活や団欒を理想とする淡い将来像であった。いずれにしても小田実の戦後は、詩との出会いから始まったのである。

　このことに関わる逸話をひとつ。これも以前、聞いた話だが、山村雅治氏が震災（阪神淡路大震災／一九九五年一月一七日午前五時四六分）の後、当時市民救援基金の事務所となっていた桃谷の小田実の洋館風の実家に行ったことがあるという。当時、そこは小田実の姉の司法書士事務所になっていて、そこを急ごしらえの仮事務所としていたそうだ。小田実は高校三年までいた自分の部屋を案内してくれたという。部屋の梁に白い塗料で《Vivre? les serviteurs feront cela pour nous.》というフランス語が書きつけられてあった。山村雅治氏は微笑み、「リラダンですね?・」と訊くと、「そうや、リラダンや」と、小田実は別段恥ずかしがる風もなく応えたという。ヴィリエ・ド・リラダン（一八三八年〜一八八九年）は、フランスの作家、詩人、劇作家。ロマン主義的傾向が強く、フランス象徴主義の作家らは深く魅せられていた。リラダンの著書『アクセル』に登場する主人公アクセル・ドオエルスペエルのいう、《生きる？ そんなことは召使いどもに任せておけばよい》（斎藤磯雄訳・一九四三年／三笠書房刊）という台詞が、小田実の部屋には掲げられていたというのだ。焼跡の茶色の瓦礫や闇市をうろうろと彷徨う青年の奥所には、デカダンスを調べとする音楽がいつも傍らに流れていたことになる。

詩誌『青い花』同人として

では先の詩「詩について」「詩が…………」が掲載された詩誌『青い花』とはどんな同人誌であったのであろうか。「青い花」といえばドイツ・ロマン派のノヴァーリスの作品名である。一九五一年二月一〇日発行の詩誌『青い花』の創刊号の「後記」をみると以下のようなことが記されている。

誌名〝青い花〟は、独逸ロマン派の代表的詩人ノヴァーリスの小説中から採つた。誌名が象徴しているように、われわれは詩の頌栄を希う抒情の徒の集いであり、新浪漫主義を標榜し、混乱している現在の詩壇に純正なる流ならんとする者である。

メンバーは昨年十二月終刊の〝角笛〟同人十九名と大阪の〝純正詩〟六名及び〝シメエル〟三名からなる。〝純正詩〟で既に相当活躍している増田榮三、楫西貞雄両氏をはじめ有能な詩人たちが、〝シメエル〟からは新進気鋭の小田実氏外二名が参加した。さらに、顧問として現詩壇に活躍されている丸山薫、神保光太郎、杉山平一、三氏を迎え得たことを欣ぶ。

創刊号は先ず丸山薫氏の言葉を以て巻頭を飾ることが出来た。氏の短い言葉の中に、われわれの出発意図は明確美事に言い現わされているであろう。

詩誌『青い花』後記より

この「後記」にみる通りであるならば、小田実は新浪漫主義を標榜する抒情派の同人となっていたことになる。そして「シメエル」という同人だったことも窺える。イルミナシオンといい、リラダンといい、新浪漫主義といい、シメエルといい、こう単語を並べてみただけでも小田実のロマンティシズムは、かなりデカダンスを地で行くような傾向にあったような気がする。それは若さ故の為せる業だともいえるものであろう。丸山薫の巻頭のことばの中にも、「ロマンティスム」なる言葉が頻繁に出てくる。若い詩人の卵たちを鼓舞するように《われらの詩を、藝術を斯く在らしめよ。われらのロマンティスムをつねに生命と共にまつすぐに在らしめよ。ロマンティスムとは未来へ伸びようとする力だ。未確定の中にしるす確定の線なのだ》と記している。内なるロマンの声に正直に、未来へ未確定な実線を言葉で描けというのである。詩誌『青い花』のトビラには《しかし、あの青い花はどうしても見ないではいられない》というノヴァーリスの言葉が刻まれている。

これほどはっきりとロマン主義を標榜している以上、その《自覚》は詩誌『青い花』同人たちには、明らかに行き渡っていたと考えていいだろう。では、その《自覚》とは何かということだが、それは近代以来、日本近代詩歌の系譜において抒情歌は、ロマン的なるものを旨としてきたという事実である。ノヴァーリス研究者の小泉文子氏の「青い花幻想——ドイツ・ロマン派と日本」にも詳しいが、北村透谷の「楚囚の辞」、森鷗外の翻訳、北原白秋の『邪宗門』の「青き花」、『明星』や『帝国文学』、佐藤春夫の『田園の憂鬱』の「青い花」、四季やコギト、日本浪曼派に至るまで小鳥の囀りではあるが明治、大正、昭和とロマン主義は語られ青春の文学の頼みであった。

西洋では通時的にロマン主義は歴史過程としてあったのが、日本におけるロマン主義は共時的に再燃される初発のエネルギーとして、つまりロマン的なるものとしてあったといえる。この国の開国と革命により、外へと眼を向け始めると、技術だけでなく文化も遅れてではあるが、それまでの西洋の蓄積が怒涛の如くいきなり輸入された。そのため順序立てた階梯の意識が希薄となり、結果、百花繚乱、総花的な解釈と理解しか行き渡らなかった。戦後においてもロマン的なるものは過去のものではなく、潜在的に裡に秘め持つものとなっていたのである。その《自覚》が詩誌『青い花』の同人にはあったのではなかろうか。

詩誌『青い花』は丸山薫の「年譜」(『新編丸山薫全集6』二〇〇九年八月一日/角川学芸出版刊)によると、《一九五〇年十一月三日、『青い花』の創立総会。新しい詩誌『シメエル』創刊の準備をする。一九五一年二月、薫を後楯として、小田実、山形幹雄、寺門仁、小沢信男、千登三子らが詩誌『青い花』を創刊。昭和二十八年(一九五三年)四月までに十二号を出す。》とある。

詩誌『青い花』創刊号の「後記」にあった「シメエル」同人とは丸山薫が構想していた同人詩誌の名であったことが判る。もしかしたら関西の同人詩誌をと小田青年が懇願したものであったかもしれない。残念ながら「シメエル」のその後の記述は丸山薫の「年譜」には見当たらない。

やはり『青い花』は創立総会をするほどである。新浪漫主義の下に同人が《自覚》して参加していることは間違いなかろう。

私の手元には詩誌『青い花』は第二十七号(一九五八年三月二五日発行)までしかない。同人名簿は第二十六号(一九五七年一〇月一日発行)までしか掲載されていない。その同人名簿には小田実の名を見いだすことができる。一九五八年の詩誌『青い花』第二十七号に同人名簿が載らなかったのは何故だろう。おそらく資金繰りか何かの都合で紙数を節約せねばならなくなったのか、あるいは別の理由があったのかもしれない。

一九五八年といえば小田実はこの年、「フルブライト基金」を受けハーバード大学大学院（School of Arts and Science）に留学している。後にこの旅がベストセラー『何でも見てやろう』（一九六一年／河出書房新社刊）という旅行記になるのである。おそらく詩誌『青い花』の同人として席を置いたのは、実質的に活動はしていなくても、この辺りまでなのではあるまいか。小田実自身、当時をふり返りこう記している。

一九六一年（「昭和」三六年）　二九歳
旅行記「何でも見てやろう」（河出書房新社）
たしかにアメリカ合州国から始まって世界大にひろがった旅は、私の思考、人生に大きく風穴をあけた。そこから風は激しく入って来て、余分なものを吹き飛ばした。私はそれを書いた。

「年譜――小田実」より

この旅から帰国して『何でも見てやろう』を書くにあたって、「余分なものを吹き飛ばした」とあることから、詩誌『青い花』の同人もこのころには、席を抜いているのかもしれない。翌年の長篇小説『アメリカ』（河出書房新社刊／「文芸」一九六二年三月号から一一月号に連載）で小田実の名声は若い人々に広く人気を博したと丸山薫は述べている。それは『小田実全仕事7』月報の杉浦明平の文章で、娘が嬉々として小田実の講演会に行く、時の人小田実を描いていることからも明らかである。
こうして小田実の詩の時代は遠い過去のものとなるが、丸山薫との関係は変わることなく、書籍が出れば献呈し「先生」と必ず書く、それは丸山薫が亡くなる一九七四年まで続いたであろう。

中村真一郎の「死の影の下に」

ここにもう一人、小田実にとっての敗戦から大学に入るまでの「年譜」の空白を埋める重要な先達がいる。小説家の中村真一郎（一九一八年〜一九九七年）である。小田実は一九九八年『新潮』三月号に中村真一郎に対して追悼文を書いている。『『デモクラット』にして『arbiter elegantiae』の死」（後、『ひとりでもやる、ひとりでもやめる』二〇〇〇年／筑摩書房刊に収録）である。その冒頭部分を紹介しよう。

五十年近い昔、「小田実」という名の十六歳の少年は「中村真一郎」という聞きなれぬ長い名前を持った作家の長篇小説「死の影の下に」を、度重なる空襲の戦火に焼け残ったどこかの古本屋で買った、それとも万事反秩序、破法規の闇市で日を過ごしていた少年がそのころ当然のこととしてやっていた万引きでこれも焼け残りの百貨店の新刊本売り場でかっぱらって来たお粗末なセンカ紙の本で読み、奇妙に心を動かされた。まだ少年が生まれ育った大阪の大半が赤茶けた瓦礫とペンペン草のただの焼跡の面積に化したままになっていたころのことである。「死の影の下に」が描き出していた世は少年が生まれ育った大阪の雑パク、猥ザツな世界とも、今彼が現に生きている瓦礫とペンペン草の世界ともまるっきりちがった典雅と優婉に満ちた世界だったが、そう少年には思えたが、それでいて少年の心をその見知らぬ名前の作家の小説が奇妙にとらえられて離さなかったのは、そこに描き出されていた世界が少年の世界同様に「死の影の下に」あって来た世界であったからだ。どこでどう住所を探し出したものなのか、少年は感想を東京に住む作家に書き送った。少年はそのころまだ東京に行ったことがなかったから、まったく未知の世界の未知の住人に書き送っている感があったが、思いがけないことに返事が来た。それから少年と作家の「つきあい」が始まったのだが、思えば、そのときから昨年（一九九七年）末の作家の突然の死に至るまでの「つきあい」は半世紀近くもつづいた長い「つきあい」だ。

『デモクラット』にして『arbiter elegantiae』の死」より

小田実が『死の影の下に』と出逢ったのが、文中には一六歳の時とある。おそらく丸山薫に手紙を送ったころか、その後すぐということになるだろう。

中村真一郎の『死の影の下に』（第一部）が真善美社から出たのが一九四七年、第二部『シオンの娘等』（河出書房）が出たのは一九四八年。第三部『愛神と死神と』（河出書房刊）は一九五〇年、第四部『魂の夜の中を』（河出書房刊）が一九五一年、第五部『長い旅の終り』が一九五二年。一六歳というと、一九四八年である。小田実が手にしたのは、前年に出た第一部の真善美社版の『死の影の下に』か、その年新刊として出た「死の影の下に」第二部の河出書房版『シオンの娘等』のいずれかということになる。

真継伸彦が『小田実全仕事1』の解説に「小田実の啓示」という文章を寄せていて、その中で大学時代のことであろう、小田実は「死の影の下に」五部作のなかでも、とくに『シオンの娘等』に深い感銘を受けたといっていたこと伝えている。『死の影の下に』か『シオンの娘等』いずれかといったが、いずれもが正しいのかもしれない。古本屋の古本と百貨店の新刊本として二冊を手にしていたのかもしれない。とするとここでいう「死の影の下に」とは、一部と二部を総称したもののいいかもしれない。もともと「死の影の下に」は五部作なのである。当然、五部作全てを総称していうのも当り前であろうが……。『死の影の下に』は真善美社の初版の最後についている作者の「ノート」には、この作品が一九四四年から一九四五年に書かれた著者にとって最初のロマンであると同時に、これから書き継がれる連作の序曲となる作品であること、また戦争末期においてこの作品を書くことが唯一の精神的な支えであり、魂の状態を表していると記している。そして自分の芸術の父である堀辰雄の助力なしにあり得なかったことを、書くために山荘の一室を貸し与えてくれたことや、戦後この作品の連載のため季刊文藝誌『高原』に頁をさいてくれたことなど謝意を述べている。

小田実は一体どんなところに引かれたのであろうか。『死の影の下に』は、母を失った主人公の父の死、豆屋の息子であった親友の死、伯母の死、そして記憶にない母親の死が、アルバム写真から伯母の死と重ね合わされる。つまり三人の死をあつかったものとなっている。作者の幼き日がモチーフとして重ね合わされた想像の産物であろう。また小説の技巧としてもベルグソンやプルーストを思わせるその形式がかなり雄弁に読者に語りかけてくる。では小田実が、《そこに描き出されていた世界が少年の世界同様に「死の影の下に」あって来た世界であったからだ》と述べているのは、その内容とは違っているが空襲による地獄の〈死と飢え〉をくぐり抜けてきたことと深く係わっているのに相違ない。

日常生活におけるあらゆる他人の行動を疑うという傾向は、人間存在の底に開く深淵を私に仄(ほの)見せることになった。結局他人の心を認識することが不可能であるとすれば、他人に存在そのものが全て虚妄であると云える。とすれば宇宙というこの茫々たる虚無の中で、真に存在しているのは私一人である、私の自我のみである、という、恐るべき観念的な独我論に私は陥らざるを得ない。

『死の影の下に』より

右はよく引用される文章ではあるが、小田実とって空襲、そして敗戦、瓦礫、闇市、人間存在の深淵を別の環境でみたのである。他人の存在は全て虚妄と映り、虚無の中で、唯一存在するのは自分だけではないか、自分の自我だけではないかと、ここで語られていることに近い感覚を経験していたからこそ、この観念的な独我論に共感を寄せたのではなかろうか。

思うに『明後日の手記』は、『死の影の下に』が書かせたのではあるまいか。小田実自身が自分の体験した『死の影の下に』を書かねばならないという想いが、『明後日の手記』を生んだのであろう。〈死と飢え〉をくぐり、昨日までとは全く違う今日を生きる人々、法など存在しない闇市、生きるために何だってする、在日朝鮮人や自警団、地場を束ねるヤクザやチンピラ、帰還兵に特攻くずれ、モノを売買し、または交換して食べ物を手に入れようと原始経済さながらの日々。小田実は敗戦がもたらしたものを、解放された人々の生き様を観た。敗戦前は、地獄の火焔のなかで生と死を、幼き時代はすっぽり戦争の時代と重なり、軍国少年として育ってきた小田実の胸には、『死の影の下に』は自分の感性が共振する面白さと迫りくるものがあったに違いない。

《知るとは、創造することである》とは谷川雁の言葉である。小田実は小説という形ではあるが、創造したといえるかもしれない。勿論、そのレベルの話ではなかろうが、そのレベルに上がるのは『何でも見てやろう』を書いた後、ベトナム戦争への日本の協力を〈知り〉、それを形とした「べ平連」の活動からのことである。

『シオンの娘達』（書き下ろし）は、太平洋戦争突入前夜までを扱った作品である。中村真一郎はこの作品を「ノートが出てくる小説」と呼んでいたそうだ。主人公は、卒業論文「ギリシア悲劇とローマ悲劇の比較」を提出し、就職活動に失敗し、結局、大学の西洋古典研究所に勤務することになる。日々の生活、そして大学時代のノートで過去を振り返る。ある日、非戦論者である主人公は、軽井沢で右翼イデオローグたちに寄り添う女たちに再会する。三年前の軽井沢でのことを回想し、複雑に絡みあう感情のもつれを味わい、仕事へと東京へ帰ってゆく。しばらくして日本が対米英戦争に突入したことを告げてこの小説は終わる。「シオンの娘等」とは、『旧約聖書』「詩篇」からエルサレムの住人という意味で、銀座でよく見かける若い女性たちのグループにつけた呼称である。

小田実はこの『シオンの娘等』が一番好きだという。何故だろうか。いずれも推測でしかないが、「ノート」と深い拘りがあるのかもしれない。過去の回想は全てこのノートによるものである。ノートをとることが主人公（城栄）を神経衰弱にさせるという仕立てになっており、ノートをとるのをやめてから女たちとの複雑な感情や事実があからさまとなるこの小説の形式と、女への男の感情の襞が、魅せられたひとつにはあるだろう。そして、この作品が扱っている時代が、小田実の幼年期と重なっていることもありはしまいか。また、考えすぎかもしれないが、ギリシア古典になみなみならぬ興味を抱いていた小田実にとって、主人公の卒論のテーマ（「ギリシア悲劇とローマ悲劇の比較」）はあまりにも魅力的に映ったことであろう。後の大学進学、専攻を考えても頷ける。以上、憶測の範囲を出ないが心安く想像できる範囲のことをあげてみた。

引用は、その続きである。

作家小田実誕生の神話

丸山薫と同じように中村真一郎も月報（『小田実全仕事1』付録）に「作家小田実誕生神話」という文章を寄せている。ややおどけた心弾んだ文章であるので、全文引用したいところではあるが、長くなるので一部分だけ追いかけるようにして読んでみたい。因みにこの文章の中でも、夕陽丘高女と天王寺中学の学制改革・男女共学のことが触れられている。丸山薫と同じように中村真一郎にも語っていたのであろう。

ところで、鶴群の一雛たる小田実は反女体制的情熱が内攻して、一篇の長篇小説を書き上げた。十代で、ちょっと小説を書いてみるというのは、多くの男女の試みるところである。そこまでは、別に不思議でも何でもない。しかし、その自分の作品を、直ちに天才の作品であると確信したところが、小田と他の少年男女との根本的な相違である。

そして、彼はその自分の作品を、活字にして天下に公表することが、人間としての義務であると、また確信した。そして、彼はその作品の出版の最短路として、もうひとりの天才であると確信していた、私のところに、女たちの群を遁れて駆けこんで来た。

今日の五十代の私なら、そのごたごたしたペン書きの原稿を、ぱらぱらとめくって、「君は、今、小説なぞ書くより大学入試の勉強をしたまえ」とか、「法律をやって、お父さんのように弁護士になりなさい」とか、常識的な忠告をしたかも知れない。

しかし、三十歳になったかならなかったかの境いの頃の私は、忽ち、小田の確信が伝染してしまった。

――しかし、これは必ずしも私の若気の至りというだけではない。小田の天才の一要素は確かに、自分の確信を他人に伝染させてしまうということにある。それが今日の、市民運動の指導者小田実を作りあげるのに、偉大な畏力を発揮したのである。

「作家小田実誕生神話」より

小田実は中村真一郎に、きっと会うなり自分の「死の影の下に」を書いたことを強く主張したのではないだろうか。その主張には、中村真一郎と自分との体験の違いが大きな存在理由になっていただろう。それこそ中村真一郎がここでいう小田青年の《確信》であったに違いない。この《確信》が伝染して、中村真一郎をその気にさせたのである。

思うにそれは、焼跡世代として最初の発言であるということにあるのではないだろうか。生まれた時から戦争が日常で、幼かったから抗うことも知らず、大人のいうこと為すことを信じ、いつしか軍国少年として育ち、敗戦を知ると今までの秩序はもろくも消えさり、新しい時代が始まると聞かされ、学制改革・「男女共学」によって民主主義の実態らしきものを感じ、朝鮮戦争でまたもや日本は再軍備するのかと、そんな最中、青春を送っている世代の最初の発言なのである。まだこの世代は誰も世に発言していないことなどが、中村真一郎への説得に結びついた《確信》であったように思う。桑原武夫も、当時そのような理由をあげ歓迎している。

満州事変のころに生をえて、以来戦争こそ人間の基本的態度と一ずに教え込まれてきたのが、八月十五日以後、平和こそ最高の美徳と知って、驚きつつもようやくこれを自覚しえたころには、またもや現実主義の美名の下に戦争準備の肯定をもとめられつつある世代、この世代はまだほとんど自己を表現していなかった。小田君の作品は今日十代にある世代の誠実な、そして都会風でやや早熟な自画像の試みである。世代の第一声の一つとして、注目さるべく、また歓迎さるべき作品である。

「『明後日の手記』序」より

これは一九五一年河出書房刊『明後日の手記』初版の序として認められたものである。ここに書かれてあるようなところが、大方が納得のいく理由であろう。当時、小田青年を知る多くの大人が共通して持った認識だったのであろう。おそらく中村真一郎が述べる小田青年の《確信》もこの辺りのことだろう。続けて中村真一郎はいう。

というわけで、私は早速、小田を引っぱって、神田駿河台の河出書房へ出掛けて行き、これまた、甚だ他人の暗示にかかりやすい、そして男子意気に感ずというような九州男子的遺伝の所有者である、若き編集者、坂本一亀（その頃は、彼の頭髪には、まだ一本の白毛もなかった）を煽動し脅迫して、そのにきびだらけの白面の一少年の悪戯書きを、『明後日の手記』と題して出版させることに成功した。

坂本君は、私と小田との熱弁に感染して、もしこの原稿を活字にしなかったら、自分は日本文化発達の妨害者としての汚名を一生、背負わなければならないだろうという、恐怖感に陥ってしまったのである。

そうして、遂に、この大阪弁で哲学を論じる奇妙な青年は、一生における重大な分岐点において、文学の方へ向かって決定的な一歩を踏み出してしまった。

「作家小田実誕生神話」より

部分ではあるが、これが中村真一郎の語る作家小田実誕生の神話である。まさにあの時代は神話の時代だったともいう。ある意味、誰も彼も気が狂っていて、自らを神々のひとりだと信じていたそんな時代であったと。

ここに出てくる坂本一亀（一九二一年～二〇〇二年）とは、現在音楽の分野で活躍している坂本龍一氏の父君である。編集者として新人発掘に生涯を砕いた坂本一亀との出会いが、この後『わが人生の時』や『何でも見てやろう』、『アメリカ』など、それに続く小田実作品の出版と深く係わるのである。

どんな熱弁を二人は坂本一亀にふるったのであろうか。基本は桑原武夫の述べるような内容ではあろうが、それに尾ひれ羽ひれがついたか、つかなかったか。本当のところは藪の中である。

この小田実の文学へと踏み出すことになる第一作は、河出書房に持ち込んだ時はまだタイトルがついていなかったようである。誰がつけたのか、この三人が頭つき合わせ、タイトルは決まったのであろうか。もしかしたら中村真一郎がつけたのかも知れない。先の文章を読むと、もしかしたらと思わせるむきもある。

このタイトルは、トビラにある「私はもはや明日すら信ずることは出来ない。／強いて信ずるとすれば《明後日（あさって）》を信ずる他はないのだ。」から取ったのであろうか。その下には、T・S・エリオットの『荒地』の「V　雷の曰く　What the Thunder said」からの一節が原文で引かれている。ためしに深瀬基寛訳でみてみると、「わたしは岸辺に腰をおろして／魚を釣る、乾からびた平野に背をむけて／せめてわたしの国土でも整理しようか／ロンドン橋がおっこちるおっこちるおっこちる」となっている。以下、トビラに記された原文。

I sat upon the shore

Fishing, with the arid plain behind me
Shall I at least set my lands in order?
London Bridge is falling down falling down

T.S.Eliot　*The Waste Land*

このトビラにある二つの引用だけでも、『明後日の手記』のすべてを語っているといえなくもない。小田実ならいうだろう。この詩の一節の中に瓦礫に腰かけた私をみつけたと。

この高校生時代、かなりエリオットを小田青年は集中的に読み込んでいたようだ。『明後日の手記』のトビラの言葉だけでなく、詩誌『青い花』（一九五一年四月五日発行）の第二号へもエッセイ（「詩について―ノート―」）の一部が掲載されている。詳しくここで語ることはしないが、エリオットの名が度々引用も含め出てくる。小田実のこの頃の思想の土壌には、なにがしかエリオットによって育まれたものがあるのかもしれない。

中村真一郎と小田実の話を終えるにあたって、加藤周一が中村真一郎の会第二回総会で話されたこと（『中村真一郎手帖3』中村真一郎の会編／二〇〇八年／水声者社刊）を紹介したい。それは小田実から直接聞いた話だという。

……小説みたいなものを書いて、中村真一郎はその頃もうすでに有名な小説家でしたから、送って感想を求めたんだそうです。

その時の小田実はただの学生で、誰も名前も知らない、全く無名の人ですね。その彼が小説を書いて送ったら、中村真一郎が丁寧な返事をして、こういう所はまずいとか、こういう所はよく書けているとかいう話をしてくれた。

小田実が非常に強い印象を受けたのは、そういう返事をしてくれたということがまず第一です。たいていの有名な作家は、来た手紙には返事を書かない。返事を書いていると、原稿を書けないということもありますが。とにかくそういう話で、ただ返事をくれたというだけでも例外的だと思います。

ところがそれだけでなくて、中村の態度が全く対等だったと言うんです。かなりよく知られた小説家です、中村真一郎は。一方の小田実は誰も知らない学生です。それで中村は、小田実に対等な立場から対等な言葉遣いで返事を書いたって言うんですね。その対等の扱いということに、小田実は非常に強い印象を受けました。彼からその話を聞いたのは、その後だいたい五十年か六十年経ってからです。それでも、彼は覚えていたのです、その話を。

そういうことを言われて、後から気が付いたのですが、私は小田実と同席したことがしばしばありますが、彼は中村真一郎を批判するような話がどこかでちょっとでも出ると必ず反発する、弁護にまわる。彼から中村真一郎に対する批判的なことばを聞いたことがありません。中村について話すときは、いつも非常に好意的に懐かしむか、たいへん高く評価するかです。まあ、珍しいですね。五十年、六十年というと、もう半世紀以上でしょう。その間、学生の時のそういう印象を覚えていて、覚えているだけでなく、その印象に合った態度をとり続けて半世紀ということは、悪く言えば、しつこい（笑）、良く言えば、人として信頼できるということですね。一度感じたら忘れない。

小田実という人は、そういう人だと思いますね。ほんとうに信頼できる人。ありがたいと思ったら、それに対するその時生じた好意は一生持ちつづける。それが小田実の性格でしょう。

中村真一郎と長きにわたる「つきあい」となった小田実にとって、丸山薫と同じように恩人であり、対等な「つきあい」を生涯通じてしくれた最初の先達だった。他にも沢山、年長者とのつきあいはあったが、加藤周一がいうように、義理堅く誠実で信頼されるところが小田実にはあっただろう。武田泰淳、埴谷雄高、野間宏、堀田善衞、みなそう感じていたに違いない。*

＊ここに椎名麟三の名を記すべきかどうか、いまだ調べ切れていない。桑原武夫の証言を読む限り、小田実にとって大きな影響を与えた作家であったことは間違いない。『文芸』一九七三年六月号「椎名麟三追悼特集」に小田実は「デモクラシイとゴリラ」なる文章を寄稿している。そこには中村真一郎の『死の影の下に』とならぶ中学時代の愛読書に椎名麟三の『深夜の酒宴』があったことは窺い知れる。

『何でも見てやろう』前夜

一九四五年、敗戦の年に中学へ入学し、一九五二年に東京大学教養学部に入学するまでの小田実の空白を埋めるために、四季派として生きた丸山薫と戦後派として死んだ中村真一郎に登場願った。

小田実は、一九五六年二四歳で小説『わが人生の時』を河出書房から出す。「年譜」にはこんなことが書かれている。

前作にひきつづき、高校三年生のとき、私はかなり長い小説をかいたが、これは「没」。『わが人生の時』は大学に入って五年をついやして書き、本になったが、私はかえって行きづまりを感じていた。自分の思考にも書くものにも、大きく風穴をあけたい、その気持のはてにあったのが、「ひとつ、アメリカへ行ってやろう」で始まる「何でも見てやろう」の旅だ。

「年譜――小田実」より

以前紹介した鶴見俊輔が小田実の名を知ることになる桑原武夫のもとに置いていった小説が、ここに出てくる高三の時に書いたかなり長い小説ではなかろうか。「没」にしたのは、自らの意思か、それとも桑原武夫の感想を聞いてか、詳らかではない。因みに『わが人生の時』のトビラには、ジェイムス・ジョイスの『若き日の芸術家の肖像』から原文が引かれている。

ここでも丸山薫の「汽車にのって」の詩が、思い出される。アイルランドの作家であり、そのアイルランドにおける主人公スティーブン・デイダラスの成長のポートレイトである『若き日の芸術家の肖像』から、トビラの言葉を原文で引いていることから、アイルランドへの《ひそやか》な拘りを感じないわけにはゆかない。《アイルランドに対する憧れも随分年久しいもの》という小田実の言葉にも納得がゆくのである。但し、ここでの引用は、内容やジョイスの革命的な小説形式を意識してのことであろうが……。

年譜に記してあることから小田実が大学に五年間通ったことがわかる。小田実はギリシア古典の勉強がしたく、言語学科に席を置いた。そこで高津春繁や呉茂一の古代ギリシア語やギリシア・ローマ文化史、西洋古典文学の授業を受けていたようだ。小田実は大学にいる間、ローマ時代のギリシア人批評家「ロンギノス」の『崇高について』を勉強し、卒業論文を書いている。本人はいう、《「ロンギノス」と何故括弧をつけて書くのかというと、たぶん、その批評家がロンギノスでないからだ。但し、他に名前がみつからないので、古来、そう使われてきているからだ》と。後年、『崇高について』(一九九九年/河合文化教育研究所刊)を訳と評論で「ロンギノス」と共著という形の本を小田実は世に送りだしている。

これも余談めくが、西洋古典文学の授業には、いつも三島由紀夫が一番前の席にいたことを小田実は伝えている（山村雅治氏の談）。

そして一九五七年、二五歳の年に、東京大学文学部言語学科卒業、東京大学人文科学研究科西洋古典学修士課程に入学する。翌年の一九五八年、「フルブライト基金」を受け、例のハーバード大学大学院へ留学し、それを足がかりに世界をみて歩いてきた。一九六〇年三月末に帰国している。

先ほど中村真一郎の「作家小田実誕生神話」で登場した坂本一亀が、『何でも見てやろう』執筆前夜のことを『小田実全仕事6』の月報に「『何でも見てやろう』のこと」という文章で書いている。

小田実が坂本一亀のもとに挨拶にきたのは昭和三五年の四月初め。すりきれたオーバーを着て、あおぐろい顔色をし、あきらかにやつれが出ていた。苦労したんだなと思ったという。夕食時だったので、駿河台のうなぎ屋にいき、できる料理をすべて注文した。「栄養失調や」といいながら十品あまりの料理を平らげ、最後に特別料理として注文したのは、特大厚焼き卵。「栄養失調」といいながら小田実はペロリと食べて、「ああ、うまかった」といいケラケラと笑った。帰国した彼の財布には、十円玉一個しかなかったという。そんな話に大笑いしながらも、胸が熱くなったと坂本一亀は伝えている。その文章を読んでみよう。

> あまり飲めない彼は、それでもビールをちびちびなめながら、アメリカでのこと、ヨーロッパでのこと、それからインドのこと等々を話した。聞きながら私は感銘をうけた。風物よりも人間の生きる姿勢というもの、そして、この二十七歳（ママ）になる青年の無鉄砲とも言える逞しい精神と行動というもの……
> 小田君、君のいま話してくれたことを書かないか、ぼくひとりで聞くには惜しい、と私は言った。旅

行記？　と彼は訊く。そう、旅行記、しかし単なる見たり聞いたりのものでなく、君が、いかに感じ、いかに考えたか、言ってみれば君の文明批評だ、それがとてもおもしろい。いやだな、旅行記は、と彼は言う。書くなら小説を書きたい、いや、もうアメリカにいるときから書きはじめている、二千枚くらいの長篇になる予定で、これを出版してほしい。もちろん、小説は書いてほしい、と私は言った。しかし、いま若い人たちのあいだで旅行記が非常に読まれていること、そして、その理由のいくつかを述べたあと、北杜夫の『どくとるマンボウ航海記』、犬養道子の『お嬢さん放浪記』、堀田善衞『インドで考えたこと』の三冊を挙げ、その内容を手短に語った。このうち彼の関心をひいたのは堀田氏のものである。しだいに彼の気持ちが動いていくようであった。日記はつけていたの？　と訊くと、小さな手帳を取り出して、これにもいいな、と言うようになった。コクトオのアメリカ紀行みたいなものなら書いてもいいな、と言うようになった。メモだけはしている、と答える。そして、何枚くらい書けばいいか、と言う。旅行記だからやはり本文中に写真を入れたいし、読みやすい組みにしたいからせいぜい三五〇枚くらいだ、と私は答えた。

「『何でも見てやろう』のこと」より

うなぎ屋を出て、近くの書店で三冊を買い、小田実に与えたという。《それから一週間後、小田実は、「書くよ」、といいにきた。頼むよ……枚数厳守もな。「よっしゃ」、といって去っていった。それから半年間、音沙汰なく、その年の十一月、「出来た」》といって持ってきた原稿が九〇〇枚だったという。

こうして『何でも見てやろう』は、坂本一亀という〈時〉と〈人〉を診る編集者の勘によって、ものの見事に大成功を収めることになるのである。小田実は、二年間の自身風穴をあけた体験をたった半年で書きあげたのである。こうして小田実は、それまでの文学青年から時代の寵児小田実になってゆくのである。

文学青年時代との別れをもって小田実のロマン派の時代は姿を消す。いや、もしかしたら時代に抗うマグマとしてロマンは小田実の心のうちに生きつづけたかもしれないが、保田與重郎や谷川雁に近似するような浪曼主義と触れ合う痕跡は見当たらなくなる。

〈近づく〉とはどういうことであろうか。もの、言葉、人、事象、歴史、あらゆる対象に〈近づく〉ためには、それなりの時空間と作法が必要となる。それは時と場、手順と焦点を合わせるため天眼鏡(ルーペ)を使わねばならぬこともあるだろう。細部に宿る真実に迫るため倍率をあげ、拡大することも厭わない。内在性と超越性に彩られた思想の核に触れるため。

時と場の手順を無視すると関係性に歪みが生れ、語りをより複雑に混濁させてしまう。時制と論理の道筋に注意を払い、時には逆立ちして辿ることもあるが倨傲にならぬよう気使わねばなるまい。されど互いの思想が触れあうほどに〈近づく〉ことでは勿論ない。あくまでも二人は独立に存在しながら、眺める私たち自身が距離を縮めて〈近づく〉ことにある。拡大して眺めることは、確かに見えやすさを担保とした技術的な解決方法である。しかし、近づきすぎることによってかえって見失うことがあるのも事実である。よって筆さばき（反復・註釈・読み）の強弱で遠近法を意識した語りにしたい。

進む方角は、これまでのように羅針盤のうえで離れたものを繋ぐことにはない。遥か遠巻きに眺められたものが、今度は〈隣接〉するものやことがらに焦点を定め、それに接近する対象の距離を測ろうというものである。とはいえ簡単に測れるものではない。評することがらや人物の印象に形をあたえ、応答する言の葉が炙りだせればそれでよい。時には同じ主題が経験や個性によって遠近の陰翳となり差異を典型とみることにもなるであろう。

〈隣接〉するのは、二人の作家と一人の思想家である。ここで三人には介在の役割に徹してもらうことになる。介在者の両腕にぶらさがる形で、二人の評を紹介しながらその思想に輪郭を与える。さながら弥次郎兵衛のように重さに傾いて映ることもあるだろう。が、視覚の牢に囚われてはならない。何故なら〈つきあい〉の時間的長短に私の描きたいものがあるわけではない。じっと耳澄まし聴こえてくる二人の言葉の深度を測りたい。それが思想の強度につながるものであるが故にである。要するに介在を担う者への二人の眼差し如何ということにつき詰めればなるであろうが。

これからは大砲ではなく、戦闘機に積んだ照準器に的を絞らせながら自在に言葉の森を飛びまわることになるだろう。照準器の十字に交わるゼロに焦点を定めた〈読み〉の精度に、親しく交わりを持たなかった者のあがきのようなものが目につくかもしれぬ。どれだけ肉迫できる言葉が打ち込めるであろうか。戦後思想の解釈学にとどまらず修辞学に特に長けた二人のことである。その特有の修辞法が読者に伝わり、白日のもとに戦後思想の可能性を公にすることができれば望外の喜びである。

ニーチェが解くように「隠喩の残滓が概念である」なら、隠喩に頼み前章とは違った面持ちとなったとしてもいいではないか。それは二人の隣接する人物に〈近づく〉ことで、新たな旋律を奏でるためなのである。

第二章　谷川雁と小田実　思想の遠近

谷川雁の「オルグ・ミツハルよ」

小説家井上光晴（一九二六年〜一九九二年）は、一九四五年、敗戦後すぐ一九歳にして日本共産党長崎地方委員会の創設に参加する。井上光晴にとって日本共産党と係わる九年間は、その後の歩みを決定した重要なものである。一九四六年一月、日本共産党員となり地区常任となる。一九四八年、日本共産党九州地方委員会常任となり、新日本文学会員となるのもこの年である。そして一九五〇年『新日本文学』（第五巻七号）に「書かれざる一章」を発表、日本共産党五〇年問題で「国際派」と「所感派」（主流派）の対立が激しくなり、「国際派」に属する井上光晴は共産党指導部から批判、「所感派」により党の除名をいわたされる。しかし、本人は拒否。次いで送った小説「病める部分」も、約七ヵ月間発表されなかったという。翌年（一九五一年『新日本文学』第六巻第八号）「病める部分」が掲載される。佐世保で米軍輸送船作業に従事し、労働者の反戦組織活動を行う。一九五三年、二七歳、日本共産党を離党する。

以上、井上光晴の日本共産党との係わりを中心にみたが、並行して日本共産党の傘下にある九州評論の編集責任者（一九四七年）をしたり、『佐世保文学』（後、『新九州文学』に発展）を創刊（一九五二年）したり、作品も『新日本文学』だけではなく、『近代文学』に多く評論を、『中央公論』、『群像』などには小説が掲載されている。離党の引鉄が文学であったことからも判るように、井上光晴は戦後真直ぐ文学を聖域として歩いてきたといえる。

谷川雁と出逢ったのは、井上光晴が日本共産党九州地方委員会常任となった翌年、一九四九年、谷川雁が日本共産党九州地方委員会の常任、機関紙部長（アカハタ支局長）となってであった。井上光晴、二三歳。谷川雁、二五歳（二六歳になる年）のことである。井上光晴は一九五三年に離党するが、谷川雁は少数派として度々しめだしをくらいながらも、一九六〇年、六月の安保闘争を契機に日本共産党を離党、除名される。

この共産党を離党する前の一九五七年三月一六日『図書新聞』三九〇号に谷川雁は、壷井讓治詩集「影の国」「頭の中の兵士」と一緒に井上光晴詩集「すばらしき人間群」を並べ「兵士の恐怖は怪物にならぬ」という書評を書いている。また、共産党を離党した後、一九六二年「一橋大学新聞」に書評「井上光晴――『飢える故郷』」を書く。

前者は、壷井讓治のことに言葉が多く費やされ、井上光晴の詩については、あっさりと十年前からの《私的にもなじみの深い秀作が多い》、《究極のところ一兵卒の叙情である。眼が一つしかない。やはりこれは小唄であろう》と評している。機関紙部長をしていたころから、よく見知ったなじみの詩であったに違いない。

ここでは井上光晴の詩集『すばらしき人間群』から「ちまみれ」と題された短い詩を紹介しよう。

ちまみれ

みつめるだけでは駄目だ
とびこまねばならぬ
まみれねばならぬ
もっとふかく
もっとどん底を
つかまねばならぬ
つかもうとせねばならぬ

自分自身のみにくさをみつめよ
世界のうごき
一秒のずれをみつめよ
ちまみれになるんだ

もっとふかく
もっとどん底を
なにがうごめいているか

「すばらしき人間群」より

この詩は一九四七年四月一〇日という日付をもつ。まだ谷川雁と出会う前の二一歳の時に認められたものである。『すばらしき人間群』は全てがといっていいほど共産党細胞オルグの経験をもとに綴られた詩集である。この「ちまみれ」というささかどぎつい名を冠する詩も、オルグである自分に向けられたものであろう。谷川雁の「原点が存在する」を思わせるようなフレージングに、一瞬ハッとさせられる。読者には、若き井上光晴の苦悩の日々を想像させるのではなかろうか。また谷川雁の評するところも頷ける。深みに欠けているが故に、《眼が一つしかない》といったのだろう。以来、谷川雁は井上光晴の文学を《一兵卒の叙情》と評しつづけ、転じてミツハルをあだ名として〈兵隊野郎〉と呼ぶようになる。しかし、そういいながらも井上光晴の眼差しや感性を、谷川雁は独特の評価をしていたのではないだろうか。こうした詩が「原点が存在する」との親和性を感じさせることから私はそう思うのである。

後者の書評「井上光晴――『飢える故郷』」は、「ミツハルよ」と語りかけ、まるで口説くような文体で書かれている。一部紹介しよう。

かくて汝は作家となり、我は詩人の道化服をまといしが……。おまえもおれも党に入ろうが入るまいが、離脱しようがしまいが、ひっきょう根っからのオルグであるということを骨身にしみて知っているのは、残念ながらご本人だけ。ましてオルグの本質的な屈辱と栄光、罪と涅槃など商品にして売ろうにも売りようがないのさ。

もっともおまえにはちょっと「売りつけてやった」と舌をだしてよろこんでいるところがある。井上光晴の重く暗い文体（！）かね。それはいいよ。あながち誤解とばかりはいえまい。しかしおまえの文体のシンのところにあるのは、いつかもいったようにアジビラの文体よ。そういったら、またおまえはよろこんでいたな。「煽動こそ最高の文学だからな」といって。それもそれでいいよ。だが、おれの言葉にはちょっとしたワナがあるのだ。たしかに、おまえの煽動のスタイルは売れたかもしれぬ。では果たしておまえの煽動しようとしてきた内容は売れたか売れぬか。はっきりいって、それはまるで売れていない。

つまり文学市場に流通していない。またそれはひっきょうかかる市場に流通することもなければ、流通させてもならないものなのだ。

「井上光晴――『飢える故郷』」より

これは井上光晴の『飢える故郷』発刊に合わせ、谷川雁の「北九州の労働者との闘争を交え、一文を寄せて欲しい」という一橋大学新聞からの依頼に応えたものである。勿論、ここにある《北九州の労働者との闘争》とは、谷川雁が主導的にかかわった大正炭鉱闘争のことである。

省略した中には、「バカ正直者」(谷川雁のこと)と「兵隊野郎」(井上光晴のこと)とお互い呼びあう間柄であったことなども触れられている。引用では、お互いの根っからのオルグ根性が抜けぬ同朋でありながらも、井上光晴の書く内容に厳しくはっぱをかけている風である。しかし、お互いああいえばこういう式の関係であったことは、アジビラの文体のひとつ取っても窺われよう。谷川雁は『飢える故郷』を、これまでの時事的な風物に仮託して語ってきた井上光晴文学が、いよいよオルグ本質論に入りこまざるをえなくなり、習作がはじまったと観ている。そして「オルグとは何か」の方へと話の舵はきられてゆく。井上光晴文学といえば、戦争と天皇制と運動の頽廃に対する執念とお決まりの素材主義的批評を嫌い、あくまでも『飢える故郷』をオルグ小説として谷川雁は読もうというのである。かくしておれたちはオルグさ、《つまり思想って奴を、その行為的発現の領域にみずからとびこんでいじくりまわさなければ、思想の自己運動だけでは満足できない人間よ》と谷川雁は二人の習性をこのようにいってのける。そして最後に……。

東京の坑夫と化し、戦闘的な対象領域をほとんど見えざる虚空の一点にまで収斂せざるをえなくなって久しいオルグ・ミツハルよ。おまえが自分を単に流離のプロレタリアにすぎないとか、狂熱さめやらぬ作家とかいった仮装のなかに埋没させることをおれはもうこれからは許さないぞ。七転八倒の陽動作戦から何十度かはずれた方角に、ひっそりと橋頭堡をきずこうとしてもがいているかげろうのごときおまえの営為を、もはや一切のマヌーヴァぬきで投げだし、投げだすことによって雲のごとく湧き、またほろびるオルグの思想に一瞬の定着を与えて見せねばならぬときがきた。それはこれまでのどんな知性主義よりも本質的な意味ではるかにすぐれて知的な文学とならざるを得ないばかりでなく、ほろびにほろんでは築かれていく日本プロレタリアの自己形成の道の、先頭に立ちながらその裏街道を同時に追跡していくという、奇怪な認識法の凹凸レンズの組み合わせを志すことなのだ。

「井上光晴——『飢える故郷』」より

谷川雁は、どんなに厳しい云い方をしても井上光晴はプロレタリアの自己形成になくてはならない一個の眼差しであることを信じていた。雲のごとく湧き、また滅びるオルグの思想を体現する「オルグ・ミツハル」として終生観続けていたのである。互いにオルグという習性が捨てられない間柄として。
日本共産党九州地方委員会常任として出会い、ある種ペテンに徹し炎のごとく騙しつくす擬制の論理の昇華にこそオルグの道があると、共に辛酸を舐めながら這いつくばっていたあのころ、何故か別れる段になると、いつも決まって互いに罵声を浴びせ喧嘩別れになるのが常だったという。そんな体験によって信頼の揺るがぬ関係に育てあげ、互いを許さぬ厳しい眼差しや、歯に衣着せぬもの云いが愛情の形となって表れている。谷川雁の「ミツハルよ」という呼びかけには、どこか深い嘆きを含んでいるように私には思われてならない。そしてここにも《ほろびにほろんでは築かれていく日本プロレタリアの自己形成の道》と保田與重郎の破壊と建設を同時に語るイロニーを思わせる文言が並んでいることを指摘しておきたい。

季刊誌『使者』と論争の日々

一方の小田実が初めて井上光晴をみたのは、河出書房の坂本一亀がからんでいるので、おそらく一九六三年ごろ、乃至はその前後のことではなかろうか。「地の群れ」が『文藝』に発表されたのが、一九六三年七月（八月号）で、早くもその九月には『地の群れ』が河出書房新社から単行本として出されている。小田実が井上光晴を知ったのは丁度このころで、よく坂本一亀に呼び出され新しい雑誌を作らないかと相談されていた。その時、いつも井上光晴が同席していたという。何度かあった呼び出しではあったが、二人はあまり言葉を交わすことはなかったようだ。残念ながらこの新雑誌構想の話は結局断ち消えとなったようである。

坂本一亀が当時の井上光晴のことを語った文章があるので一部紹介しておこう。

　雑誌「文藝」を復刊する前年であったから、あれは昭和三十六年の暮れちかく、野間宏さんがきみを紹介してくれ、新宿秋田の二階で大いに飲み、大いに語った。（中略）復刊「文藝」は昭和三十七年春から出発し、きみは六月号に「蟻の谷」百枚を書いてくれた。そして翌三十八年の春、おれのとってきのものだ、どうしても書きたい、書かねばならない、と会うたびごとに話していた小説「海塔新田」二三〇枚を手渡してくれたのだった。家にもち帰り、徹夜状態で読んだ。まず初めは通読し、二度目は表現・構成の細部にわたって便箋にノートしながらゆっくりと読む。二三〇枚が五、六百枚の長篇にも感じられ、これは傑作だと思った。読後の感銘、その重さ、その強さ、その詩情が消えなかった。（中略）二日後の夕方五時、新宿茉莉花でおち合い、便箋二十枚のノートを見ながら一枚目から読後感を述べはじめた。三時間のあいだ、きみは終始だまったまま聞いていた。細かい表現上のことはともかく、題名を変えること、一部分を独白体にすること、結末を書き足すこと等々は、きみの逆鱗にふれるかもしれないと思っていたが、一言「わかった」ときみは言った。

手直しされ、改題された「地の群れ」二五〇枚は八月号のトップを飾った。泥絵具をぬりたくったような作品、暗い小説、どす黒い熱気、地獄絵図、ラディカルな前衛小説――批評家はいろいろな感想を紙上に書いたが、一様にこの月いちばんの作品たることを認めていた。

その後も、会うごとに、飲むごとに、あの小説の最終部分をもう少し書き足せばもっとよくなる、と言いつづけた。きみは初めとちがい、あれでいいんだ、と主張しつづけた。それからも、単行本化のさい、またまた結末部の書き足しを要請した。主人公の細君を内外面からもっと描くことにより、主人公がより強くあざやかに浮かび出ることを。しかし、君は頑強に否定した。そして、決裂したまま本にしたのである。

「『地の群れ』のころ」より

当時の編集者と作家の関係が偲ばれ、『地の群れ』がもともと「海塔新田」という原型を持つことなど誕生の裏側も少しばかり覗かせてくれる。これは井上光晴追悼文集『狼火(のろし)はいまだあがらず』（一九九四年／影書房刊）に寄せられた「一九九四・二・七」という日付のある文章からである。

一九六三年、このころ小田実は、『明後日の手記』、『わが人生の時』、『アメリカ』、『大地と星輝く天の子』

などの小説と、旅行記『何でも見てやろう』、評論集『日本を考える』を刊行。井上光晴はというと『書かれざる一章』、詩集『すばらしき人間群』、『トロッコと海鳥』、『小説ガダルカナル戦詩集』、『虚構のクレーン』、『死者の時』、『飢える故郷』、『地の群れ』など話題になった小説を既に出していた。二年後、作品集(『井上光晴作品集』全三巻/勁草書房刊)も出版されるほどである。作家としても油がのり始めていたはずだ。小田実、三三歳。井上光晴、三七歳の時である。

しかし、井上光晴との言葉通りの意味での出会いは、それから一六年後の一九七九年五月に創刊された季刊誌『使者』(小学館刊)によってである。小田実の「年譜」をみてみよう。

この年でまず述べておきたいのは、数年前から野間宏とときどき会っては、ひとつ、かつての『人間として』と同じように「志」を同じくする同人が自由につくり出す雑誌を出したいと話していたのが、やがてその二人の話の輪をひろげるかたちでの井上光晴、真継伸彦、篠田浩一郎を加えての定期的な会となり、さらにそれが紆余曲折、ついに小学館を版元として『使者』に結実、五月に春号として創刊号を出せたことだ(一九八二年冬号まで、あと三年つづいた)。

「あとがきとしての年譜」より

小田実と井上光晴が言葉を交わしたのは、この『使者』に結実する野間宏との新雑誌構想のための会合からといえる。今回のこの本では詳らかに触れないが、小田実と野間宏との関係は、丸山薫、中村真一郎についで深い係わりのある作家とだけ記しておこう。また機会あれば、書いてみたい主題である。

その会が結果、編集会議になって小田実と井上光晴は、いつもかなり激しい唾とばすやりとりをしていたようだ。その当時の様子を『使者』の編集に係わっていた荒木博(『週刊ポスト』や『週刊現代』創刊の編集長を歴任）が書いている（『井上光晴長篇小説集12　未成年』月報10所収「『使者』のあの頃」）。
季刊誌『使者』の編集会議は、決まって神保町の交差点近くの、さくら通りにある「吉野」という寿司屋の二階座敷でおこなわれた。席も決まっており、突き当りの窓を背にした席が同人代表の野間宏、その左に床の間を背にして井上光晴、右に壁を背にして小田実、井上光晴の隣が篠田浩一郎、小田実の隣が真継伸彦。『使者』という誌名もここで決まった。それは真継伸彦の案であったようだ。そこでの論争の様子を引いてみたい。

朝鮮民主主義人民共和国で、金日成（キムイルソン）主席の後継者が、息子の金正日（キムジョンイル）書記になるらしい、というニュースがはいったとき、井上さんと小田さんが猛烈な論争をやった。井上さんは、世襲王朝じゃあるまいし、社会主義の国でこんなバカなことがあってよいものかといい、あの国の事情にくわしい小田さんは、いや、息子を後継者にしたのではなく、後継者にふさわしい男が、たまたま息子であったのにすぎないのだと弁護し、その論争は延々と続いた。

井上さんのよく通る大きな声、小田さんの機関銃のような早口。「書かれざる一章」以来、党とその組織の非人間的なやり方をまったく信用していない井上さんと、ベ平連以来、ソ連も日共も含めて進歩的な勢力の大同団結を念願する小田さんが、あの大声の佐世保弁と早口の大阪弁で、壮烈にやり合うのだから、聞きごたえもするし、見ごたえもある。論争はかくあるべし、と堪能できるのだが、『使者』の編集担当者としては、次号のプランも気になるし、時間も気になる。

御大の野間さんは、井上＝小田論争のときはいつもそうなのだが、やるだけやらせておけというのか、静かに酒をふくんでおられる。真継さんも篠田さんも、ヘタに口出しをしても、両戦士のどちらかに鎧袖一触されるのは目に見えているので沈黙を守っている。

ところがよくしたもので、あれだけ壮烈にやり合ったあとは、両戦士ともひと汗流してスッキリしたという感じだったのには、毎度恐れいった。

『使者』のあの頃」より

論争の様子がみえるようである。井上＝小田論争は、ありありとこのようなものであったのであろう。谷川雁ともいつも別れ際には、いい合っていたのだから、井上光晴の〈否定の精神〉は、オルグ魂の発揮するところであろう。

さてその季刊誌『使者』創刊号（一九七九年五月一五日発行）の編集後記には、編集人代表の野間宏が《数多くの編集会議を重ねたという感じだけが残っている》と述べ、日本文学がこのままでは袋小路に入ってしまう危機感から、新しい現代文学の創造のために全力投球することを誓っている。特集の「〈戦後文学〉の明日」には、大岡昇平、木下順二、埴谷雄高がインタビュー相手として選ばれている。井上光晴は小説「蠅」を、小田実は連載小説「土漠」を載せている。特に目をひくのは、小田実が評論「コロノスのオイディプス　なぜ私はこの雑誌『使者』に参加して書くのか」という文章を寄せていることである。以下、この小田実のこの評論について煩雑にならない程度に解説しよう。

この文章が『使者』編集同人の一員として責任を担う理由を説明するために書かれたものであることは、副題をみれば明らかなことである。「コロノスのオイディプス」の〈読み〉がそのまま説明となり得ると踏んで副題を付けたと考えた方が正確かも知れぬ。では、何故その説明がソポクレスの「コロノスのオイディプス」なのであろうか。それは、ソポクレスが、そこで描いている世界が、「べ平連」で体験した脱走兵を逃がす活動で得たものを説明するものであることが一つ。もう一つは、王でなくなったオイディプスの神々との和解は、本質的な意味で〈自由〉を考え抜こうとした戦後文学が追求したものと同じであり、小田実の拠って立つ文学の故郷がここにあるとしている。

前作でオイディプスは王でありながら「父殺し」「母子相姦」の罪を犯し、金の留金で自分の眼を貫き、身分を剝奪され国外へ追放される。運命の悪戯によってもたらされた悲劇から、国家の〈外部〉、運命に囚われぬ〈神々との和解＝自由〉を生き、結果安らかな死を迎える。自己防衛でしたことが彼をポリスの王とし、加害者＝被害者という運命を享受することになってしまったのである。放浪の中で、そもそも自分を捨てた親に責任があるのであり、自分には何の咎を受ける筋合いのものではなかった。されど出自によって受けとめねばならないことを放浪のすえオイディプスは悟るのである。ここにこそオイディプスと自分が共有できるパラレルな問題があると小田実はみていたのではなかろうか。

それは自分が罪と直接的に関わっていなかろうと、あるとせねばならぬ責任、引きうけねばならぬ責任があるというのである。例えば、戦争責任問題を考えるうえで、自分が子供時代で戦争に関わっていなかろうと、戦後生まれで戦争を直接知らなかろうとも、日本が他の国を攻め植民地にしていたことなど、あずかり知らぬではすまされぬものがある。その国に旅すれば、戦争被害者としての爪痕が、風景や人々の心の中に、一族の記憶の中に生き続けているのである。自分が戦争加害者の国に生を得たという運命は消せぬものなのである。そこで、この運命に囚われぬ自由を全ての人が享受できる世界の実現にむけて生きることをオイディプスになぞらえ小田実は読んだに違いない。

古代ギリシア人の国家（ポリス）をめぐる運命、法秩序、力は、統治者と人びとによってもたらされるものである。その外部に弾かれてしまったオイディプスは、今やポリス外の《ただの人間》でしかなくなってしまっている。そんなオイディプスの語ることを聞き、受け入れるテセウスの言葉を小田実は引いている。

あなたの語る事情がどんなに恐ろしくとも、わたしをそれから遠ざけることはできないであろう。このわたしとて、あなたと同じく、他所者として育てられ、誰にも劣らず他所の国で首をかけて危険と闘った。それだから、いまあなたのような、他所の国からの人々を避けず、助けの手を拒まないのだ。わたしは、わたしが人間なのを、また明日の日は、あなたに劣らず、量りがたいことを、よく知っている。

ソポクレス著「コロノスのオイディプス」より

ソポクレスがここで描きだそうとしたことは、《国家のワク組みのなかでの人間存在のありようとは違ったものがこの世界にはあるということ》ではなかろうか。《人間の思考、感覚について言っても、国家のワク組みのなかでかたちづくられるものとはちがったものがあるということ、それが人間をゆたかにするものである》ということをソポクレスは示そうとしたのではないか、と小田実はいう。

それが「ベ平連」で脱走兵をかくまい、国外へ脱出させる手引きをした経験からみえてきたものと重なるというのである。それは、戦場において銃を敵にむけたとたんに、その兵士は背後にあった国家を自身が具現することになるが、撃つことを辞めた瞬間には、ただの庶民になってしまう。脱走する段になるとまたもや国家が襲いかかってくるが、その国家を捨てた瞬間、国家の外に立った彼らは本質的に〈自由〉になる。されど、この世界が国家の寄せ集めでできている以上、何処へゆけばいいというのであろうという。国家というタテ軸ではなく、ヨコ軸で、国家ならざる視点から考えてきたのが、小田実のいう「戦後文学」の良質な部分である。「ベ平連」でかくまった脱走兵たちのこと、七〇年代、南洋の戦跡を精力的に歩いた経験から、今も遺骨がジャングルの中に放置されたままになっているひとりひとりの「ひとりの兵士」のことを小田実はここ（季刊誌『使者』の紙上）で考えたいという。

> 彼（ジャングルに放置された遺骨・引用者注）が何を考えているのか、それはさだかではないが、決して「などてすめろぎは人となり給ひし」というようなくだらぬことは言ってはいないのだろう。もう少し私は彼を崇高な存在としてとらえたいのだ。あるいは道理に基づいて彼のことを考えたい。死者に対して崇高に念厚かった古代ギリシア人とともに私は死者を冒瀆したくないのだから。
> 無数の彼に「コロノスのオイディプス」の安らかな死を！　私はそのために書く、書きたい。
>
> 「コロノスのオイディプス　なぜ私はこの雑誌『使者』に参加して書くのか」より

この話から何故、季刊誌『使者』創刊号の特集「〈戦後文学〉の明日」で大岡昇平（「一兵卒の視点から」）が選ばれたのか解る気がする。大岡昇平の『俘虜記』はまさに銃で撃つことを止めた人間の物語が書かれた作品だからである。《国家の外にでて、本質的な意味での〈自由〉を考え抜いた》作品、という小田実の〈読み〉も成り立つであろう。小田実にとって季刊誌『使者』とは、「戦後文学」を引き継ぐ志の場であった。

一方、井上光晴は戦後文学を引き継ぐ存在として、野間宏や埴谷雄高から期待されてきた。当然、季刊誌『使者』に参加する立場にあると野間宏から切望されての同人であったに違いない。季刊誌『使者』、それは小田実と井上光晴が共に編集同人として参加した四年間であった。

季刊誌『使者』終刊（一九八二年二月二七日）の翌年、一九八三年文芸誌『海燕』八月号（福武書店刊

／初代編集長、寺田博）には当時学生であった島田雅彦が「優しいサヨクのための嬉遊曲」を書き、時代は、磯田光一が象徴的にそれを語った『左翼が、サヨクになるとき』となってゆく。と同時に、八〇年代以降のサブ・カルチャー文化の準備が着々と進んでゆく。文学・冬の時代の到来を予感してか、それに抗うようにして生まれた同人誌であったと『使者』はいえないだろうか。そういいたい誘惑に私はかられる。

戦後精神の不滅を信じて

谷川雁が井上光晴宛に、病後の見舞いを兼ね戦後思想について書いた文章がある。一九九〇年一一月『すばる』に掲載された「スーパー戦後の呪力を信じよ」（一九九二年『極楽ですか』集英社刊、所収）である。先ず《〈細胞よ、わが友よ〉と唱えてほしい》という変わらぬ旧交の言葉と九州の二匹のミツ蜂に二人をなぞらえ、冒頭の見舞いの挨拶は終わる。続く文章は、読む者に二人が出逢った当時のことを彷彿させる。

博多湾ちかくのうす青い昼に出会うのが常だった。おれが二十五歳、きみは二十三。位は低いが、共産党九州委員会のある部門をそれぞれ背負っている。「金ガナイナラナイデイイデスヨ。ナクテハコマルケド、ソレ以前ニ問題アルデショウガ」きみの声が発熱して横になっているおれの耳のわきを流れていく。食事もなく茶もないゆうぐれがくると、おれたちは元気になった。肩をならべてあるく。みじかい呪詛をおれがつぶやく。そのたびにきみはインクをたっぷりみたした万年筆になる。万年筆は路上でわめき、尾行者をおどろかせ、海に背中をむけ海のほうへ、つまり佐世保へ帰っていく。どちらも相手の司祭気どりだから、別れはきまって口げんかだ。そもそも一度だっておれを兄貴あつかいしたことがない。兄弟を知らないやつ、双子しかわからないのだ。舌うちしながら見送るとき、無言の馬鹿笑いがどちらともなく見えない虹をかけるのだ。あれがこの世の強力磁石でなくてなんであろう。反面、それだけのことだ。こんな心意が起きるのは、根っからの反官僚同士のあいだによくある交流現象にすぎない。だがきみの短篇『書かれざる一章』が発表されたとき、党内の雀たちはいったものだ。あの主人公のモデルは谷川だ、と。おれが政治類型のショウにはまる男かよ。お望みならあの何行かに線を引いて、ここところだけがおれの唾しぶきだと教えてやってもよかったのだが、大量下血であと何月もつかとうわさされる身を、未開放部落の諸君から恵まれる塩入りの牛血で支えて田舎にこもったばかりだし、やがて九州地方委議長は麻薬密売でつかまったから、この文学講義はやらずじまいだった。それでも作家ミツハルの登場に数秒の舞台光線の役をつとめたとはいえるらしく、これまで話したこともないけれど、ちょっぴりやさしい気持になるなあ。

「スーパー戦後の呪力を信じよ」より

これはこれで一つの戦後の姿といえよう。別れぎわの口げんか、そして《舌うちしながら見送るとき、無言の馬鹿笑いがどちらともなく見えない虹をかける》とは、心あたたまる表現ではなかろうか。しかし、何といっても井上光晴の短篇「書かれざる一章」の主人公のモデルが谷川雁だと党内で噂されていたとは知らなかった。《ここところだけがおれの唾しぶきだ》というのだから、二箇所ほどあるのだろうか。いやそうではないだろう。よく読むとこの引用した個所そのものが「書かれざる一章」と対応しているように思えてくる。

「書かれざる一章」は一九五〇年『新日本文学』七月号（三八号）に掲載された（後、短篇集『書かれざる一章』一九五六年／近代生活社刊に所収）。主人公鶴田は、党専従に払われない賃金に困窮し、誰も未払いをいわないことに憤慨する。谷川雁がこの文章で、《「金ガナイナラナイデイイデスヨ。ナクテハコマルケド、ソレ以前ニ問題アルデショウガ」きみの声が発熱して横になっているおれの耳のわきを流れていく》と書いていることは、そのまま小説の主人公の立場である。また、主人公の妻ふみ子の身体の故障を《左肺浸潤、一年間絶対安静》としている。これも当時、結核で生命短しと思われた谷川雁の病状を写したものではなかろうか。それから小説では《R新聞社を首になりF地区からK地方委員会に出るようになって》と主人公の来歴を説明するところがある。これは谷川雁が西日本新聞を首になって九州地方委員会常任になっていたことと重なり、これが党内の噂の要因になったのかもしれない。また共産党専従に給料を払おうとしなかった九州地方委議長は、ここに引用した文章では《麻薬密売でつかまった》と、その後の「書かれざる一章」を付け足すように書かれていることからも谷川雁と井上光晴の「書かれざる一章」は二人の戦後の一時代を記念する一頁といえるのではなかろうか。《作家ミツハルの登場に数秒の舞台光線の役をつとめたとはいえる》と記されている以上、関係があることは、ほぼ間違いない。

そんな二人が歩いてきた戦後も、一九九〇年の時点ではかなり遠くなった。ポスト戦後の〈脱構築〉には、戦後思想を語る《リアル・タイムでとらえた瞬間のかがやきがない》と嘆き、谷川雁はこう締めくくっている。

戦後をまだ描ききっていないとおもわないか。一九四五年の晩夏、列島じゅうの鉄道路線の両側にはきれめもなくつづく人糞の列があった。それは人肉食のジャングル、親から棄てられた高粱畑のかわりに出現した、ある甘さのある風景だった。あの糖度は戦後のマチエールだ。それにたちむかう人間喜劇の特異点は、人間の格をこえる具象、すなわち抽象として息づいていただろう。この抽象喜劇を書く作家はきみではないか。超戦後はまだきみを人質にして離さない。悪運つきることなきミツハルよ。湖底怪獣の呪力を信じよ。

「スーパー戦後の呪力を信じよ」より

勿論、谷川雁には、昨年（一九八九年）八月の大腸癌でのＳ字結腸に続いて、一九九〇年七月、癌の転移判明で肝臓を八五〇グラム放棄した井上光晴を励ますことが念頭にある。まだ書けよ、まだ書くことがあるだろうと。戦後はまだ描ききられてはいないだろう、と谷川雁は井上光晴へ呼びかけている。

ここにある《一九四五年の晩夏、列島じゅうの鉄道路線の両側にはきれめもなくつづく人糞の列があった》という話は、別の場所でも谷川雁は語っている。それは鶴見俊輔との対談「戦後精神の行方」、司会は松本健一。一九八六年、季刊『文藝』冬季号の誌上である。

僕は、一九四五年の八月十五日は、千葉の陸軍野戦砲兵学校というところにいたんですけど、九月のはじめにに部隊が解散しまして、九州へ帰っていくんです。無蓋貨車に品川から乗りまして、丹那トンネルも煙にまかれながら帰ったんですが、そのときに、まずびっくりしたのが糞の列です。走っているときはわからないんですけど、しょっちゅう変なところで止まるので、そのとき飛び下りて用をたすわけですね。そうすると、鉄道線路の両側にズーッと切れ目なく、新しい、また古いウンコが東海道線から九州に至るまで並んでたんです。

それは、どうも軍隊の移動と復員に絡んでいた。と思うのは、コーリャンが混じっているのね。普通の米とかメリケン粉とかを食っているときと色が違うんですね。なんかもう少し赤錆びた、小豆色みたいな感じ。

「戦後精神の行方」より

井上光晴に書いた四年前、このように鶴見俊輔に話したものが、改めて書きなおされたのである。この話は、戦後の風景である〈汲みとり〉から〈バキュームカー〉の登場、そして〈トイレの進化〉の話にゆき着き、戦後の皮膚感覚の薄れゆく姿の例として語られていた。また井上光晴宛にも書いていた嫁さんを売りとばし、そのお金を《マンジュウ二百》個に替えた男の話も「戦後精神の行方」に出てくる。

戦後の日本共産党九州地方委員会オルグであった共通の体験、そして戦後を厳しく指弾し、共に尾をふらず、人類の生存を望んだ二人にとって、戦後の思想を風化させることではなく、戦後精神を生き抜くことで自らの生を全うしようじゃないかと谷川雁は井上光晴に呼びかけているように私には聞こえる。

一九九〇年にしたためられた谷川雁から井上光晴への便りは、その時点からみても、戦後思想の格闘の歴史は見えにくくなっている。高度経済成長が人々に豊かさと政治的無関心をもたらし、負の遺産を歴史に刻む眼差しは時間とともに徐々に奪っていった。長きに渡った昭和という時代が前年になくなり、総括する風潮が流れるも、バブル景気に酔いしれた記憶は、民衆の痛ましい歴史を忘却することを痛みとも思わせなくしてしまった。戦後史は、敗戦というどん底の暮らし向きから、踏みにじられた多くの人々の生活の犠牲は無視され、如何に豊かさを獲得するに至ったかという〈成功の側面〉からしか歴史をみようとしなくなっていった。そんな最中、谷川雁は戦後思想を知る友に手紙をしたためたのである。

弔辞、「ミツハルという名の雲よ」

井上光晴はそれから二年後に亡くなる。その二年間を「年譜」（『狼煙はいまだあがらず』収録）にあたってみよう。

――一九九一（平成三）年　六五歳
一月、退院後の書き下ろし第一作「紙咲道生少年の記録」二〇六枚を〈群像〉に発表。同時に連作短篇「ぐみの木にぐみの花咲く」を〈潮〉（～九二年二月号まで。一一編）に連載開始。二月二日、野間宏の死去に際し追悼文「地の翼よ永遠に」を〈朝日新聞〉夕刊に発表、〈群像〉〈海燕〉にも追悼文を寄す。三月、「暗い人」第三部完結。四月、ガン、肺への転移判明し、手術か否かの検討の末、抗癌剤投与の道を選択。癌研へ入院。五月、『紙咲道生少年の記録』を福武書店より刊行。「暗い人」第四部を〈文藝〉に連載開始（最終掲載となる）。六月、「我、がんと共生す」の記事が〈週刊ポスト〉に掲載され、また自らもマスコミに進んで登場。創作意欲も衰えず、毎月短篇連載三本をこなし、「仕事が治療法」とはこの頃の言葉。八月、『暗い人』第三部も河出書房新社より刊行。一〇月、『丸山蘭水楼の遊女たち』『ガダルカナル戦詩集』を同時に〈朝日文庫〉として刊行。

――一九九二（平成四）年　六六歳
一月、「人の死に行く道」を〈すばる〉、「キエフさんの犯罪」を〈潮〉に発表。二月、「ファミリー」を〈すばる〉、「階段を拭く人」を〈潮〉、「海の光」を〈しおり〉に発表。三月、「病む猫ムシ」を〈すばる〉に発表し、同誌の〈作家のindex〉シリーズにも登場する。四月、第一九回部落解放文学賞応募作品の選評を夫人の口述筆記にて行い、最後の仕事となった。五月一五日満六六歳の誕生日を東山病院にて迎え、三〇日午前二時五八分死去。六月八日、千日谷公会堂で告別式（埴谷雄高葬儀委員長）がおこなわれた。

『狼煙はいまだあがらず』「年譜」より

井上光晴は癌と闘いながらも小説を書くことを止めなかった。いや、《仕事が治療法》とうそぶいていたように、小説を書くことで癌と闘い続けたというべきかも知れない。

以前、井上光晴の評論集『幻影なき虚構』（一九六六年／勁草書房刊）の古書を購入した折、その書籍の間には、朝日新聞一九九二年五月三〇日土曜日の井上光晴死去の記事の切り抜きが挟まっていた。

記事のリードには、《日本の底辺、戦争と罪、都会生活の堕落……。三十日に亡くなった作家・井上光晴さんが描き続けたのは、社会の矛盾だった。文学を通して人間の生き方を考え直す自主教育にも情熱を燃やし、自らは文学賞の受賞を拒むなど、自己の心情に愚直なまでに従った一生だった》とある。また作家らの短いコメント（談話）も掲載されている。名前と小見出しを掲載順に記すと、瀬戸内寂聴「こん睡でも宙に指、幻の原稿」、小田実「つねに剛直な姿勢」、森崎和江「地方の視点示した」、石牟礼道子「近代の方向を凝視」、谷川雁「九州で戦後を表現」である。

小田実のコメントは、《病気が悪いと聞いていたが、残念だ。いまの文学界で、あれほど本格的な主題にドキュメンタリーではなく、文学的に取り組んだ、数少ない作家だった。常に剛直な姿勢があった。井上さんとはたまに酒を酌み交わす程度で、個人的な付き合いはそれほど深くなかったが、文学的な付き合いは長かった。昨年、野間宏さんが逝かれており、自分の盟友を相次いで失った》と述べている。井上光晴を野間宏と並べ《盟友》と呼んでいるのが目に止まる。

一方、谷川雁のコメントは、《彼とのつきあいは僕が一番古いのではないか。お互い二十代、九州で共産党員として活動していたころからだから四十五、六年になる。九州・佐世保という地で戦後を表現した作家だったと思う。数日前にある出版社から、危ないと聞いていたので覚悟はしていた。やはり寂しいものです》と述べている。つきあいの古さ、友を失った寂しさが伝わってくる。

六月八日の告別式での谷川雁の弔辞は、私が知るもっとも美しい弔辞のひとつである。何度読んでも心にしみ渡る蒸留酒のような文体に酔わされる。『すばる』(一九九二年八月号)に掲載された「弔辞　谷川雁」から冒頭の部分を、声にだして読んでみたい。

ミツハル、いってしまったか。

「いく」という表現はかぎりなくおれをいら立たせる。おれが何と言おうと、おぬしは一切聞いていないじゃないか。オン・ザ・ロックの氷のようにおぬしは溶けた。自我の司令部を解体した。おぬしがのこした再現可能なものが集まり、いまあらためてはじめた自己運動の進化のほかにおぬしはもういない。

雲よ、ミツハルという名の雲よ。おれは地蜂を追いかける老人よろしく、そののろのろと進化する雲にむかって声を放ち、たちまちそのうつろさをさとって、明日はすごすごとタニウツギの咲く山のふもとへ帰っていくだろう。そのためにおれはやってきた。

ミツハル、うまれたばかりの雲となったミツハル。知らせを受けて一日何もしないことに決め、ただ爪を切ったり手を洗ったりしていた。ぼんやり身をもてあまし、屁っぴり虫をとり紙にひねりこんで屑籠へ捨てたりした。桜に似て非なるイヌザクラという木の若葉の間に、小さなブラシのかたちの白い花穂が立っているのを眺めた。その卑しめられた木の名前を、おぬしはきらいではなかろう。その花房の一つ二つはおぬしの糸切り歯に見えた。はにかんだほほのしわがひろがって大笑いに移っていくときの、皮肉にかがやく構成部分だったあれ。肉食獣のあかしであるあの牙は末期の瞬間にかちかち音をさせたろうか。それとも音のない洞窟に静かにこもったままだったろうか。

ミツハル、おぬしののこした文字についてはプロレタリアのプの字もわからぬ連中がなにか言うだろう。あれこれの値札をつけるだろう。そんなものとわたりあうことをやめ、おれはただおぬしのことばの最後の一滴をこの世によびもどしたい。

「弔辞　谷川雁」より

呼びかけは「ミツハル」、そして人称は「おぬし」と「おれ」。そんな語りに誘われ、幾度読みなおしたことだろう。

思い出されるのは、一九六二年「一橋大学新聞」の書評「井上光晴――『飢える故郷』」に《雲のごとく湧き、またほろびるオルグの思想》と書いたあの〈雲〉が、ここでもまた呼びかけられているということである。《雲よ、ミツハルという名の雲よ》や、《そののろのろと進化する雲にむかって声を放ち、たちまちそのうつろさをさとって》とも、《ミツハル、うまれたばかりの雲となったミツハル》と。この弔辞には一切〈オルグ〉という文言は出てこないが、呼びかけられたこの〈雲〉という言葉こそ、お互いを繋いだ〈オルグ〉の別名なのかもしれない。

ならば谷川雁の詩「雲よ」は、〈オルグ〉という思想に魅せられて呼びかけられた詩ということにならないだろうか。

雲よ

雲がゆく
おれもゆく
アジアのうちにどこか

さびしくてにぎやかで
馬車も食堂も
景色も泥くさいが
ゆったりとしたところはないか
どっしりした男が
五六人
おおきな手をひろげて
話をする
そんなところはないか
雲よ
むろんおれは貧乏だが
いいじゃないか　つれてゆけよ

詩集「天山」より

詩「雲よ」は、谷川雁第二詩集「天山」（一九五六年／国文社刊）に収録されている。第二詩集ではあるが、一九四五年の敗戦から一九四八年までの初期詩篇である。こうして眺めてみると、一九四九年、アカハタ支局長（日本共産党九州地方常任機関紙部長）となるのだが、オルグとなる将来の姿を想い描き、空をみあげる谷川雁の姿が映し出されているようにもみえてくる。

話を井上光晴哀別の弔辞に戻そう。されどそのミツハルという雲が既に《うつろ》であることを悟るのである。声をかけても反応のない虚しいばかりの雲となっている以上、以前、ともに歩いたあの同じ雲ではなくなっていることをいうのである。

プロレタリアのプの字もわからぬ連中とは、一九八〇年初頭を大学で過ごした豊かさを背景として成長した私と同世代をいっているのかもしれない。井上光晴文学を《あれこれ値札をつける》つもりは毛頭ない。但し、戦後、近代ということと正面から向き合った文学者として敬意をもって読み継ぎたい。

引用の最後にある《おれはただおぬしのことばの最後の一滴をこの世によびもどしたい》とある、ここにこそこの弔辞の主題がある。それは続く《ミツハル、終わりのとき何が見えたか。どんな光景につつまれたか》と問い、ここに集まった会葬者のだれひとりとして井上光晴がことばなしで終わったなどとは信じておらぬといい、《『小説井上光晴』をしめくくる掉尾の一節を主人公みずから朗朗と読む終末演説をききたい》と、《最後の一滴》をこの世によびもどそうとする姿がみてとれる。


ミツハル、滔滔数万言の文字としゃべくりにもかかわらず、おぬしが最後のことばを保留しつづけた気持ちをわかっている人間はそれほど多くはいない。二番手の札は惜しげもなく威勢よく切ってみせて、とことん一義的な真実の札はかくす。肉親や恋人や親友にはいっそう深くかくす。それが井上光晴という人間の構造の急所、存在をぎいとあける際の鍵穴の暗さだからな。わかっているよ。一人の例外もなく全員にむかって赤い舌をぺろりだろう。だが最後の一頁をわざと白いままにしておいた作家は、ほんとうに作家なのだろうか。おもしろい問題だねえ。

すなわちミツハル、おぬしにおいて、はじめに作家ありきではなかったのだ、と言いたいのだ。作家はおぬしが発明した人形にすぎない。この人形の表側はいわゆる作家井上光晴であり、その裏側には姿の見えない登場人物ミツハルがはりあわされている。これを現物のおぬしがあやつって歩きまわらせるのだから、なかなかの見ものだった。

「弔辞　谷川雁」より

《全員にむかって赤い舌をペロリだろう》と、性格や特徴がここまで輪郭を与えられると、まるでさもありなんと参列した誰しもが感嘆しつつ聴いたのではなかろうか。井上光晴の《最後の一滴》をめぐり、その急所まで語らなくてはならなくなるとは。それが友としての掉さす役目であるがごとくである。《あらためてはじめた自己運動の進化》とは、文学伝習所のことであろう。確かに、これから書かれるであろう多くの井上光晴論はおそらく、紙面だけで判断せねばならなくなってくるのであろう。であればこそ、当然、作家井上光晴を、小説家としての井上光晴としか描けなくなってしまう。それを谷川雁は、井上光晴を知るものとして、《知るとは創造すること》という自身の提言にならい、それでは片手落ちであるとするのである。井上光晴の作家の顔は、彼がつくり出した人形で、裏の顔があるという。つまり、〈作家井上光晴〉も彼が生涯を賭けた一個の作品であったというのである。井上光晴には、残された〈長短の小説〉作品群とともに、〈作家井上光晴〉という一回性の作品が残されたのである。

続く件りで谷川雁は、井上光晴が作家でなかったらどんな才能を生かし得たかと想像する。それは暗い文体とは真逆の、《神おろし、手品、五目ならべなどに関するいかさま大道芸》を手にする明るい〈笑い〉の井上光晴の可能性であった。弔辞の最後は……。

だがいかんせん、時代はあまりにも貧乏で、すこぶる性急だった。おぬしは手っとりばやく作家になってしもうた。ままよ、おれたちが現代の若者なら、去年あたりはきっと二人でウラジオストックへ上陸したろうに。それからバイカル湖までさまよい歩き、イルクーツクで別れる。しばらく放浪したあげく、何くわぬ顔で舞いもどり、ばったり出会ったときのおぬしがおれの脇腹を小突く様子まで眼にうかぶ。ということは、時はもはや習慣のどぶろくとなって香り、おぬしが「あばよ」と言えば、すかさずおれが「さらば」と答えるべき汐どきがきているということだ。では酔い心地のままで言おう。さらば、ミツハル。

一九九二年六月八日　谷川雁

「弔辞　谷川雁」より

世界は既に、一九九一年の暮れにはソビエト連邦が崩壊し、かつて革命の夢馳せたこともある地はロシア共和国となっていた。おれたちオルグが現代の若者ならと時代を語り、時の過ぎゆく変化をどぶろくの香に託し、《ミツハルという雲》が「あばよ」といえば、四十五年前なら《いいじゃないか　つれていけよ》といった谷川雁は、ゆく雲をみあげながら《さらば、ミツハル》と別れをいう。谷川雁がこの世によびもどうそうとした万年筆のインクの《最後の一滴》は、「あばよ」とそれに応じる「さらば」の別れの言葉で閉めくくられるのである。

《否、したがわぬ》の精神

小田実は井上光晴が亡くなってすぐに共同通信に「井上光晴氏を悼む」なる文章をものしている。季刊誌『使者』でのつきあいもあって、記憶にはいつも野間宏と重なっている。最後に会ったのは野間宏の葬儀であり、夫人にともなわれ参加していた井上光晴に「小田、これがつれあいだ」と彼一流のぶっきらぼうだが、親しみのこもった言い方で紹介されたという。夫人に連れられるようにして来ていた井上光晴の姿をみて、「だいぶ、弱っていられるな。がんばってくれよな」と心のなかで思った。井上光晴と野間宏の記憶が重なるのは、二人ともひところ流行った「サヨク」とカタカナ書きではない、漢字によってしかいいあらわし得ない正面きった「左翼」であったからだという。

井上氏がついに亡くなったと聞いたとき、私が最初に思い浮かべたのは野間氏と重なったかたちでの彼の記憶だった。そして、その記憶のなかで浮かび上がって来たのが、「左翼」の漢字二文字でもあれば、彼が野間氏とともに「左翼」の文学者であったという思いだった。いや、その思いとともに思い出したのは、つい先日、娘とかわした奇妙な「左翼」問答だった。

この二人の「左翼」文学者の思想的土台にマルクス主義が、最後まであったのかどうかというようなことはここではどうでもいいことだ。井上氏は、野間氏同様、その本質において「左翼」だった――と言うことに私の言いたいことはつきる。「地の群れ」「階級」は、彼という「左翼」文学者が産み出した、彼以外には産み出し得なかった作品だった。　京都新聞・一九九二年五月三一日「井上光晴氏を悼む」より

ここにある《娘とかわした奇妙な「左翼」問答》とは、当時六歳半になる娘（「なら」さん）に「アッパ[*]、左翼って何」という質問をされ、続けて「じゃあ、右翼は」という質問に答えた時のことである。小田実の娘に対する答えは、《「左翼」というのはな、世の中の一方に貧乏で、いじめられている人がいる。もう一方に金持ちで、いじめている人がいる。こんな世の中はまちがっている。正さないといけないと考えている人だ》という。「右翼」とは《そんな世の中がいいと思っている人だ》と聞いて娘は《「そんなの

わるい人だよ」》と云ったというその一連のやり取りのことを指している。

＊《アッパ…（「おとうさん」のことである。彼女は母親が朝鮮人なので、そう教え込まれた通り、朝鮮流に私を呼ぶ）》

「井上光晴氏を悼む」より

小田実は「左翼」文学者の思想の土台に、マルクス主義が最後まであろうとなかろうと、ここではどうでもよいことだという。つまり時代は、経済成長を遂げるプロセスで、ソルジェニーツィンの『収容所群島』、連合赤軍事件、マルクス護教派VS葬送派、「サヨク」の登場、第二次天安門事件、ベルリンの壁崩壊、ペレストロイカからソビエト連邦崩壊と進み、豊かさを身に纏ったこの国では既にマルクスを語ることや鶴見俊輔のいう「お守り言葉」としてマルクスが使われることは久しくなくなっていった。されど豊かさの代償として切り捨てられた負の地獄は、近代化の矛盾として「左翼」は見過ごすことはしなかった。小田実の井上光晴評が、野間宏と並んであるからとて、軽んじているわけでは当然ない。それは全く逆で、戦後文学のなかで小田実にとっての野間宏の位置こそ、その豊かさの孕む生命の危機を警告する「左翼」文学の代表としてあり、それに肩を並べる者として井上光晴を評しているのである。最後には一九六〇年代に書かれた二作、『地の群れ』（一九六三年／河出書房新社刊）と『階級』（一九六八年／講談社刊）を読んでみてほしいと、暗に作家の死のはなむけとしていい残している。作家は読まれてなんぼの世界である。それがはなむけになると知っていてである。「左翼」文学者の書きえた、井上光晴しか書き得なかった作品として称賛するところは、小田実らしい繊細な心配りである。

小田実の井上光晴追悼の文章はもう一つある。それは、一九九二年『すばる』八月号に掲載された「〈否定〉の精神」である。

他の人とのつきあいはどうだったか知らないが、彼は私とのつきあいにあっては、いつも距離をおいていた。朝鮮語の言いまわしのなかに、おたがい気があうあいだがらを指して言うのに、「天下の合（はぶ）があう」という言い方がある。私はこのいささか大げさな言い方が好きだが、彼とはどうもこの「天下の合があう」ことが今ひとつなかったのではないかとも考えるのだが、もう少し考え込んでみると、彼には「合」が存在するには、まず「正」があって、それに対する「反」が出て来て、二つの対立、両者のなかから「合」が生まれて来る——という弁証法的なぐあいになっていたのではないかと思う。

坂本氏（坂本一亀のこと）に対しては井上氏はやはり少しは遠慮していたのか、それほどしょっちゅう異をとなえてはいなかったと記憶するが、私にはまさにしょっちゅうだった。私が白だと言い出すと、彼はよくすぐ黒だと言った。その次会ったとき、私が、同じこと、ものについて黒だと言うと、井上氏は白だと言い出す。このあいだあなたは黒だと言っていたではないか、このあいだあなたにそう言われて、あなたの説が正しいと考え出したのだと言ってもとりあわない。

そういうことが何度もあって、私が考え出したのは、彼にとって重要なのは「否定」だということであった。それも徹底した「否定」である。この「否定」に対しては徹底した「肯定」しか、対するものはないにちがいない。二つが対立、激突して、そこからうまく行けば「合」が生まれる。こうした弁証法が彼の生き方にも文学にもあったのだろうと思う。

「〈否定〉の精神」より

ここで小田実のいう徹底した「否定」、白といえば黒といい、黒といえば白という井上光晴の対人コミュニケーションのありようは、谷川雁が語る井上光晴の横顔と重なるように私には思われる。「弔辞」では《おれが何と言おうと、おぬしは一切聞いていないじゃないか》といい、「スーパー戦後の呪力を信じよ」では、《どちらも相手の司祭気どりだから、別れは決まって口げんかだ。そもそも一度だっておれを兄貴あつかいしたことがない。兄弟を知らないやつ、双子しかわからないのだ》と愚痴をこぼし、「井上光晴――『飢える故郷』」での、アジビラの文体についての〈ああいえばこういう〉式の関係からも、それは窺える。一見アマノジャク風には観えるが、しかし妥協するところはあったと小田実はいう。

井上光晴の初期の評論「三十代作家の〈近代化〉の内面」（『思想』・特集「近代化とは何か」／一九六三年一一月号・岩波書店刊）を読んでも、その否定性は、自前で練りあげた弁証法的な思考が発揮され、読む者に解りづらさを印象として与える。少々意訳に過ぎるかもしれぬが、そこにはこんなことが書いてある。〈近代の超克〉の時代に育った世代にとって、既に超克せねばならぬ〈近代〉が前提にあった故に、今更〈近代とは何か〉ではなく、近代批判する在り方自体に問題の所在がある。それが戦時の日本浪曼派風であるのか、日本維新風であるのか、それとも戦後の共産党風であるのか。そのどれに対しても井上光晴は「否、したがわぬ」とするものであった。この《否、したがわぬ》こそ、井上光晴が体験から身に着けた戦後精神だったのではなかろうか。

小田実は、井上光晴にとって〈天下の合（はぶ）があう〉あいだがらであったかどうかは知らぬが、井上光晴の「否定」の精神を正当に評価し、それが彼の人格や作品を形づくるものであるという。そしてそれを「左翼」文学の功績として位置づけ、井上光晴の死を日本文学の大きな損失であると強調してこの文章は終わる。

井上氏も野間氏も、剛直な「左翼」の作家だった。決してひところはやったカタカナ書きのものではない、そうしたやわなものではない、剛直に垂直に直立している漢字書きの「左翼」の作家である。「左翼」の真骨頂は、現在存在するものに対しての徹底した「否定」である。その「否定」をその現実の存在に対して激しくつきつけることである。「合（はぶ）」がそこから生まれて来るとはかぎらない。しかし、まず、「否定」する。徹底してそうする。その徹底性において、井上氏は野間氏よりさらに徹底していた。私は彼の「地の群れ」と「階級」は、他の誰にも書けなかった激しい作品だと思うのだが、それはその作品の土台に激しい「否定」があるからだ。

野間氏につづいて、井上氏という「左翼」の作家を日本文学は失った。「日本文学」というのは大げさな言い方ではない。それほど、この損失は大きい。激しい「否定」の精神を失ったことにおいて。

「〈否定〉の精神」より

井上光晴、最後のプロレタリア作家

一方、谷川雁は『文藝』（一九九二年秋季号）の誌上に、追悼文を寄せている。「プロレタリアの葬列の末尾」がそれである。

谷川雁は、冒頭、井上光晴を《反抑圧のヒューマニズム文学》と理解されるのが一番まずいとし、文学伝習という果たされぬ夢になぜ賭けたのかについて語るところからこの文章を起している。瀬戸内寂聴も弔辞で、文学は伝習できるのかと井上光晴に問うと、文学の魂は伝えられると答えたというが、谷川雁に依れば、残された文学伝習所という運動は、文学は伝習され得ないという矛盾を内包し、〈文学〉対（VS）〈伝習〉という果てしない自己運動となる。その進化には、「小説が上手になったって、それが、どうっていうのよ」と云い放った井上光晴こそ（『「超」小説作法　井上光晴文学伝習所講義』片山泰佑編著二〇〇一年／影書房刊より)、裏の顔にあやつられたもうひとつの《小説家井上光晴》という作品なのである。このことは谷川雁が「弔辞」でも述べていたことである。文学伝習所は、そのもうひとつの作品に触れられたということがせめてもの救いであるという。やはり作家になることで殺された才能の片鱗ともいえる《雀百まで踊り忘れぬ大道芸の延長》から生まれた活動と文学伝習所をみていたようだ。相変わらず厳しいもの云いである。

この文章の出口には、《このプロレタリア風真言立川流の萌芽を井上光晴に読みとることのできない者は、彼の作品の人間くささを市民ヒューマニズムと読み違えてしまう》と、また《光晴の人間主義は皮膚感覚主義といってもよい即身成仏の世界観であるが、その芯になっているのは否定の純度をめざすあくなき傾斜だ》とある。ここに谷川雁の井上光晴の作品評のすべてがある。ここからこの追悼文の全体を見渡すと、それほど難解な文章ではなくなる。

《プロレタリア風真言立川流の萌芽》とあるが、この文章の三分の一は《井上光晴の一生は映画になるだろうか》から、四つに組み合える〈暗〉の代表として齋藤愼爾を取りあげ、〈明〉の井上光晴との関係を、逸話を交えながら語っている。おそらく原一男監督作品、映画『全身小説家』制作(タイトルは埴谷雄高の井上光晴を評した言葉より)も聞いており、実際、告別式の弔辞の場面使用の話もきていたのであろう。そこで自分ならと構想を思い描き、井上光晴と斎藤愼爾を比較し、楽しんでいる風にも読める。ここでいう《プロレタリア風真言立川流の萌芽》が、ニュアンスとしてまことに上手く表現された作品のように思う。文学伝習所の人々との皮膚感覚で交流してゆく姿は、〈公〉のプロレタリア風談義と〈私〉の真言立川流得度の区別よろしく、井上光晴導師の生老病死、現世利益の世界観が、曼陀羅的宇宙として映し出されている。斎藤愼爾を出すのは一興ではあっただろうが、出せば原一男の作品ではなくなってしまっただろう。それにしても、本人が映し出されるのを断わったと聞くが、告別式で弔辞を読む谷川雁の姿が映像に入らなかったのがつくづく悔やまれてならないのは私一人の想いであろうか。

斎藤愼爾を登場させたのは、実はそれだけの理由ではない。彼をさんざん泣かせた井上光晴の仕打ちを筑豊炭田の坑夫たちの遊び「見ず替え」に話をつなげ、井上光晴が谷川雁自身に迫った二度の「みずがえ」に話を展開してゆく枕としてであった。ここでは、その《よびかけはにがいものだった》と自らいう二度目の「みずがえ」に至る件りを引用しよう。

一九六一年の秋、石炭産業の崩壊を必然として直視しつつ闘おうとする小集団「大正行動隊」はもっとも深い孤立のなかにあった。暮れになって、行動隊に属する若い坑夫の妹が自宅の納屋で死体となって発見された。加害者は行動隊員ではないかと取り沙汰された。この一件をめぐって、既成労働陣営のすべてと対立するグループを取りあげるために週刊誌の記者がおとずれ、光晴の名刺を見せてその指揮下にあると告げた。取材の意図をきくと、おしつけられた規範に反抗しているグループが性についてどんなモラルを持っているかを描きたいという。なるほどフェミニズムがとびつきそうな主題だが、光晴はいつフェミニストになったのか。それを週刊誌にのっけてどうするのか。炭鉱における性のモラルにはどんな古傷があり、またどんな新しい傷があるかはおれにきかなくてもよく知ってるじゃないか。モラルは傷で、傷はモラル。おぬしもおれもそこをえんえんとぼとぼ歩いているだけなのに、この火事場になんで第三者のトンカチ野郎をさしむけるのか。光晴自身が沸騰する渦のなかで渾身の取材をするというのなら、熱い情報のひとこまひとこまを流しこもうけれど、電話の一本、手紙の一枚もよこさず朝から晩までうろうろつきまとわせるとはなにごとだ。厄介であり、じゃまであり、ぶんなぐってやりたかった。その月の二十五日夕刻、被害者の兄は私をたずねてくる途中で列車にはねられた。胸のポケットに私の写真をいれていた。二十一歳だった。私たちは夜の線路にへばりついている肉片をひろって歩いた。寒かった。私は丹前を着こんで兵児帯をしめ、「光晴、これが答えだ。このやわらかい赤身の肉がつたえる指の感触いがいに性の問題などあるかよ」とつぶやいた。かわいそうに記者はまだ私のしっぽにくっついて「いまの感想を一言」とやっていたが。

財布ならまだしも、死者の「みずがえ」はできない。二度目の「みずがえ」に応じることを私は拒否した。週刊誌は私の舌うちや罵声をひろって体裁をつくろったが、私は筑豊を離れても当分は光晴の顔を見たくなかった。

「プロレタリアの葬礼の末尾」より

ここには谷川雁が筑豊を離れる前の、あの衝撃的な出来事が綴られている。石炭産業崩壊の最中に起こった《圧倒的なもの》。しかし、この《圧倒的なもの》を事件とわめき立て闘争の思想に転化できぬ小賢しきジャーナリズムの眼差しも手伝い、「大正行動隊」はともども追い込まれてゆく。その時のことを、居合わせた井上光晴の使いの者にどんな思いを抱いていたのか、谷川雁はここに再現してみせたのである。井上光晴のやり方もいけなかった。自らが取材に来るわけでもなく、《性のモラルについて》取材させてほしいなどと、何もわからぬ小間使いを送り出してきたというそのやり方自体が気に喰わなかったのである。亡き井上光晴にむかって谷川雁は、あの時、深く孤立していたあの事態をわからぬおぬしではなかろうと悔しかったに違いない。

暫くして井上光晴からの誘い（「みずがえ」）を受けたが、この時ばかりは顔も見たくないと思い、断わったという。が、きっと《孤立している私になにかメッセージを送らずにはおれなかった》のだろう、その時の《警告とも憂慮ともつかぬ信号》を解せないこともなかったがと谷川雁は二度目の「みずがえ」を回顧している。

そしてその後の二人のつきあいを《私たちは自分の道を飛ぶように走っていた。すれちがう急行電車の窓からなにやら意味のわからぬことばを投げあったにすぎなかった》と記している。電話で話すことはあったようではあるが、頻繁に会うことはなかったようである。よくいわれる《東京へゆくな》といった谷川雁が東京にゆき、その後居を信州黒姫に移して、株式会社テック、十代の会、ものがたり文化の会と、筑豊から転身してゆく自らの遍歴のことである。井上光晴もまた、雑誌『辺境』を第一次から第三次まで、間に季刊誌『使者』の同人、また各地の文学伝習所創設・運営に奔走する。二人は、七〇年代、八〇年代を、わが道を《飛ぶように走っていた》のである。

そして《否定の純度をめざすあくなき傾斜》に話は移る。まずはプロレタリアの解体の波から話は始まる。谷川雁は井上光晴を「最後のプロレタリア作家」と位置づける。そこでいう《最後》とは、つまり《プロレタリアの個体をみたす実存が変容し、プロレタリアをめぐる熱い理念が冷却しきった時代の》という意味で、その時代のはじまりを《七十年代の終り》だと註釈を入れている。谷川雁にいわせれば、井上光晴は時代から離れまいとしたが、時代が彼を置き去りにした。いや、事態はもっと深刻であったという。それは、《波しぶきをあげる防波堤が眼前で水没するかのように、彼の太字の万年筆が闊歩する心象領域はあっというまに消えてしまった。プロレタリアの解体は、千年を越す村の共同性の崩壊にきびすを接して起きた》と谷川雁は象徴的に説明する。つまり、七〇年代終りから始まる都市開発や都市振興事業などにより、山は切崩され、ダム建設や道路整備、交通網の拡充により、人口は移動し、過疎化は急増する。都市に集中する三次産業の成長は、一次産業の跡継ぎ・嫁問題を深刻化し、輸出部門における世界経済における伸び率は、ジャパン・アズ・ナンバー・ワンという八〇年代の好景気・バブルを生んだ。そんな中で、労働力は機械技術にとって代わり、労働者は実存の変容をみせ始める。また労働者の団結権によって資本の暴走を防いでいた組合活動も、総評、国労の解体を一つの象徴として水没してゆく。地方自治の予算は、道路・住宅整備開発、ハコもの行政と住民の生活圏の利便性と新しさを盾に、湯水のごとく回されたのはこのころからである。井上光晴がそれまで描いてきた社会の歪みや労働の人間臭さが不透明になっていく。つまり戦後の心象と風景の解体がことごとく進んだのが八〇年代であった。後に続く中上健次の〈路地〉の消失もまたこの村の共同性の崩壊、プロレタリアの解体と時を同じくしている。

そして井上光晴の近年の作品に対する多くの批判は、概ね否定の「硬度」の物足りなさにあるという。近年のこの《労働者離れしやすいここをいったん回避して進む》方法として井上光晴の考えた戦略は、《否定の強さを硬度からでなく純度から測れないか、測ったそれだけでもじゅうぶんだとみなす。価値とは純度のことだ。純度がわかればおしまいだ。つまりわが身を試金石にすること》だったと谷川雁は評する。

……プロレタリアはほろび、プロレタリアの葬列はいまもつづいている。やがて葬列も絶えるだろう。しかし忘れてはならないのはプロレタリアの感性の因子は、共同体農民のそれとともに、社会の遺伝子となってのこるということだ。そのはたらきはこれからも良く現在を鑑定する石となる。だが試金石もまたさまざまであろう。試金石を鑑定する試金石が必要なのだ。おそらくそれは葬列の末尾にある。井上光晴という名の意思は、戦後プロレタリアの精神にたいする試金石の、もはや最良にして最後のものかとおもわれてくる一粒なのだ。それはきょう葬列の最後尾についた。葬る者と葬られる者の同一性をいやがうえにも強調するかのごとくに。

「プロレタリアの葬列の末尾」より

追悼には様々なスタイルがある、またあっていいし、あるのがあたりまえであろう。一人の人間が喜怒哀楽をもって多様な個性を持つ人間と交わるのである。人によって印象に残ることが違って当然である。しかし、その業績をどう評価し表現するかという段になると、事態は違った様相をみせてくる。それが作家であればなお更である。文豪と云われる文人たちのいる葬列に加わり、数多の鬼籍に入った作家のなかから本人の作品が浮かびあがるかどうか、それはかなり深刻な問題であろう。そこを意識して将来という広い世界にむかって解き放つような可能性を内に含む評価を記すことができぬ評は、いくら賛辞を贈ろうとも誌面に言葉は埋没し、その言葉は対象を動かすことなく評された作家は歴史に埋没し取り残されてしまうだろう。ここに追悼文の良し悪しを定める基準があるように思われる。

井上光晴を想うとき谷川雁は、たとえ滅んでいようともプロレタリアの感性は、共同体農民の精神とともに人々の遺伝子に受け継がれ、その時代の社会を批判する試金石を鑑定する試金石となると考えた。井上光晴を戦後プロレタリアの文学作品をものした作家として位置づけながら、これから現れるであろう批判の真贋を測る基準となり、その批判を鍛えあげる必要不可欠な手本となるという。つまり、くり返し読まれなければならぬ手本として、はなむけの言葉を贈りたかったに相違ない。戦後の精神の記念碑として井上光晴の文学は、《最良にして最後のもの》であり、《プロレタリアの葬列の末尾》を飾る一つの礫として空高く投げ上げられたのである。

《否定の精神》といい、《否定の純度》といい、小田実も谷川雁も井上光晴の人と文学を同じ徹底した〈否定〉にみていたことを改めて書きとめておいてよいだろう。その語り口は違えど、小田実は日本近代文学という大局からざっくりと本質を捉え、谷川雁は共に歩いた戦後史という時代性から、言葉を象徴的に活かしながら構築的に説きおこす。そのことは『地の群れ』や『階級』という作品を小田実はより直接的にピックアップし、試金石を鑑定する試金石とし、谷川雁はより間接的に定立しようとすることからも窺える。これはお互いの修辞学の違いを表わすだけでなく、性格からもくるものではないかと、私はそんなふうに思っている。

もうひとりの作家の死

一九九二年といえば、井上光晴の死とともにもうひとりの作家が亡くなっている。中上健次（一九四六年〜一九九二年）である。一九七六年『岬』で第七四回芥川賞を受賞、それは戦後生まれの作家による最初の芥川賞受賞であった。一九九二年八月一二日、肝臓癌の悪化により死去。享年四六歳であった。

中上健次が亡くなった知らせを聞いた時、私は「昭和」という時代が終わったと感じた。それは何か根拠があってそう感じた訳ではなく、ある意味、無意識にそう感じていたように思う。既に一九八八年暮れから自粛ムードで、明けて一九八九年、裕仁危篤から崩御のニュース、年号は平成に変わった。では何故、中上健次が亡くなって「昭和」が終ったと感じたのであろうか。芥川龍之介の自殺から昭和の文学が語られた文学史のように、中上健次という作家が亡くなったことによって、昭和の文学が終ったように思えたのかもしれない。西新宿の青梅街道を渡る新宿駅に向かう歩道橋の手前で、向こうから歩いてくる中上健次をみかけたことがあった。写真で見る大きな体軀の中上健次ではなく、痩せてスポーティにさえみえたその姿から、病気なのではないかと心ざわめいたことを覚えている。それから二年ほど経ってからの訃報であった。余談ではあるが、小田実が椎名麟三の死で何かが「終った」と感じたのと何処か似ているように思われる。

戦後生まれで三十手前のまだ若造にとって、「昭和」という時代が天皇と結びついた暗い記憶を持つはずもなく、現象として自粛を唱える人がいて、記帳にゆく人々がいて、一方で、私の知る左翼の人たちは、飲み屋で自粛を非難し、この国の前近代を呪うようにクダを巻いていた。私にとって実感のわかぬ昭和の終焉は、三年後中上健次の死によって「昭和」という言葉がなにがしか意味を持って飛び込んできたように思う。中上健次が担う「昭和」の象徴性が、私にはあったのであろう。それが昭和の文学の終焉ということだったのではないだろうか。

では私にとって昭和の文学という時の「昭和」とは、一体なんであったのだろう。知識として天皇制・稲作祭司としての天皇と結びついた元号であることは当然知っていたが、実感として昭和を理解していたかというと戦後の昭和の一時期を生きてきたにすぎない若造にとって、それは戦争責任をあいまいとし経済的な豊かさを求めた「昭和」でしかなく、天皇はいたって空虚なお飾りとしてしか映らなかった。この社会には、空虚なお飾りでも必要とする人たちがいて、そういう社会構造が温存されている、というぐらいの認識でしかなかったと思う。だから「昭和」という言葉は、私の意識の中では天皇とは切り離された時代のたんなるネーミング程度でしかなかったのだろう。しかしながら、そのネーミングに実態を持って迫って感じられたのが中上健次の死であったのだ。それは言葉をかえれば文学の危機という意味に繋がっていたかもしれない。中上健次の死以来、私はその大きな穴を埋めようとはしなかった。いや、読みたいと思う現代文学がみつからなかったのだ。私の昭和の文学は中上健次で止まってしまっていた。二〇〇七年、作家小田実の死と彼の戦争小説を知るまでは……。

では、それほど私にインパクトを与えた中上健次の文学の魅力をどう表現すればいいのだろうか。ここでマルクスを引用することを読者はどう感じるであろうか。中上健次と深い関わりをもつ柄谷行人は、私にとって中上健次を読んでいたころと重なる青春の読書の一批評家であった。柄谷行人のものした作品に『マルクスその可能性の中心』（一九七三年『群像』に連載／一九七八年講談社刊）があることは誰しも知るところであろう。ならば、中上健次の作品を評すのに、マルクスの言葉を借りてきたとしても、あながち唐突ではなかろう。

宗教上の悲惨は、現実的な悲惨の表現であるし、現実的な悲惨にたいする抗議である。宗教は抑圧された生きものの嘆息であり、非情な世界の心情であるとともに、精神を失った状態の精神である。それは民衆の阿片である。

マルクス著「ヘーゲル法哲学批判序説」（城塚登訳／岩波文庫）より

人間の宗教からの解放を説く有名な一節であるため少々奇異に思われた方もいるかもしれないが、これの何処が中上健次の文学評かというと、ここに記されている「宗教」という言葉を中上健次の文学にある〈熊野〉や〈熊野的なるもの〉に置きかえてみることで、それがそのまま中上健次の文学の魅力を表現することになると私は考えるからだ。しかし、それに続く件りは、宗教批判、宗教からの疎外を説く以上、中上健次の文学批判とするには、どうも具合が悪い。そのことを物語風にとらえていうならば、中上健次はマルクスの宗教理解から批判へ移る過程で踵をかえし、古典文学や世界文学の方へと大きく舵をきる。上田秋成から説経節、謡曲から宇津保物語にいたるまで。また世界文学に眼を向ければ、井上光晴と同じくウィリアム・フォークナーの文学世界があった。己が文学の故郷を探すように、共鳴し合えるものを探し求め、晩年には市民大学としての「熊野大学」を新宮の仲間たちと創っている。

中上健次の出自から生まれた「路地」の文学は、彼の〈熊野〉に、〈熊野的なるもの〉に独特の異彩を放っている。それは、井上光晴のところでも触れたように、土地の回収から整備によって実際の「路地」も、それを象徴する文盲による語りの記憶も、解体され不透明なものとなっていく。敢えていうなら、熊野のもつ呪力によって「路地」は、本来昇華されるはずのものであった。が、可視化されていた「路地」の消失にこだわる中上健次は、舞台を日本からアジアへと世界（文学空間）を広げ、精神や血の中に息づく〈路地的なもの〉を探ろうとした。
この「路地」や〈路地的なもの〉にこだわること、そこに流れる文体にこそ、私に昭和の文学を想起させたものがあったに違いない。そしてそれは中上健次の〈熊野〉や〈熊野的なるもの〉に一種の独特な熊野を体現させることになる。

谷川雁の解く「海」という急所から

そのことを谷川雁は、井上光晴の弔辞から三ヵ月も経たずに追悼文で中上健次の急所について述べている。『文藝』（一九九二年冬季号／河出書房新社刊）に掲載された「海に背いて海へ」が、それである。

その生をつらぬくもっとも悲痛な急所はどこにあったかと改めて問い直すのが、人を悼むということである。中上健次にとって路地とか熊野信仰とかアジアの庶民とかは、むしろ彼の快楽の焦点だったのだから、見えにくいところにひそんで消すに消されぬ生ま身の痛苦のありかとはいえない。私はひとびとがあまり問題にしない一つの鍵をあげてみる。それは彼とそのまわりの被差別界に接し、意識の深みに干渉している〈海〉だ。

「海に背いて海へ」より

これは追悼文の冒頭部分である。谷川雁は、中上健次の出自である被差別界が締め出されていた意識空間に〈海〉があるというのである。その〈海〉が、意識の深みにおいてどのように干渉してきたのか、中上健次二一歳の作品『海へ』にきざみこまれた海への情念、憎悪、呪詛を並べたてて説いている。《「かつて僕を食いつくした海、僕を圧し倒し、喉をしめ、殺した海」、「海、いじけて育った俗物どもの海」「この海は僕の海ではない／おまえが僕にとってなんでもないように／この海は吐き気の海だ」》と〈海〉に毒づき、《「兄と姉たちと僕の祖先たちの言葉をすべてのみつくした海」》と〈海〉への遺恨を語る言葉にこそ、〈海〉という急所が隠されているという。またそれが、海から踵をかえしはじまりゆく、その後の中上文学の基本的シナリオとなっていることも谷川雁は忘れない。

では中上健次の海はどこにあるというのであろうか。中上文学は、つるはしを振りあげ打ちおろす、この反復される動作のなかで筋肉にほとばしる汗と、緑の樹々は呼吸をし、被い茂る青葉や羊歯の葉にこぼれる朝露のしずくの瞬きに、自然と人間が交感する瞬間をみるだろう。ここに読者は《海から解放されたものたちの自由や幸福感》を受けとるに違いない。そこに谷川雁は中上健次の文体の感染力を指摘しながら、《禁じられた海に復讐するかのように、彼は〈文体としての海〉を手に入れた》というのである。

それは〈陸にはいあがった海〉であるといえる。土、石、木、草、風、日光に転換された海であり、登場人物の内部にも侵入した海だ。その転倒を保障する唯一の支えはむろん文体である。文体のよって人目につかぬ思念のウル・メカニズムをがっちりと構築し、劇の歩みをそこから一分たりともはみださせなかったところにこの作家の力量がある。私は推理する。すべての主題を、彼はこの〈背理の海〉との関連において構想したのだ。

「海に背いて海へ」より

海から踵をかえさざるを得なかったという、その〈背理の海〉にこそ中上文学の秘密があると谷川雁は推理する。しかしながらこの〈背理の海〉の根は深い。何故ならそこには被差別民と海の関係が、貴賤を問わぬ暴風から聖なるものを守る樹木の根が、彼らを大地に縛りつけ、からみついて離れられぬ定めとして精神を形づくっているからである。谷川雁は新宮の路地に〈陸封〉された民たちの構造を以下のように説いてみせる。

沿岸都市の被差別部落の多くは浜近くに建設され、しかも海のいとなみから排除されている。新宮の路地も例外ではない。かれらは網を持ち舟を持ってすなどりする海民の歴史からはじかれている。海に関する経営権は別の集団、すなわち伝統的海人集落の所有に属する。農民らの河川水利権と同様、どのような近世の強権も近代法もかれらの自然権を頭ごなしに否定することはできない。現代文明はこの自然権をいかに一枚一枚なしくずしに合法的に剝ぎとるかに上層権力が腐心した結果の産物であって、支配とはこれをめぐる攻防の両面を把握する統合システムの謂である。しかるにマイナスの権利者として海陸の自然権から永久隔離される者がいて、それが日本型差別の基層をなす。稼ぎからの隔離、システム統合のせめぎあいからの隔離であるばかりでなく、自然への親和感からも隔離する。感性の根を制約するところに差別の棘のするどさがある。

「海に背いて海へ」より

ここに説かれるような感性の根をも制約する日本型差別の基層に根を持つ新宮の「路地」に生を受けた中上健次は、禁忌として異域である〈海〉を敢えてねらったのだと谷川雁は続けていう。《浜辺に生を得て、はるか沖の大潮流から「近づくな」と叫ばれたときの、彼の内なるエンジンの始動する音を私は聴く》と述べている。

《〈背理の海〉との関連において構想》された中上文学は、路地の消滅という進行形の現実にゆきどまりの壁を自覚し、再び反転し〈海〉へ向かったとしたいと谷川雁は最後にいう。なぜなら《彼の創始した文体には、日本語がもろもろのアジアの言語と共存し交雑し複合して、〈僕たち自身の海〉を受胎する可能性の暗示があるからだ》といい文章を閉じている。これは『異族』などの晩年の作品にみえる文体のことを指していっているのであろう。

谷川雁に倣うなら、中上健次は海のそばに生まれながら、海に立ち入ることを閉ざされていたということ自体、それは海によって否定された存在であるということにほかならない。つまり被差別民は、法以前の自然権による批判を既に《青い痣》として持つものであったのだ。そこに私流の物語としていうならマルクスの宗教批判に対し踵をかえす理由があったのである。一九世紀の唯物論を批判したジョルジュ・バタイユ（一八九七年〜一九六二年／思想家）は「低次唯物論とグノーシス」にみるように、観念論の届かぬ唯物論を擁護するため宗教的なものをとり戻すことに生涯努めた。それは私の観るところ中上健次の思索と似てなくもない。せめてもと自然への親和性をとりもどすために中上健次は文学で〈熊野〉という宗教的なものを必要とした。

ここで改めて具合が悪いとして引かなかったマルクスの宗教批判の件りの引用の続きを紹介してみたい。

民衆の幻想的幸福である宗教を揚棄することは、民衆の現実的な幸福を要求することである。民衆が自分の状態についてもつ幻想を棄てるよう要求することは、それらの幻想を必要とするような状態を棄てるよう要求することである。したがって宗教への批判は、宗教を後光とするような涙の谷（現世）への批判の明かしをはらんでいる。

「ヘーゲル法哲学批判序説」（城塚登訳）より

マルクスがここで語っていることは、谷川雁のいう日本型差別の基層に根を下ろした民たち、すなわち近代において既に《マイナスの権利者として海陸の自然権から永久隔離される者》にとって果たして適用され得ることがらであろうか。それでは被差別民にとっては元のもくあみなのではなかろうか。マルクスの宗教批判を真向から批判せざるを得ない存在である彼らはプロレタリアには到底なれず、良くて《農地を持たぬ者の農民化》しか望めないのが被差別界のせいぜいの現実であったのではなかろうか。初まりから自然権からはじかれていた存在であり、弱さが暴力を育む日常性を生きる存在にとって、〈熊野〉という宗教性の方に解放の可能性を中上健次はみたのであろう。

引用の最後にある《宗教への批判は、宗教を後光とするような涙の谷（現世）への批判の明かしをはらんでいる》を私はこういい替えてみたい。陸海の封鎖によって自然権すら剝奪された被差別民への棘（批判）は、熊野＝隠国を後光とするような涙の谷（現世）への批判の明かしをはらんでいると。ここに中上文学のアクチュアリティがある。〈海〉に踵をかえしたように、宗教批判に踵をかえし、〈路地〉を根拠とする唯物論的な物語による闘争を始めたのである。その〈路地〉に生きる物語の記憶は、そのまま隠国に連綿と続く物語の系譜に接続されるものであり、〈路地〉こそ熊野的な物語の出入口として機能する文学装置となり得るともくろんでいたに相違ない。

バタイユの唯物論では、アルカイックなトランス状態を必要としたように、中上文学には水と火の憑依（トランス）があると谷川雁は述べている。それは追悼文の七年前、『国文学』一九八五年三月号に掲載された「憑依の分裂を知る者　中上文学・二泊三日の旅から」にある。ここではそれについて詳しく触れることはしないが、そこで谷川雁は、この「路地」と拮抗するものとして、補陀落渡海をその文章の最後の件りで述べている。そこに書かれていたことがらを七年後にしたためられた追悼文を読んで、私はいま一歩その補陀落渡海観をすすめ、中上健次の「路地」に繋がるものとして位置づけたく思っている。

　つまり補陀落渡海とは、海を奪われた民の復讐劇としての供犠、呪われた部分として聖なるものが俗なるものへ贈与をもたらすという、いわば貴種を賎民が生贄とした足跡ではなかろうか。谷川雁がいうように、それは上手くいけば海流に乗って北へ向かい、どこかに漂着しその命は生き永らえるかもしれぬ命を賭した冒険の要素を持った航海であったかも知れない。が、その要素を一部残しながらも流氓（りゅうぼう）の血は、水の憑依（トランス）としてこの復讐劇を創造したのではなかろうか。熊野那智参詣曼荼羅には、蟻の熊野詣の隆盛が描かれ、浜ノ宮（那智浦）には補陀落渡海船が曼荼羅の出口として描き込まれている。ようするに補陀落渡海と那智の滝とは、深い関わりがある。滝は山を下り海へと流れでる。聖域から閉めだされた民が、貴賎問わぬ信仰の片棒を担がされ、その代償に水の憑依、贈与の生々しい信仰の原型をここに創ったのではなかろうか。本来、神倉山のお燈祭は、神武東征より遥か以前からある、後にはじかれる者たちのおこなってきた火の憑依の原型であろう。それを水の憑依と対の両界曼荼羅を造型するため、那智の滝に捧げる火祭りに転位させられたのだ。神倉神社のご神体である巨大な石（神）のワギナから火（生命）を貫い、まるで無数に泳ぐ精子のように生を賭して駆け下る荒ぶる男祭が、那智の滝（女神の陰部）を照らす火を担ぐプロレタリア的重労働に替えられてしまったのである。熊野那智参詣曼荼羅を絵解きするのは旅の比丘尼であったという。祭禮行事に男は参加できるが、女は参加できないしきたりは、女性がものを生む存在であることから、神と等しきあつかいを受けていた明かしであろう。不浄なる存在という見方は、異教伝来によって浸透した禁忌であった。それが、原始の姿を残す、つまり貴賎浄不浄を問わぬ信仰の場として、立山とここ熊野でしか女は成仏できぬと宣伝されたのである。そして比丘尼から手渡された牛王法印の烏の象形は、そこに住む虐げられた流氓の印、八咫烏はその象徴であったのであろう。中上文学の〈熊野〉の異域である「路地」に先行する〈路地〉こそ、今は記録と曼荼羅にしか歴史の痕跡としてその姿を留めていない補陀落渡海であったのではなかろうか。「路地」もいずれ補陀落渡海と同じように網膜に不可視の痕跡しか留めぬようになるのではと、私はそんな風に思っている。

谷川雁は中上健次亡き後、全集刊行においてアドバイスをしており、解説も書く予定であったが、残念ながらそれは果たされぬままこの世を去ってしまった（一九九五年二月二日）。そのことは、中上健次のつれあいである紀和鏡氏が谷川雁の追悼文（「戸隠の雪」『すばる』一九九五年四月号収録）で触れている。そこで中上健次は谷川雁のことを「雁さん」と呼び、〝オジ〟とみていたのではないかと紀和鏡はいう。中上健次のいうオジとは《父のように反発の対象ではない。どこかで理解してくれる存在であり、遠慮なく噛みつける存在である》と説明している。私はこの二人の間に、晩年に結ばれた強い絆を感じる。

小田実と中上健次の一致するところ

一方、小田実と中上健次の対談が実現したのを私が知ったのは、一九八九年『群像』一〇月号の誌上に「日本文学の枠を超えて」と題する対談が掲載されたことによってであった。後に『中上健次発言集成4　対談Ⅳ』（一九九七年／第三文明社刊）と小田実著『私の文学――「文（ロゴス）」の対話』（二〇〇〇年／新潮社刊）に収録される。対談がおこなわれたのは、中上健次が亡くなる約二年半前のことである。私が中上健次をみかけたのは、ちょうどそのころのことである。

冒頭、中上健次は小田実の仕事について以下のように述べている。

中上　正直、外から見られると、中上と小田実さんというのはまるっきり違う立場にいるとか、違う個性みたいに思われているけれども、よく観察すると、僕は意外に遠くないと思っているんですね。考え方の違い、つまり、韓国に関してのとらえ方、朝鮮問題に対するとらえ方は、形の上で違う立場で出てくるかもしれないけれども、根っこで、韓国、朝鮮をじっと見ようという粘り強い態度、視点というのは、そんなに遠くないと思うのですね。それはアジアに関しても、あるいは東西問題に関しても、あるいは戦後文学とかいろいろなものがあるけれども、文学に対しても、そんなにかけ離れた立場じゃないということで、きょう対談をさせていただくのを楽しみにしていたのです。

小田　お互いに（笑）。だから、読んだ人には、私はご苦労さんと真っ先に言うんだ。僕も同じように体がでっかいですが、大型の作品ですよね（笑）。

「日本文学の枠を超えて」より

ここで中上健次がいう《大型の作品》とは、小田実が『群像』に十年間書き続けてきた『ベトナムから遠く離れて』の連載が終って、そのことを指してである。『ベトナムから遠く離れて』が本になるのは、一九九一年のことであるから、この対談を行っている段階ではまだ本（全三巻／講談社刊）にはなっていない。中上健次のいう小田実と自分の立ち位置がそう遠くはないのではないかという冒頭の問いかけは、わかるような気がする。私が中上健次から小田実へと遍歴した理由も、どうもその辺りにあるように今では思えるからである。それは何がそう思わせたかは、もう少し後で話すことにする。

話は、二人の対談の内容である。大きく言うと、二人のめざす文学のことと、アジア、それもベトナムのことが主に語られている。どちらかというと中上健次が『ベトナムから遠く離れて』を書き終えた小田実に対して、聞く側に回っているようではあるが、そのことに小田実が気を使い、中上文学についても水を向けるといった内容になっているため、単なる作家の立場からのインタビューで終わらぬ二人の〈共感〉と〈拘り〉の違いが色濃くでた読みものとなっている。以下、順次あまり細部にこだわらず二人の〈共感〉と〈拘り〉の違いについて焦点を当ててみることにする。

中上健次は、先ずこの『ベトナムから遠く離れて』に〈共感〉するところを三点あげている。一つは、今日の文学状況の中で十年を費やし、七千枚から七千五百枚という大長編を書いたということ。それは野間宏の書き方と類似しているのではないかといっている。二つには、独特の散文に対する考え方とアプローチがなされており、一切合財を飲み込んでしまうような巨大な強い胃袋のようなものが感じられる。アメリカのドス・パソスの『ＵＳＡ』のような作品を思い出したと。三つには、時代に対する責任だけではない、自分の関わってきたベトナムとどう対峙するかという持続的に問う姿勢がある。それは文学者ならではのものであるという。以上の三点を中上健次は自分が〈共感〉するポイントとしてあげた。

それに対し小田実は、中上健次の〈路地〉と似ているかどうかそれはわからぬが、自分もこの作品の中では、極力固有名を排し〈港都〉というのを打ちだしていると応えている。また、ベトナムには過去や現在を背負って死に物狂いで生きている人たちがいて、それをこの世界に刻み込むためには、やわな文体ではできないという意識が非常に強くあったという。そのためには日本語を少し変えてやろうという気がした。長たらしい文体にして、文法的に破格であろうとも、何でも、どんなややこしい問題も入れて、消化しうる文体をつくる必要があったという。

中上健次は、自分の『奇蹟』と『ベトナムから遠く離れて』では文体は全然正反対なあらわれ方だが、精神は同じだという。今の散文は気に食わない。文章読本や文章アカデミーが手本とする散文をぶち壊すことはできないかと思ったという。

そこで小田実は中上健次の『異族』に話を向ける。あんなに話を広がらせて、これからどう収束するのかとても興味があるという。ここの件りは、小田実の中上健次評に繋がるので実際のやりとりを引用してみよう。

小田　……あなたの『枯木灘』や『千年の愉楽』と、『奇蹟』とは文体が違う。それから『異族』も違う。やっぱり、かつてのあなたの書き方をつぶしていると思う。あなたは「路地」を破壊しているよ。「路地」はすでに物理的に破壊されているのを、今度はあなたはあなたの文学のなかで破壊しようとしている。私は、その企ては妙に好きだ。私はそれで、『異族』に興味があったわけだ。

「路地」を今、あなたはやたらいろんな世界にぶつけている。作品が外へ広がっているでしょう。「路地」をぶっ壊してまで、それをやる。ぶっ壊してドカンと飛んだら、いろんなところで異質なものとぶつかる。異質なものとぶつかるから、文体自体をまたぶっ壊したと思う。ほかの人は知らぬが、俺はただ、あなたの整った文体がみんなぶっ壊れたから、非常にいいことだと思ったわけだ。そういう文体で、大問題を『異族』にああやって書くわけだ。私とあなたは、ずいぶん考え方が違うだろう。しかし、その企てについては一致するところがある。あなたの「路地」をぶっつけるわけだ——アジアの中の、あるいは全世界の大問題にね、日本の大問題にね。そうぶつけることにおいて、ああいう『枯木灘』のような整った文体では書けないでしょう。

中上　書けない。

小田　そう思った。だから、私には『枯木灘』ではあまり整いすぎてだめだ。それから「路地」でいいだろう。こう考えると私にとってものすごく興味があったのは、これからのあなたの作品はどないになるのかということがある。私と同じように十年かかっても『異族』は書いてくれよ（笑）。

「日本文学の枠を超えて」より

ここでは文体から語りおこされた「路地」の破壊が指摘されている。「路地」を破壊してまでも異質なものとぶつけ、そのことによって文体自体をも壊しているというのである。このような企てに、小田実は中上健次と一致するところがあると述べている。

文学の現場における「錬金術」とベトナム

人は制作の現場において何故、定型なるものが見えたとたんに、不定型なものへと舵をきりたくなくなるのであろうか。自分の歩くルートが決まってしまうと解ったとたんに、それを裏切りたくなる。別の道を探したくなるのである。山登りに例えるとメインルートを歩きなれると、とたんにアレンジメントルートを探したくなる。日々通う道であれば、気分転換に普段みなれない風景がみられる道を探したり、もっと近道を探したくなったり、地図を頭の中で制作したりする喜びへつき動かされたりする。但し、そのような衝動を抱くのは、全ての人がそうだという訳ではない。決まった道しか歩かない、同じ道を歩くことで心休まるという人も確かにいる。つまり、異質なものと出会い、そのことによって生まれるなにがしかを期待するという志向には、人と同じではないことを、同一性より差異を求める、謂わば、画一的なものより個性に優位をおく思想が隠れているように思われるのである。文学者には、いや、この二人のような絶えず新しいものを追い求めるタイプの文学者には、そのような傾向が強いのではなかろうか。

異質なもの同士をぶつけあい、そこで生まれる新しきもの、それがどんなものであるかは、ぶつけてみないことには分からぬという。制作の現場、ここでは文学の現場での実作者ならではの、アクチュアルなもの云いであることに話のポイントがある。

何故、人は異質なものをぶつけようとするのだろうか。大袈裟にいえば、一方では人類の記憶にある探求の歴史が、もう一方には、人生観のようなものが考えられる。

先ず人生観のようなものからいうと、やはり人間は人との出会いによって鍛えられ、またそのことによって絶えず変わり、それだけ引き出しも多くなる。新しく出会う人とは、自分と比べればまさに異質な存在であろう。その異質なものと出会ってこそ、影響を少なからず受けることによって、それまでの自分とは少しズレる。そのズレを成長と呼ぶならば、人は人によってしか変わらないし、人によってしか成長しない。それが、制作の現場にも投影されているのではなかろうか。

もう一方の人類の記憶にある探求の歴史とは、一七世紀の自然科学の誕生以前、卑金属から貴金属を精錬しようと実験を重ね、それが発展し物質や人間の肉体や魂をも錬成できるとした「錬金術」の魔術的と退けられた歴史のことである。それはイギリスの歴史学者フランシス・イエイツ女史（一八九九年～一九八一年）によって既に明らかとなっていることである。わけあり顔でアリストテレスの〈四元素〉と〈詩学〉を並べたて、芸術の探求の歴史は未だ錬金術的な魔術的段階に人類はあると述べたところで、それは一考する価値こそあれ、滑稽と笑うことはできぬのではかろうか。『ベトナムから遠く離れて』と『異族』は、二人の作家が錬金術的な方法で、果敢に文学の再生をはかった意欲作であり、一方はそれに十年を費やし、一方は途中で中断せざるを得なかった。

中上健次は『異族』の中で天皇制の問題と、「異族」といわれる被差別部落民、アイヌ民族、在日朝鮮人、韓国人の問題、それから沖縄問題と、「天皇」を異質なもの、それもまったく違う価値を持つものにぶつけている。小田実は、自分は天皇制には反対だが、「天皇」が一番嫌なところ、泣きどころにもっていって、喧嘩をさせる試みは、結末は想像できないが面白いという。

そして実作者のアクチュアリティとして、文体は内容に先立つものではなく、内容が文体をつくるのだと語っていることにも注目したい。そのことを小田実は、題材としてあつかっているベトナムのことについて、この内容が文体をつくると興味深い話をしている。


自然の豊かなところで、あまり努力しないでも、川へ行けば、魚がゴチャマンといるわけだから、ちょっと網をかけたらボカッととれるでしょう。それを持ってきて市場を形成する。

東南アジアの市場は、とにかく豊かでしょう。食い物がバーッとあるので、市場で皆ごろごろしている。あれは、あそこで住んでいるみたいなものだ。はじめに市場ありきだ。そこへちょっと小屋をつくって皆住む。

必要なもの、食い物は大体皆あるわけだから、ちょっと足らぬもの、例えばお茶碗がないとか、お鍋がないというのは、どこかへ行ってちょっとつくる。つまり、生産から先に来ていなくて、ゆたかな自然の上の居住から出発する。足らぬものは町工場をつくってちょこちょこっと生産するという感じで、アジアは成立してきた。

そこから考えると、経済学にしても他の学問にしても北の学問だな。認識の根を欠乏においているんだね。あれは南のものじゃない。物がないから生産するというようなことをまず考えてやるわけでしょう。哲学も思想も皆そこによって計算される。南は面倒臭いことをせんでもいいわけだ。そこで人間がごちゃごちゃと住んでおる。その出っ張ったところで、ちょっととってくる。

「日本文学の枠を超えて」より

これは中上健次がアジアの長屋的住まいについて語るのに対して、小田実はアジアのイメージは市場だという話のなかでのことである。

小田実は、欠乏を起点に考える北の学問・思想に対し、豊かな自然があって市場ができ、人がそこに集まり生活に必要なものを手軽に用意してできあがっている物理的空間をベースに、面倒臭いことを考えない南の思考というものがあるのではないかといっている。この北の欠乏による思考と南の豊かさによる思考という世界認識の方法の違いについての指摘は、はなはだ興味深い。そして小田実はこの南の豊かさが自分たちの原型のような気がすると述べている。

ベトナム戦争も南の豊かさという話から、食うものをたらふく食っていたからベトナムはアメリカに勝ったと小田実はいう。ディエンビエンフーでは、大砲を皆人力で引き上げることができたが、ガダルカナルでは日本人は腹ペコだったから大砲を引っぱり上げることはできなかったとも述べている。それに対し中上健次は、ホーチミンとダラートにいった十日間の感想を述べている。ベトナムは食事をするにも椅子が低い、またヤンキー座りをして何時間も平気でおれる太腿や脹脛の筋肉をみて感心した。この足腰の強さがベトナム戦争で勝った最大の要因ではないかという。

二人の話には、敗戦で飢餓状態を体験として持つ世代と、戦後生まれで他人の所有するものに敏感な世代の眼差しの違いのようなものが微妙に出ているようにも思われる。

本源的なものの強さと弱さ

中上健次は小田実に対して面白い指摘をしている。小田実が小説家であるという認識を持たぬ人がいる。いや、知ってはいるが、小田実の小説を全く読まない人がいると。それはその通りで、筆者のかかわる「小田実を読む」という勉強会でも多くの小田実を知る方々が、《よく小田さんは、「政治評論ばかり読んどらんで、わしの小説を読んでくれよ」といっていた》と語ることからしてもこの指摘を私は特に興味深く感じたのである。

中上　もうひとつ、これは小田さんにいおうと思ったんだけれども、あなたは、絶対ポリティカル・アクティビティーとか、そういう政治家じゃないと僕は思う。
小田　もちろんそうだよ。
中上　ひとはそう間違う。
小田　間違うね。
中上　みんな例えば小田さんの腰の強さみたいなものを間違ってしまうと思う。ずっとベトナム戦争のべ平連をやっているときから、僕は小田さんは小説家だと思っていたんですよ。柔らかい腰で、のそっとやるみたいな部分は小説家ですよ。政治活動家にはそれはないですね。ポキッと折れちゃう。

「日本文学の枠を超えて」より

作家であること、それも政治的発言を避けようとしないのが小田実である。小さな事件はあつかうが大きな問題をあつかいなれぬ日本文学という土壌において、小田実は長篇作家としてポスト・モダンなどという流行には一切惑わされることなく、大きな問題と向きあい、それを大きな物語で書いてきたのである。日本という枠を超えた存在として〈行動する作家〉こそ、小田実の代名詞だといえよう。されど、その政治行動ばかりが注目され、作家・小説家としての小田実は忘れられがちであった。そのことをいみじくも中上健次が指摘していることに私は興味を持ったのである。〈行動する作家〉の行動を小田実はべ平連以来、デモに参加するのは作家が行動するのではなく、一人の人間として行動してきたのだというだろう。それを支えたのは、人間は誰に対しても対等であるという民主主義の根幹にある考えによるものであるという。肩書という仮面を外し、対等な一個人として参加する。それを《タダの人》と称したのである。されどその行動は、作家小田実によって考えぬかれ実践に移されたものであり、中上健次のいう柔らかい腰で政治問題に向きあえるのは、作家・小説家のつくる制作の現場的発想によるものなのではなかろうか。対談の後半で小田実は、《文学と政治の二元論》は日本以外の国では理解されないこと、またこの《文学と政治の二元論》が思想をやわにさせているのではないかと指摘しているのだが、ここではこれ以上の言及は留めおくことにしょう。

私は生前小田実に会ったことはない。しかし知らないことを弱みとするのではなく、それを敢えて強みとして自分の考えを述べれば、私は運動の側面も含めて小田実が作家であること、小説家であること、そこから世界を見て、考え、行動したことにこだわり続けたいと思っている。

小田実の〈こだわり〉は、何故今それなのか、何故それを書かねばならぬと思うのかという作家・小説家としての〈こだわり〉よって貫かれているように私には思われるのである。この対談でも小田実は、自分の〈こだわり〉の持ち方を披歴するように、《私は「革命ファン」とか「第三世界ファン」は嫌いだ。「朝鮮ファン」もかなわんね。日本人としてどうするかということを考えたいね。私の本源は何やということになる。そういうことを考えざるを得ない》と述べている。つまりこの〈こだわり〉には、自分は何者であるのか、何の権利があってものをいうのか、ならばどこに根を置き、何を問題とするのかという自身への本源的な問いかけなくして関わることはできないということをいっている。

この小田実の言葉に誘発され、中上健次は自分の〈こだわり〉について語りだす。それは結果、中上健次の抱えているものをあぶりだすことになるので以下引用する。

中上　僕自身がもともと被差別部落の出身で、どうしてもやっぱりいわゆる単純な韓国、朝鮮ファンだとか、そういう状態になれないみたいなところがある。

革命ファン、第三世界ファンとか、そういう状態になれなくて、僕は例えば中国で天安門事件がおこっても、やっぱり我が事だと思うんです。僕はあれは全部部落問題だと思うんです。僕も一応左翼の経験があるけれども、ああいうときは左翼の経験というのは余り役に立たない。

僕は部落問題というと、今僕が見えている問題というと、差別語の問題とかということじゃなくて、部落共同体というのは、例えば差別されているとか、つまり、部落の人間たちが表面的に、貧乏だとか、辛いとか、そういう悲しみとか苦しみを共有できるし、それでまとまるけれども、楽しみとか、喜びとかを共有できない。

それは宗教がないからだろうし、中心になる思想が弱いせいだと思うんですが、少し状況がよくなると、まとまらないで、ただ小金を持って、あっ、よかったねとそっぽをむくか、あるいはただ嫉妬するとか、あるいはそこを出ていったひとは、部落に残っている者らと全然関係ないというようになっちゃう。

そうすると、例えば中国の問題でも、だれかがいっていたことだが、大鍋でものをついているときはいい。みんな中国だといっている。しかし、次の一歩を踏み出そうとするときはどうなるのかという問題と、そこがオーバーラップするんですね。

だから僕自身が、天安門事件でも抽象的に浮いた浮いたで見れない。どうしても何か自分の問題と全部重なっちゃうところがあるんですね。沖縄もそうだし、韓国に関してもそうだし、ベトナムもそうですね。

「日本文学の枠を超えて」より

話に出でくる天安門事件とは、一九八九年四月、胡耀邦が亡くなったのをきっかけに学生を中心にして起こった民主化運動に対して軍が発砲し鎮圧した「六四天安門事件」のことである。今日、一九七六年の周恩来首相の死去で起こった天安門事件と区別するため、第二次天安門事件と呼んだり、武力鎮圧された六月四日から「六四天安門事件」と称するようになっているようだ。この日は故あって、個人的に忘れがたい日となっているが、その日、多くの日本人が食い入るように新聞の文字を追っていたことを思い出す。この年、一九八九年の一一月九日には、ベルリンの壁崩壊が始まるのだが、この対談をおこなった時点ではまだ起こっていない。

中上健次は天安門事件を部落共同体の問題とオーバーラップさせ理解している。こと部落共同体の維持においては、個人の楽しみや喜びといった私的幸福の優位を共有できないという。それは思想の脆弱さであり、宗教がないからだと中上健次はいう。中国の民主化運動を武力鎮圧するしかすべをもたない中国共産党を、国家共同体を維持するため暴力的に収めるしかない思想の脆弱さと部落共同体のそれとをオーバーラップさせてみているのであろう。それを自分の問題としてみてしまうから安易なファンには到底なれないというのである。

しかし、小田実はこの天安門事件について直接政治的話は続けない。それより話を『異族』に向け、中国共産党の武力鎮圧から離れたようにみせ、中上文学に潜在的に存在する「暴力について」を自身の文学の〈こだわり〉の違いと、そこで本来話したかったことで問題意識の共有をより一層明確化してゆくのである。

小田実は、『異族』を読んでいて思うのは、登場する人物がみな強い、《おれの小説の主人公たちは反対や。皆弱者だね》と、この違いは面白かったという。対して中上健次は、自分の深層意識には、根本的には弱者という立場があり、小田さんは強い立場にいるという認識があるという。この辺りの事を中上健次、本人の口から聞こう。

僕の場合、暴力の発生には理由がある、意味がある。暴力がないとどうしようもない。あまりに弱すぎる。だから、僕はそれこそ赤軍には行かなかったけれども、暴力革命肯定みたいな形で、うんとガキのときに走っていた道は、そういうところだと思うんです。これをひっくり返すには暴力はどうしても必要だというような思想。

今は全然違いますよ。非暴力とか、その気位の高さというのは、人間をもっと高めると僕は思います。それこそ非暴力は一番大事だと思う。それにしても自分の小説で、その暴力の発生の起源を、僕はしょっちゅう書いている感じがする。

「日本文学の枠を超えて」より

中上健次は、出自の事を問題とし、弱者と強者の違いを小田実との違いとして枠づけようとする。しかしながら小田実は、敗戦で何もかも焼けてしまいそれまでの家の格式も何もかも灰になってしまい、ゼロからスタートした体験を語るのである。

右の引用から中上健次は若い頃、暴力革命を肯定する思想にかぶれていたことを打ち明けている（この対談で共産主義者同盟に自分がいたことを明かしている）。そして自分の小説は、延々《暴力の発生の起源》について書いてきた感じがすると述べているところが興味深い。確かに中上文学の中には、愛しさ故の抑えきれぬ痛ましい凶暴さを登場人物に持たせている。それは自然が美しさの反面、猛威を振るう恐ろしさを持つのとどこか似ている。《暴力の発生の起源》という言葉には、作家自身（共同体の血）が抱える〈荒ぶるもの〉を鎮めるために小説を書いてきたといっているようにもきこえる。

小田実は、ベトナムでの暴力闘争を例に出しながら、暴力についてわからない訳ではない。されど、疑似暴力は嫌いだという。ベトナム反戦運動をしていたころの学生運動に違和感を持った。《その連中がゲバ棒を振り回している。あのゲバ棒というのは疑似暴力で、本当の暴力ではないと思う。本当の暴力は殺し合いだ》というのである。そこで中上健次は、小田実の『ベトナムから遠く離れて』を自分が書くとすれば、それは『連合赤軍から遠く離れて』であるという。中上健次の語る、その件りを引用しよう。

小田さんが、作家として当時のベトナムというものに対して延々とこだわる、かかわる。そして政治活動家が全部眠っていく過程を、いや違うといって、徳俵に足をかけて、粘り腰で粘って文学を書いている。そしてこういう文学作品に仕上げた。

それと同じように、僕は連合赤軍とか、あの当時のものを一遍も書いたことはないけれども、そこにいたことは確かなんです。僕は、あの学生たちの暴力には理由がある、意味があるということを考え続けているんです。

僕があの当時を書くと、「連合赤軍から遠く離れて」みたいな、そんな感じですよ。僕にとっては、小田さんにとってのベトナムの意味みたいなものがあるんです。

ということは、僕もやっていたし、その暴力に意味がある。その暴力は、決して人を殺すのではなくて、弱者らが集まって、それに対して革命はこうなんだということを見せるため、あるいはその弱者に襲いかかるものを振り払うためにゲバ棒を持った、そういう理由があったと思った。それが互いが互いを粛清し合う形に収斂していく。見たくないものを見ているわけです。今も見つづけているわけです。非暴力が素晴らしいのに決まっている。レバノンにいる日本赤軍の連中もそうでしょう。見てしまったものは、見つづけるしかないんです。

「日本文学の枠を超えて」より

私はこれと同じような話を過去に聞いた覚えがある。それはたまたま彩流社の編集者と知り合い、永田洋子の『十六の墓標（上下）』や出たばかりの坂口弘の『あさま山荘1972（上下）』を頂いたころのことだから、中上健次が亡くなった翌年、一九九三、四年のことではなかったかと思う。当時、私の職場の先輩が、この坂口弘の『あさま山荘1972（上下）』を読み、引用にある中上健次のように、あの時代のことから目を背けられない、そこに居て同じように〈革命〉という名の空気を吸いゲバ棒を持った者として、自分たちのしたことがどのような形で収斂したか、また結末を迎えていくのか、その意味を問いつづけてゆかねばならないといっていたことを思いだす。世代の持つ共有意識を悲痛な面持ちで語るその姿にその時は羨ましさとともに痛ましさを覚えた。中上健次もそうであったのであろうか。

金もうけと「帰る文学」

小田実は、北アイルランドや西ドイツのバッカースドルフでの例をあげながら、ヨーロッパ社会の方が秩序社会への反抗に対してはすさまじいことをする。平気で発砲したり、毒ガスまでまくという。そういうすさまじい体験をしたときに非暴力は生まれる。韓国の延々と続く民主化闘争、トルコの闘争も、みな非暴力だ。それに比べると日本の当時の学生たちの暴力的気分には、どこか生半可なところがあったと思う。そんな生半可な暴力より非暴力にしようという気が小田実にはあったという。されど話をしたかったのは、そういうことではないと続ける。

小田　しかし、私が今いいたいのは、実はそのことではない。あなたの小説との違いをいっているのではない。いおうとしていることは、要するに、あなたは強いやつが六人いて、殴り合いをしている。もうひとつ、私のは弱い者が集まって、何かやっている。しかし、どちらにせよ、結局、金もうけのところにズブズブ入っていくというのが今の状態だと思うわけ。

あなたの小説にもそれを書いているよ。つまり、金もうけのなかに入って、親分もややこしくなって、金もうけのなかにパッパッと入っていく。実際そうなんだ。私のは、朝鮮人もみんな出てくるけど、金もうけのなかにズブズブと入っていくことの恐ろしさ。

かつての全共闘世代が、今や金もうけ主義になっている。「リクルート」も全部そうだ。それと同じ、小型「リクルート」なんてヤマほどあるだろう。

左右の対立というよりも、左右は対立しながらいっしょになって、大きな金もうけ社会のなかにズブズブ沈没していく。これが一体どないなるかいうことは、あなたも『異族』のなかでやっている。

中上　まさしくそうですね。

小田　そのことをいいたかったわけ。違いはあっても、そういうところへ入っていく現実があるということ。あなたはそれを問題にしているし、おれも問題にしている。そのことをいいたくて、今話をしているわけ。

「日本文学の枠を超えて」より

時代はバブル景気に浮かれていた。投機の過熱によって資産価値が実質価値をはるかに超えて高騰し、当然、投機熱次第で資産価値が下落すればバブルは弾けてしまう。そんな危うさを抱えながら一九八六年から一九八九年の日本は好景気に浮かれていたのである。小田実も中上健次も金もうけ主義にズブズブとはまってゆく現実問題を作品の中でとりあげ、ペンで闘っていたのである。それもたんなる日本だけの話ではなく、アジアという広い視野から。

続けて小田実は、『異族』にも『ベトナムから遠く離れて』にも不思議とおなじことばが綴られていることに言及する。それは「植民地にした国とされた国」という表現を使っていることである。アジアにゆこうとするとき、この「植民地にした国とされた国」という認識を持たない限り、異質なものにはならないと小田実はいう。そういう目で見ていればこそ、異質なものがぶつかってきて、始めて自分は何者であるかという問いや、考えることが始まる。しかし、現実にはそのような意識でアジアを捉える人は少ないのではないか。はからずも中上健次が自分と同じ言葉を使いアジアをみていることに、小田実は喜びを感じながら問題の共有を指摘している。そして植民地化された国に同情して全てが素晴らしいなどという人は沢山いるが、それは無責任この上ない話だという。

小田実は当時西ドイツとの連帯に力を入れているという。それは日本と同じように、《殺し、焼き、奪う歴史をやって、殺され、焼かれ、奪われ、悲惨なことで終わる。それで今はアメリカの手先になって動く》というあらゆる問題が共通しているからだという。

話は少し横道に逸れるが、小田実は、この《殺し、焼き、奪う》や《殺され、焼かれ、奪われ》というタームをよく使う。これはご承知のように、日本軍が中国でやった殲滅作戦を中国人が「三光（殺光、焼光、略光）」と呼んだことからきている言葉である。この言葉を積極的に使うことで小田実は、自国の軍隊がなにをしてきたのか、そして中国人はなにをされてきたのかを意識すると同時に、自分たちがアジアの加害者であると同時に、空襲・沖縄・広島・長崎と被害者であることを記憶にとどめようとするもの云いなのである。

話を元に戻すと、小田実はそういった加害者＝被害者の意識を共有できるのが西ドイツだという。そして最後に「帰る文学」と《文学の現場》についての話で、この対談は閉じられる。

先ず「帰る文学」については、三島由紀夫と対談の話が以前あったが、残念ながら立ち消えになったという話から、あの時代、《対決するためには現場へ出て行かねばならないし、対決自体が現場をつくる。しかし、今はもうそこからみんなもといたところへ帰ってしまった気がする》と小田実は作家らの変わりゆく姿をみている。

よくあるでしょう。もう死んだ西ドイツの作家の本をたまたま読んだら、それは典型だった。要するに、左翼がベイルートなんかに出かけて、すさまじい目に遭う。すなわち、右も左もメチャクチャ。解放戦争もメチャクチャだし、もちろんイスラエルもメチャクチャ。メチャクチャだといって幻滅して、家庭生活に帰る。これを私は「帰る文学」というんだけれども、そういうひとつのパターンがある。さっきの話をすれば、今はみんな帰っちゃったんじゃないかな。

あなたは帰らないでやっているね、帰らないで書いている。あなたは『異族』というアホウな作品を書いている。私もアホウな作品を書いた。こんなアホウなことやっているやつは少ないよ。

「日本文学の枠を超えて」より

ここでいう「帰る文学」とは、場所と時間に問題があるとしたいい方である。つまり帰る場所がどこなのかというのがひとつ、帰ったままであるため過去を回顧することしかできず、今を知らぬが故に絶えず動いている社会や人間をとめてしか語ることができないというのが二つにある。

帰る場所とは、小田実は《家庭生活に帰る》というが、違ったいい方をするならば、もと居た場所に帰るということになろう。もと居た場所とは、そのことがらに触れた現場の体験以前に居た場所であり、現場の体験以前となんら変わりばえのない居場所なのである。そこからそのことがらに触れた現場の体験を語ろうと思うと、今の現場を知らぬと〈かかわり〉としての経験を自身の思想の肥やしにすることはできても、そのことがらの意味や対象に迫ることは不可能となる。そのことがらを終わったこととしセンチメンタルに回顧することは可能であろう。経験としてアームチェアーから己を語れたとしても、ことがらそのものを語ることはできないのである。現場は絶えず、揺れ、動き、混乱し、錯綜し、記憶と忘却のせめぎあいのなかで評価は転じ、影響は細部にまで至るのである。

中上健次と小田実は、ペーター・バイス／ゴダールの『ベトナムから遠く離れて』に触れ、その内容は、ベトナムでひとは戦っている、しかるにわれわれは何だ、おれはここにいる、安易な生活をしている、それだけのフィルムだという。しかし、それが日本型知識人の典型であり、当時、世界がそうだった。日本は一番安易に帰れた、そういう気がするという。小田実は、自分の小説に『ベトナムから遠く離れて』とつけたのは、そういう意識があったからだと述べている。

今はベトナムだって、ベトナムから遠く離れている。ベトナム自身が、かつて正義の中心、あらゆるものの中心だったのに、ベトナムだってもうメチャクチャだ。それでどないするかということを書こうと思ったわけだ。既に中越戦争をしているし、カンボジアでもメチャクチャでしょう。

「日本文学の枠を超えて」より

中越戦争とは、大量虐殺を行ったポル・ポト政権のカンボジアを支持した中華人民共和国がポル・ポト政権を倒したベトナムに「懲罰行為」として軍事侵攻した戦争のことである。公式には、一九七九年二月一七日から三月一六日まで、中華人民解放軍がベトナム人民軍に多大な損害を受け撤退した時までとされてはいるが、一九九〇年まで中越間の緊張は続く。そんな最中に小田実は『ベトナムから遠く離れて』を書きはじめ（一九八〇年『群像』八月号より連載スタート）、ベトナム、中国、ドイツ、アメリカと動き回りながら、作家としての現場への〈拘り〉が『ベトナムから遠く離れて』（連載終了、一九八九年『群像』九月号）を書かしめたのである。そしてその執筆の九年間もめまぐるしく世界は動き、ベトナムやアジアの状況は混乱、混迷を深めてゆくように視えたに違いない。しかし、その現場に〈こだわり〉続ける時間の最中、何が意味を持ち、何が意味をなさなかったが小田実には視えてくる。不易流行ではないが、一種の流行的な事象は全部消し、一番本質的なものだけを書きとめ、十年間のアジアに起こった、なかでも持続的なものだけ書いたという。これはいうほど容易いことではない。未来予測を間違うエコノミストをみれば、その難しさは解ることである。

対談の最後に「文学の現場」について話が及ぶ。

私は、連中は現場で生きていたと思う。われわれの哲学というものを一冊の本に書くためには、現場の哲学というものを大事にしたいわけ。現場というのは、何がおこるかわからないでしょう。とっさに判断しなくちゃいけない。とっさに死ぬかもしれない。

そして現場というのは、あるひとつの人生の知恵もいっしょに凝縮する。それから、全歴史を背負う。つまり、全人類の知恵がそこに凝縮する。それにどう対応するか。必ず変なことがおこるから、その変なことがおこったときにどうするか。おれは、それを書くのが文学だと思っているんだ。

つまり、平板な日常生活を書くのは文学ではない。おれにいわせれば、あれは日記だ。やはり、現場が出てきたらどうするか、あるいは逆に主人公を現場に突入させる。そうすると、しょうがないからもたもたする。そのときにいろいろなものが出てくるという気がするね。

今の日本文学、文芸雑誌は、やはり現場がなくなったんじゃないかな。

私は、作家の行動というのはそうだと思う。何もデモをすることじゃない。現場のなかに主人公を突入させることや。

「日本文学の枠を超えて」より

ここでいう小田実の文学観を人はどう思うであろう。「文学の現場」から説きおこされる作家の行動に、人は面喰うのではなかろうか。しかしながら、ここには間違いなく現場に根ざす作家のこだわる文学が存在する。単なる呪詛や嘆きに終始する文学ではなく、現実を変革し創造しようとする文学が存在する。私は谷川雁のアラゴン評を思い出しながら、この件りを読んでいる。今一度繰り返せば、芸術家には二つの種類があるという。《或る世界の賛美者（呪詛者）と或る世界の創造者（破壊者）と》。小田実や中上健次は間違いなく後者であろう。そのことを小田実は「帰る文学」と「文学の現場」で話したかったに違いない。

対談を終えて……

小田実は対談を終えての感想と、その後の面白い逸話について述べている。それは、小田実著『私の文学――「文（ロゴス）」の対話』（新潮社刊）の対談の末尾に付された〔覚え書き〕にある。

対談は予想した通り面白かったし、楽しくさえあった。彼と意気投合したというのではない。彼と私は多くの点で対極に立っていた。政治むきのことがらについてだけではない、生き方、感じ方、考え方、多くのことがらにおいてだ。ただ、彼と私は多くのことがらにおいて、問題を共有していた。あるいは、問題意識を共有していた。問題、問題意識に、対極のところから近づき、そこで大きな共有をかたちづくった。その共有において、ここで両者がちがったところから書くことにおいて、たしかに二人は「日本文学の枠を超えて」いた。そう言っていいかと思う。

その対談のあとでだったか、日をかえてのことだったか、私は彼に彼のなじみのバーに連れて行かれた。二人で何を話していたか、いや、何をどうしていたのかは忘れた。憶えているのは、二人が連れ立って入って来たのにおどろいた人たちが何人かいたこと（二人の組み合わせは、考えられなかったにちがいない）、カラオケで彼が大いに歌ったこと（何を歌ったかは憶えていない）、大いにうまかったことだ。

「日本文学の枠を超えて」付録「〔覚え書き〕問題、問題意識の共有」より

小田実は、この対談を終え、翌年一九九〇年一月に名古屋で「河合文化教育研究所」主催の「文学講座」で、中上健次の『異族』について話している。それは『異者としての文学』（一九九二年／河合文化教育研究所刊）収録の「中上健次の試み『異族』」で読むことができる。内容は、ほぼ対談で紹介したことと重なっているので重複は避けるが、そこでも『異族』の続きを書くかどうかによって、作家中上健次の価値が決まるだろう、《少なくとも、私の心の中の評価は決まるだろう》と述べている。

中上健次の『異族』は、『群像』に一九八四年五月から一九八五年一一月まで第一次連載があり第一次中断を、一九八八年七月から一九八八年一一月まで中途再開があり第二次中断（渡部直己による解説による）をしたままであった。そして小田実との対談後の一九九一年一月号より「完結編」として連載を再開、一九九一年一二月号で中断。残り一五〇枚というところで中上健次は帰らぬ人となり、『異族』は未完に終わる。

『異族』完結編の再開は、小田実との対談も手伝ってと思いたいところではあるが、中上健次にとっても気になっていてのことであろう。それがどんな展開で終わる予定であったかは、死後発見された「異族最終回三〇〇枚」と題された文章（中上健次選集2／小学館文庫収録）から推測するしかない。私は改めて『異族』から中上健次を読み直し、その可能性の中心を読み解いてみたい誘惑にかられている。それにしても誰か『異族』を完結させたいと思う御仁は現れないものであろうか。

中上健次が亡くなって以降、二〇〇七年に小田実が亡くなり、その文学に出会うまで現代作家で読みたいと思う作家がみあたらなかったとは、前に書いた通りである。では、何があって私の嗜好は中上健次から小田実へと向かったのであろう。中上健次になくて小田実にあったものは、日本の戦争体験、戦争責任へのこだわりが先ずあげられる。これは世代的にも無理からぬことかもしれないが、このことにこだわり抜いた作家を私は他に知らない。そして中上健次と小田実の似ていたところは、対談でも度々語られる〈文学への情熱〉からくる若々しさと、権威や既成概念に左右されない〈精神性〉を大事にしていたこと、そして二人にとって〈本質的なことがら〉（中上健次は出自にある差別や暴力に、小田実は空襲や闇市体験）にこだわり、そこから作品を書いていたからではなかろうか。それはこの対談のタイトルとなっている日本文学の枠に収まりきらないものをそこに感じていたのだと思う。小説家に似合わぬその体軀も、手伝ったか、どうか（笑）。私の話はこれぐらいで切りあげ、先へ急ごう。

『思想の科学』と谷川雁の差別「原論」

谷川雁が中上健次と初めて顔合わせをしたのは、一九八四年に世に出た『無（プラズマ）の造型——60年代論草補遺』（潮出版社）の「しおり」として挟みこまれた対談においてであった。

その対談をとりあげる前に、ここでその著書のタイトルにもなっている「無（プラズマ）の造型——私の差別〈原論〉」に触れない訳にはいかないだろう。何故なら中上健次は、自分の拠って立つものがその〈差別「原論」〉に書いてあると、対談で度々繰り返しいっているからである。となると、ここはまだ中上健次の領域ではあるが、続く三人目の介在者である鶴見俊輔（一九二二年～二〇一五年／哲学者）の名を出さない訳にはいかない。雑誌『思想の科学』は、名実ともに鶴見俊輔が主宰した雑誌である。鶴見俊輔、鶴見和子、丸山眞男、都留重人、武谷三男、武田清子、渡辺慧の七人で「思想の科学研究会」を結成し、雑誌『思想の科学』*は創刊される。その（第五次）思想の科学社による『思想の科学』（一九六三年一〇月号／特集「差別」）に谷川雁の「無（プラズマ）の造型――私の差別〈原論〉」は掲載されたのである。

*この谷川雁の文章が掲載された第五次「思想の科学」とは、それまで第一次「思想の科学」（一九四六年五月〜一九五一年四月）は、鶴見俊輔の父（祐輔）の起した太平洋出版に事務所を置いた先駆社の発行、第二次「思想の科学」（一九五三年一月〜一九五四年五月）は、「芽」という誌名で高橋甫（はじめ）の建民社の発行、第三次「思想の科学」（一九五四年五月〜一九五六年二月）は、嶋中鵬二（中央公論社社長）がなかに入り話をつけ講談社発行となり、第四次「思想の科学」（一九五九年一月〜一九六一年一二月）は、一時期粕谷一希の独断編集であった中央公論社発行。以上のように外部の出版社による発行であったのが、この第五次「思想の科学」（一九六二年三月〜一九七二年三月）から自主刊行に変わるのである。因みに以後、第六次「思想の科学」（一九七二年四月〜一九八一年三月）、第七次「思想の科学」（一九八一年四月〜一九九三年二月）、第八次「思想の科学」（一九九三年三月〜一九九六年五月）の休刊まで、奥付には思想の科学社発行とあり、自主刊行体制が続いた。

この第五次から自主刊行になったのには、出版界に衝撃が走った事件が関わっているので、時代状況を知るうえでも触れておいた方がいいだろう。黒川創氏が聞き手として鶴見俊輔に当時のことを訊ねている（鶴見俊輔著『「思想の科学」私史』収録、「もやい」としての「思想の科学」――自主刊行までの編集を中心に／二〇一五年・編集グループSURE刊）ので、氏の文をみてみよう。

……六〇年安保のあと、その年十一月に結婚（横山貞子：引用者注記）して、それから翌六一年九月に鶴見さんが同支社大学教授になるまで、ほぼそういう暮らしが続くわけですね（鶴見俊輔に「うつ」が出、鶯谷で二人は別居生活となったこと：引用者注記）。安保条約の改定に抗議して、鶴見さんは六〇年五月に東京工大を辞職しているので、その間は無職の状態。

外の世界では、そのあいだに、深沢七郎「風流夢譚」が発表されて（「中央公論」一九六〇年十二月号）、右翼の少年が中央公論社社長・嶋中鵬二の夫人とお手伝いさんを殺傷するという嶋中事件（六一年二月一日）が起こっている。

そして、六一年の年末には、翌六二年一月刊行予定ですでに刷り上がっていた「思想の科学」の「天皇制」特集が、中央公論社側の判断で、断裁廃棄されるという経緯をたどる。これを受け、鶴見さんたちは、新たな思想の科学社を起して、第五次「思想の科学」自主刊行に踏みきることに決める。

この創刊号（一九六二年四月号）を、断裁廃棄された中央公論社版「天皇制」特集の復活に、そのままあてた。

〈「もやい」としての「思想の科学」——自主刊行までの編集を中心に〉より

深沢七郎の『風流夢譚』の「中央公論」掲載を引き金に嶋中事件が起きたことで、「思想の科学」の「天皇制」特集を自社から出すことを危ぶんだ社員の声で断裁廃棄を判断したのであろう。こんな経緯から雑誌『思想の科学』は初めて自主刊行の道へと踏みだしたのである。谷川雁の「無（プラズマ）の造型——私の差別〈原論〉」は、自主刊行された『思想の科学』一九六三年一〇月号に掲載された。

もうひとつこの『思想の科学』の〈特集「差別」〉で思いあたることがある。それは詩人コンスタンチン・トロチェフの事件に同席した鶴見俊輔が同志社の学生にその話をしたことによって、ハンセン病快復者の「むすびの家」建設のきっかけとなった年でもあったということである。この経緯については谷川雁研究会機関誌『雲よ』創刊号に掲載の矢部顕氏の「〈サークル主義〉をめぐる雁と鶴」という一文が詳しいので一部紹介しよう。詩人コンスタンチン・トロチェフの事件から「むすびの家」建設反対の抗議行動を受けて仕切りなおすまでの件りである。

最初にライ（いまはハンセン病というが、当時はライ〈らい、癩〉といわれていた。ハンセン病というと、ライに込められた病気だけでない社会的病理＝ライ特有の極めて深刻な差別や偏見、故郷や家庭に絶対帰ることのできない病気の現実が捨象されてしまう）の問題を学生たちに話したのは、当時、同志社大学教授であった鶴見俊輔である。ライ療養所の園内誌の文芸選者をつとめ、戦争直後からライに深い関わりのあった氏はつぎのようなことを話した。

群馬県草津の国立ライ療養所にいる知人の白系ロシアの青年が、東京ＹＭＣＡ（神田美土代町ＹＭＣＡホテル：引用者注記）に泊まろうと予約していたにもかかわらず宿泊を拒否された。その青年は戦後ライ病と診断され草津の療養所に入ったが、完治して治療証明書を持っていた。後遺症があったため、宿泊を断られたのだった。その場所で会う約束をしていたので、行ったときにその場面に遭遇した。

日ごろおだやかな先生が憤慨しながら、「ＹＭＣＡの『Ｃ』は何なのか！」とゼミで話したという。それを聞いたゼミ生の仲間に、「ライ快復者が宿泊できる家を建てよう」と呼びかけたところから始まる。一九六三年のこと。建設のための土地を提供したのが大倭紫陽花邑の創始者で大倭教の法主である矢追日聖であった。この宗教コミューンの一角に一九六四年三月から建設が始まった。八月、建設工事のさなか周辺の地元農民から建設反対の抗議行動に包囲された。

「反対に出会って、一度しりぞく、という方法は、六〇年代までの学生運動にはなかったもので、ＦＩＷＣの学生たちは谷川雁から示唆をうけた」（鶴見俊輔）。ＦＩＷＣ（フレンズ国際労働キャンプ）の中心メンバーは以前から大正行動隊への支援や谷川雁との交流があった。

「〈サークル主義〉をめぐる雁と鶴」より

キリスト（C）となったイエスは被差別者であったのに、そのキリスト（C）の教を信仰する者が被差別者を救済するどころか差別をするとはどういうことかと、鶴見俊輔は普段見せない激しい口調で学生を前に怒りを吐露したのであろう。そういえば、以前、矢部顕氏から『ユートピアを追いかけて』（一九九一年／柴地則之追悼文集刊行委員会発行、印刷は大倭印刷株式会社）という柴地則之追悼文集をみせていただいたことがある。ここにある《FIWCの中心メンバーは以前から大正行動隊への支援や谷川雁との交流があった》とあるのは、柴地則之をはじめご本人矢部顕氏もそのうちの一人ではなかったかと思われる。

この詩人コンスタンチン・トロチェフの事件と同志社大学での鶴見俊輔の熱弁が、後の「むすびの家」建設の産声となった一九六三年に、奇しくも『思想の科学』一〇月号に谷川雁の「無（プラズマ）の造型──私の差別〈原論〉」が掲載されたことが、因果的な結びつきを感じさせる出来事に思えてくるのである。いや、もしかしたら詩人コンスタンチン・トロチェフの差別事件から鶴見俊輔が「思想の科学」の「差別」特集を思いたったのかもしれない。

一九六〇年から一九六二年の社会問題（『風流夢譚』掲載から嶋中事件）の中での雑誌『思想の科学』自主刊行、そして差別現場に鶴見俊輔が立ちあった詩人コンスタンチン・トロチェフの事件、同志社大学での熱弁は、雑誌『思想の科学』〈「差別」特集〉へ、また後の「むすびの家」建設へとつながってゆく。また一九六三年という年は狭山事件が起こっているのも忘れてはなるまい。これらのことを谷川雁の〈差別「原論」〉と重ね合わせてみると、主題としての「差別」がより重層的な意味合いを帯びてくる。

谷川雁の核にあるもの

雑誌『思想の科学』一〇月号の「差別」特集には、谷川雁の他に、朴壽南による「二重の疎外からの解放――在日朝鮮人の場合」と、会田雄次の「体験的差別論」、それと山田宗睦の「〝差別する権利〟」が掲載されている。その特集の冒頭を飾るのが谷川雁の「無（プラズマ）の造型――私の差別〈原論〉」なのである。

ではこの論文には何が書かれているのであろうか。副題に「私の」とあるように、谷川雁自身の体験をからめた論考になっている。しかしながら、《私の世界の核》と論述する以上、差別という症候を解きあかすその手つきは、どこかマルクスの価値形態論やフロイトが無意識の構造を解いた「隠された核」というい方にどこか似ている。先ずは谷川雁の体験が書かれているところから紹介しよう。

> たぶん私が十歳になるかならないかのときであろう。突然、「あれ」がこどもの世界に侵入してきた。そいつはまったくいま考えても純粋きわまる「あれ」だった。小学校の便所に「あれが出る」というのだ。放課後の校庭にうすやみが迫ってくるまで遊び呆けていた子が、用を足しにいって戸をあけたら「あれ」がいた。それはいったい何物なのか、河童なのか一寸法師なのか、幽霊か化物か、だれにもわからなかった。みんながその話をし、だれかその括弧のなかにちゃんとした名詞を入れてくれないものかと相手の顔をうかがいあった。いつも話もしない別の級のこども同士が、一年生と六年生でさえ、恐ろしそうに、意味ありげにうなずきあった。だが一週間経ってもいたずらに――「あれ」がいたそうな――それ以上の筋は進展しないのだった。ただ「あれ」は女の何とか先生が見た。男の何とか先生も見た。

それでいくらかエロティックな気分がうまれた。しかしまた一方では、階段下のくらがりにも出るようになった。朝はやく登校した子の机のなかにもいた。運動場では砂場のあたりがとくに危なかったが、砂場そのものは大丈夫だった。とにかく「あれ」の図体はいたってちいさなものらしかった。何週間か経つうちに「あれ」はいつのまにか「これ」に変っていた。こぶしをにぎり、親指を一本だけ途中から曲げて突き立てたのが「これ」の象徴的な表示であった。「これ」はいくらかユーモラスになるとともに、下級生や女の子をおどかす身ぶりになった。何年もの間「これ」は忘れられた頃になると復活したが、はじめのような凄味はもうなかった。この地方では、冬至まで南瓜をしまっておくと「南瓜が笑う」という。納屋の夜、にんまりとぶきみに笑うわけだが、それに近いこどもの笑いが親指のしぐさにつきまとうようになった。

「無（プラズマ）の造型——私の差別〈原論〉」より

子ども時代に垣間みる差別が、それがその時は何かわからぬままに、いつのまにか変容し、記憶のかたすみに仕舞い込まれてしまう差別意識。はっきりと思い出せぬというが、《幼年の脳味噌を、あさぐろい色をしたちいさな「蟹」がはいまわったことだけはたしかであろう》と谷川雁は冒頭述べている。確かに、差別的な眼差しは、いつの間にか身につけていることが多い。誰しも差別、被差別が色濃く現れる地域に住まぬ限り、差別の感染は、それは暗に「ほのめかし」であったり、歯がゆい遠回しなもの云いがくりかえされるなかで、さも知っているかのようなフリをしながら身につけてゆくものなのであろう。

この記憶を谷川雁は「満州事変から支那事変へいたる中間という時代」であるとしている。このときこの町では、《差別に対する「反差別」へのかすかな造型意欲がつきだされたのだ》という。「「特殊」部落」民を表示する手のひらをひらいて親指を折るしぐさと正反対の象徴が、引用した文中にある《こぶしをにぎり、親指を一本だけ途中から曲げて突き立てた》「これ」を無意識に造型していたのであると。手のひらをひらく《おもいきりの悪い開放形に対して、力をこめなければ整形することのできない一瞬の静止がある》二種類の指型。それを谷川雁は、差別者のなまぬるい攻撃と、被差別者のばねの利いた反撃とを図示しているという。

谷川雁はこの文章のなかで、「あれ」や「これ」というい方と、東北の「座敷童子」とはある意味、近似しているようではあるが、その対象を名指しせず表現される違いは、差別の在り方に根本的な相違があると指摘する。それは北と南の違いであり、中上健次との対談検討の場で詳しく触れるが、差別aと差別bの違いなのである。

谷川雁の生まれ育った町には「〔特殊〕部落」はなく、そこは中流以上の暮らしをしている人が住む地域であった。されどと、谷川雁は続ける。

……そのかわりにもっと広い意味での差別が豊富にあった。まず、かなり古く沖縄の糸満漁夫が北上して定着したとみられる海辺の部落。ここは貧乏で、髪の毛が縮れていて、奇怪な単語――沖縄方言を祖型とする――をしゃべるから、異族であった。河っぷちの低地にいる二、三の朝鮮人家族は、掘立小屋に住み、「洗面器と便器をいっしょくたにしている」から、異族であった。山峡で竹細工を作っている箕作りの世帯は、「竹でも薪でもどろぼうして恥じない」から、異族であった。湖水のような海をへだてている天草人は、さつまいもと鰯を常食にして米を食べないのと、語尾に変な抑揚があるから、異族であった。境を接している薩摩人にいたっては、ルールのちがった風習とねっとりしすぎる好尚と奇妙な団結力とわけのわからない尻上りの言語のために、「あばら骨が一本足りない」のであった。洋妾（らしゃめん）出身はどれくらい金を持っているかわからないし、癩病は名門の家にまで「なまなましい」から、かれらもやはりぶきみな異族だった。つぎつぎに美人の姉妹が生まれて男たちを狂わせる貧しい家系も異端だったし、そのほか種子島からきたキリシタン、隠亡、活動小屋の弁士、はじめてがたがたのフォードを買った男なども、しだいに薄れたり、新しく芽ばえたりする差別の対象であった。

「無（プラズマ）の造型——私の差別〈原論〉」より

ここに出てくる「〔特殊〕部落」とは違う差別の対象を呼ぶ「異族」という言葉に、中上健次の小説『異族』との関わりがあるのでは？　と、ふと頭をよぎった。確認してみると、中上健次が『異族』の連載を始めたのは一九八四年四月、谷川雁の『無（プラズマ）の造型——60年代論草補遺』（潮出版社）が出版されたのは、一九八四年一〇月、「しおり」の対談がおこなわれたのは一九八四年六月六日。妙に日付の符合が近く重なってくるようにも思えてくる。中上健次自身、六〇年代から谷川雁の文章は読んできているというから、この時期ということはできないのかもしれないが、「異族」という言葉が谷川雁からヒントを得ていたとしたらそれはそれで面白い。何故なら『異族』の始まりに谷川雁が多少なりとも関わっており、『異族』完結へむけ小田実が多少なりとも関わっているとなれば、それだけで興味つきない物語が想像できるからだ。

続けて谷川雁は、《馬鹿ときちがいと乞食は、差別と無縁だとはいえないにしても、するどい皮肉の釘をうたれることはなかった》という。そういう自分も神経（きちがい）の一種に数えられたというが、この国において差別の問題を考えるとき、《冷徹というよりむしろ煙のようにもうろうたる壁のイメージを呼びだす癖があるのは、出身地の経験に支配されるから》ではないかと述べている。このことは私の経験からも同感である。土地に縛られた境界意識、みえない網の目が張りめぐらされ、踏み入ってはならぬ立入禁止の杭とバラ線が張られたイメージ（現代では汚染地域を表示する看板か）は、そこに住む人々が共通のスティグマを抱え、交わってはならぬ禁忌を、共同体を維持するためにつくりあげた負の物語ではなかろうか。それが《煙のようにもうろうたる壁のイメージ》の正体である。《差別は決裂の原因というよりも、決裂のあとでそれをなっとくするための説明として、また決裂のまえにもしかするとそうなるかもしれない危機を予想して、そのとき当惑しないための予防として用いられる傾向の方が強かった》というのも頷ける。共同体の維持において、《「あの人間はあれだから」と代名詞で示すときの、危険な領域にはいりこんだぞという信号を交換した快感で結ばれあった》と谷川雁は具体的に代名詞の意味するところを説く。

差別の力学、無（プラズマ）とは何か？

谷川雁はここで差別の構造を甲列と乙列の力学によって図像化しようと目論むのであるが、それはかなり困難を伴う説明である。甲のあるものが乙のあるものより強く圧力をかけると、乙はどこまでも引きさがるか、その場に倒れるしかなくなる。しかし、この甲、乙それぞれは、単独で存立しているのではなく類であるため図像は列で考えねばならない。するとこの甲、乙は極端に走ることはなく列を壊さない程度に、突出と窪みを構成し力学的に不思議なバランスを取ることになるのである。それを《優劣をある中間形で示したまま、一つの停止、一つの平衡が成立する》と谷川雁はいう。と同時に差別とは宙吊りにされた時間、空間的な類の力学であるとするのである。あくまで差別は、力をほしいままに誇示する制度ではなく、美学に彩られた差別者の自己抑制によってできている。力と交換することのできないものを文法的に算入することを可能とする質的には誤謬の力学なのである。《そのためには想像力という意識の魔術を決定的に必要とする》と谷川雁はいう。よって《差別はあたかも力である「かのような」力である。力に対する模倣・翻訳・代入の意識が成立することによって、はじめて外在化されることが可能になる社会的関係である》と説く。

ではその差別問題を解くためにはどうすればよいのだろうか。谷川雁は「差別の意識の関係図」をみることにあるという。そこで取りだしてくるのが函数関係である。差別は一個の函数関係であると述べている。函数（現在は「関数」と書く）とは、いうまでもないことであろうが、例えば、y＝f(x)で表記される関数のことである。変数xとyがあって、xの値が決まると、それに対応してyの値が一つ決まるとき、yはxの関数であるという。xは独立変数である。これを集合として応用し、集合の各要素が一対一で対応させる写像を指すこともある。差別と被差別の関係をこの函数関係においたのである。例えば試みに、ここに独立変数にあたるものを差別者とし、被差別者は差別者の函数であるということも決して不可能ではなかろう。

ではそれはどのような函数関係かというと、《赤裸々な力のせめぎあいが、意識の偽装を通した強制によって、奇妙な手前勝手の休戦状態をうみだし、優者の方が勝敗の徹底的な完結ではなく、自己の優勢の保持だけを目的にしたときにうまれる仮設的な函数である》と谷川雁はいう。またその《優者の独断は、劣者の認識と噛みあっていない》。劣者は劣者で、型への執着があるとも付記し話を続ける。

両翼にそれぞれ優者と劣者の自己満足をのせたこの均衡は、たとえ外的な力関係が大きく変わっても、さまざまな角度からの比喩、翻訳、代入による修正がほどこされる。両者のバランスシートのくいちがいを意識すればするほど、別な次元でバランスが成立してしまうのだ。そこに被差別者の「かなしみ」がある。

意識の媒介というものは、つねにこの種のつらい関係をうみださずにはおかない。「しかし」と「だから」が排斥しあうのではなく、すれちがいながら交錯し、非対応の対応をかたちづくっている文法上の接続関係――いわば人間関係における文法的な脈絡が、自然の力学的関係をのりこえて外化されるとき、はしなくも力の落差が増幅されるかのような異常現象が発生する。この意識の蜃気楼にたよらない、いかなる差別もありえないことを忘れてはならない。「無（プラズマ）の造型――私の差別〈原論〉」より

ここにあるように、優者と劣者のくいちがいの溝は、どんなにあがこうと《非対応の対応をかたちづくっている文法上の接続関係》によって別の次元で均衡が成立し力の溝は埋まらないまま維持されてしまうのである。この《まちがった、ありうべからざる人間「力学」の、「文法」的脈絡における実存》こそ、一般的な差別構造なのである。谷川雁はマルクスが一八四八年にものした『共産党宣言』にある《一切の（書かれた）歴史は階級闘争の歴史である》という命題にならえば、この差別の構造から《全き意味で自由であるようないかなる人間も、思想も存在しない》という。つまり一切の歴史が「憎しみ」と「報復」による差別の連鎖からなるものであると考えるならば、《「一切の（定着された）人間の意識」（＝y）は、「差別意識」（＝x）の「函数」（＝f）であるということ》になるからである。人間の歴史は、差別意識の函数（＝人間の意識）によって書かれたこととなるからである。

自分にしか意味のなかった憎悪の核を他人へ無差別に配分するため、集団共通の熱い鍋に放り込むことによって、時にそれはより創造的な階級闘争にもなり得るし、より強固で間接的な現状の世界の占有を後

押しするものにもなるのである。が故に、この自己を確認する誤った人間「力学」の「文法」的脈略における実存である差別構造から、まったく自由な人間、または自由な思想など存在するはずなどないのである。もし、このことに無意識、または無自覚であるならば、それは《差別者の自己催眠の結果》にほかならない。いい方をかえると、無意識が《自己催眠の結果》であるならば、それは無自覚で〈知らない〉状態にあるということである。何を？　勿論、差別意識がそこに存在することをである。

では〈知る〉とはどういうことになろうか。端的にいえば、それは《意識として所有する》ということになる。意識とは時間であり空間であるとともに、無時間、非空間である。そうした意識の自己催眠とは、意識の核に所有するものがない状態にあること、述語的にありえないとして自己を遮蔽することなのであると谷川雁はいう。その正体こそ、《存在を食べている無（プラズマ）が主体》なのだと、ここにきてようやく「無（プラズマ）」という言葉が登場する。

プラズマとは、物質の固体でもなく、液体でもなく、気体でもない、第四の状態、気体よりもエネルギー状態の高い存在、電子が原子核から離れて飛び回る状態のことを指すものである。もう少しいうなら、谷川雁は差別構造の実体を函数概念の問題として捉えなおし、言葉による数式でエーテルや宇宙とつながるような差別構造の〈空気〉を想像可能な修辞法で翻訳しているのである。《存在を食べている無（プラズマ）》とは、物質の三状態（固体・液体・気体）ではない、つまり物自体ではない＝存在を食べている状態のことを指すのであろう。その物自体を超越した状態をかりそめにも「無＝プラズマ」と呼んだのである。

くり返しになるが、差別意識とは、人間の実存確認の核にあたるものであることを谷川雁は説く。その核には、《存在を食べている無（プラズマ）が主体》とし意識に働きかけていることを函数概念を使用して述べているのである。

この「原論」の最後に出てくる《ソーダ水を作るときの、あの泡》や、《水面のうえでぴんぴんはねている炭酸ガスの粒》、《固体から一挙に気体になり、液体の領域から跳躍する超越的な感じ》といった表現は、この「無（プラズマ）」を比喩として話を着地させるために紡いだ子供時代に目線を移した生真面目な戯れなのであろう。

弁証法と工作者、そしてアンチモダン

しかし私たちが一様に抱いている差別に対する一般的な観念とはどんなものなのであろうか。今や常識として差別を私たちはどう対処しようとしているのであろうか。谷川雁はそれを《アカデミズムの賞揚する観念》として説く。

> すでに客体となり、属性となり、所有の一部となり、名辞となって拡散しつつ固定してゆく意識過程に自分を限定することが差別のはじまりである、アカデミズムの賞揚する明晰さというような観念は、この傾斜への降伏勧告であるが、そこには存在と意識、意識の主体と客体が非対応〔の対応〕という文法的な脈絡によらずに、単純力学的な関係で平衡関係を保ちうるという救いがたい盲信が横たわっている。それは一見差別という文法的な接続関係の否定のようにみえて、ある特殊な文法、自己否定をふくまない文法への収斂にほかならない。差別者の一般的な文法はそれと異なっているであろう。
>
> 「無（プラズマ）の造型――私の差別〈原論〉」より

差別は触れてはならぬものであるというあの一般的なもの云いには、実は《単純力学的な関係で平衡関

係を保ちうるという救いがたい盲信が横たわっている》というのである。つまりそれは、両者を鍔ぜりあいをさせないための観念であり、差別の根源である自己の意識過程を省みることをしないで済む《特殊な文法》なのである（「自己否定をふくまない文法への収斂」）。谷川雁はこうもいう、《アカデミズムの明晰さは、相交わる二つの円に離れよと命じるのである。闘いあう範疇の折り重なった部分を引き離すことは何を意味するか。あたかもそれはチャンピオンと挑戦者の間に終始割って入って両者を闘わせないレフェリーのように、中立によってタイトル防衛を助けるにひとしい》と。これもまた結局は差別の一種であり、公権力による差別の基本型だと谷川雁は述べている。

では一体《差別者の一般的な文法》とは何であろうか。ここにこの論文の柱となるひとつのポイントがある。

……差別する大衆は、すくなくとも自分の意識領域が被差別者のそれと相交わる二つの円のようにうち重なっていることをおぼろげながら知覚しており、そのゆえにこの事実を必死になって発言しまいとする。自分の差別意識の核はだれにも伝えることのできない無論理・無規定・無内容なものであり、もしそれを表現しようとすれば、自由そのものへの恐怖としかいいようのないものだからである。だが、その恐怖こそ被差別者との共有地帯である。そして歴史的な条件の細部にわたる累積のうえで、この恐怖を間接的な属性を通して表現することで満足するか、つまりその程度の恐怖でやりすごすことができるか――それとも、自由の中心へ吸い込まれていく恐怖を直接に、本質的に表現しようともがかなければならないか、それほど恐怖の質が強いか、によって差別者と被差別者にわかれるのである。

だから差別者と被差別者のちがいは、加害者対被害者の関係とは全然逆である。被差別者は無規定の自由を恐怖することの強さにおいて、真の意味の加害者である。差別者はその強さに圧倒されることから逃げまわろうとする意味において、被害者である。弱者が加害者であり、強者が被害者である――この逆説を理解できない者は差別を語る資格がない。差別者の自己抑制は、実は被害者の自己防衛の美学的表現でしかない。

「無(プラズマ)の造型――私の差別〈原論〉」より

差別意識の核には、《無(プラズマ)》の主体が隠されている。つまり、それは《誰にも伝えることのできない無論理・無規定・無内容なもの》なのである。もしそれを表現しようとすると、そこは被差別者との共有地帯である《自由そのものへの恐怖》と向き合わねばならなくなる。

その恐怖に対処する方途は二つあり、歴史的に語られてきた文法で恐怖をやりすごすか、自由の中心に吸い込まれる恐怖に本質的に表現しようともがかなければならなくなる。ここに差別者と被差別者が分かれる理路があると谷川雁はいう。そうして差別者は差別から逃げまわろうとし、被差別者は《無規定の自由を恐怖する》ことで、差別を許さぬと差別者を追いかけ回すことになる。ここにおいて差別者(=加害者)と被差別者(=被害者)の強者と弱者の力学は逆転することになるのである。つまり弱者であるはずのものが加害者となり、強者であったものが被害者となる。そしてこのような差別構造からみると自己抑制する反差別的表現は、差別者の身勝手な《自己防衛の美学》でしかないと、その急所を谷川雁は指摘するのである。

アメリカに例をとるなら、差別には「南部」型と「北部」型があるが、この「南部」型と「北部」型を比べると、「南部」型よりはるかに「北部」型の方がたちが悪いとも谷川雁はいう。それは自覚の問題である。この《無規定の自由の恐怖》を体現している南部黒人たちが、まるで恐怖すべき自由の象徴であるかのようにみえる南部白人の戦慄に、北部白人はリンカーンの口説なぞ持ちだし自己を免責し侵入することがないからたちが悪いというのである。されど、南部白人の差別の方が北部白人のより「よい」というのでは断じてない。そこに差別問題の非対応性があると谷川雁は述べている。

ほんとうはたいていの者が知っていることだが、強烈に差別されている人間ほど強烈な差別力を持っているのである。強烈な悪は薄弱な悪よりも悪いという迷信が、この事実から差別への認識を展開することをさまたげている。だが意識による差別はいわゆる必要悪の観念をはるかに超えた根源悪である。それは消去不能であるから、その根源性に立とうとする努力だけが彼を救済――これは弱い言葉だ――するというか、昇華するというか、つまり彼方の岸からやられるところまで引っぱっていく。そこはすでに意識の単なる操作からは絶縁されている領域である。アルジェリア人差別に関するカミュの、黒人差別に関するフォークナーの一見差別主義の肯定かとみまがう発言は、要するにその領域への入口でへどもどしているわけである。

「無（プラズマ）の造型――私の差別〈原論〉」より

この差別意識という根源悪に立ち向かおうと、自ら根源性に立とうと努力した作家、カミュやフォークナーの名を出し、彼らは本来、救済、昇華されるはずが差別肯定論とみまがうばかりの発言に、谷川雁は差別問題の非対応性の難しさを語るのである。

谷川雁は、《外化された制度としての差別は、差別の形骸化であるゆえに打倒されねばならない悪である》、また《差別意識の平準化は思想として無意味である》と公式的な反差別主義を否定している。平等主義は差別をゼロにすることが可能だというが、ゼロとは所詮形式上のことである以上、差別の平準化は制度的領域に差別をおくりこむだけである。意識のゼロ状態とは、自己催眠の完結でしかなく、意識の無（プラズマ）状態とは無限にへだたっていると。《平等主義とは差別の体制化されたとりでを守る城壁である》。その平等主義によって制度的領域におくりこまれた差別は、本来、意識における差別一般を止揚すべきところを、打倒すべき敵として設定してしまった。そのため自分たちの「力の美学」を誇示するほか何もしなくなってしまう。またすべてを社会「革命」に背負わせてしまう結果になるのである。谷川雁は、このような現代の反差別運動を《ろくでもないセンチメント》、《意味をなさない処方箋》であると片付ける。ならば、それに比べ《自分を完全な差別主義者と認め、それを極限までおしつめて、そこでつきあたる観念の壁から一、二の「禁忌」をひきだす方がはるかにましである》という。この禁忌を土台にすることを提唱するのである。つまり、カミュやフォークナーが留まった根源性の入口から一歩足を踏み出そうというのである。

ここで再び谷川雁は自らの体験を振り返る。

現代におけるもっとも傲然たる差別主義とは何か。その答が反差別運動の目標と限界を示す。ふたたび私はおもいだす。あれは何であったか、幼年の私たちを戦慄させたのは。常日頃すみっこで水っぱなをすすっている暗愚な魂から、ふと色もなく劇もなく転がりでた復讐の形、痛いほど無規定な自由の形。へんてつもない田舎町のうすぼんやりしたこどもの胎内仏は、いつからそんな姿で外界をうかがっていたのだろうか。私たちの存在と意識の無（プラズマ）の間隔に、彼はだしぬけに割ってはいったのだ。彼によって私たちは、この核に自分たちよりも近く位置を占める者に対して近親憎悪する差別者にほかならないとおもい知らされたのである。はじめに私は、その地方の「異族」たちをかぞえあげた。しかし、実のところはかれらこそ、私たち自身よりも私たちの核に近いということ、そのことが私たちにある自己欺瞞を強いたのにすぎない。

「無（プラズマ）の造型――私の差別〈原論〉」より

ここでいう「彼」とは、勿論、差別意識であることはいうまでもないであろう。なぜ谷川雁はここで自分の幼少時代の体験をふり返らねばならなかったのであろうか。それはこれまで自身の説いてきた差別の文法をもってして、再度説明しなおすためである。差別の本質として横たわる《無規定の自由の恐怖》、そして意識の核にある実存と背中合わせの《無（プラズマ）》の主体、それらの言葉を使い再度説明しなおすことで、自分の立場、立ち位置を明らかにするために、また論をもうひとつ引きあげるためのスプリングボードとするためにである。

この彼＝差別意識は、少年時代の谷川雁に《ふと色もなく劇もなく転がりでた復讐の形、痛いほど無規定な自由の形》として現れたのである。それは存在の確認と意識の無（プラズマ）を接続させるものとして割ってはいってきたのである。この意識の核というものが自分を近親憎悪する差別者に谷川少年を仕立てあげたのである。この「原論」の冒頭で指折り数えあげた「異族」たちとは、自分より自己の核に近い存在であり、故に自己欺瞞が働いて述べたにすぎないという。

そして差別に対する態度（アティテュード）が、また修辞が、谷川雁の思想の生命であることを決定的とするこの「原論」のクライマックスが語られるのである。

私は世界中のどの人間よりも、自分の意識の核に遠く位置している。だから私は最大の差別者であり、そのゆえに最大の被害者である。最大の被害者は――たとえ私の核がニセの無（プラズマ）であろうとも——断じて自分の無（プラズマ）のために闘うあらゆる権利を持つ。権利を持つ者は強者であり、被差別者こそ強者であるという定式にしたがえば、私は最大の被差別者である。すなわち私は最大の差別者であるとともに最大の被差別者である……このような「極限弁証法」を自分の存在におしつけることなくして、差別を解くカギがあろうとはおもえない。何と形容されようと、この弁証法が私の世界の核なのだ。この核はむろん伝達しがたいものであるが、それを五本の指で造型しようとつとめねばならない。

「無（プラズマ）の造型——私の差別〈原論〉」より

ここで反差別運動の基底としている人権思想を権利のための闘争として語ることはあっても、直接口にすることはない。なぜなら谷川雁は、「人権」なる危うい思想を裏側から差別の力学として語ろうとしているからである。故に安易に「人権」や「逆差別」なる言葉を使用して翻訳すると谷川雁の論を読み誤る可能性がある。私が極力、引用の言葉を選ぶのはそのためである。

この中で説かれる弁証法は、かなり谷川雁にとって重要である。それは語られている論理に留まらず、その思想の特徴においてもいえることではなかろうか。先ずは語られた内容からであるが、《私は世界中のどの人間よりも、自分の意識の核に遠く位置している》、また《たとえ私の核がニセの無（プラズマ）であろうとも》と差別者である谷川雁は、ここでなにを語ろうとしているのであろうか。それは差別意識を持つ人間とは、かりそめにも例えその意識が他人より自身自覚的であろうとなかろうと、その地平に立ち、担うことを思想家の生理として受けとめこのようないい方になるのである。そこに思想家谷川雁の倫理的な態度を窺うことができるだろう。そして自由の権利と被差別の力学が共に強者であることから、弁証法によって《最大の差別者であるとともに最大の被差別者である》という思想的なポジションを採る。

このようなポジションを自ら引きうけることによって差別意識に対処することが、谷川雁の《世界の核にあるものなのである。

それはどこか私には「工作者」（《大衆に向かっては断固たる知識人であり、知識人に対しては鋭い大衆である》「工作者の死体に萌えるもの」より／一九五八年「文学」六月号岩波書店刊に掲載）を思い出させる谷川雁の〈そぶり＝修辞〉のように思えてならない。つまりこのポジションは、差別者に対しては最大の被差別者としてふるまい、被差別者に対しては最大の差別者としてふるまうことを宣言しているようにも受けとれるからである。いや、もしかしたらどちらに対しても、弱者であると同時に強者であるという両者であることを旨とすることなのかもしれない。いずれにしても双頭の怪物、「工作者」としての谷川雁の姿をここに認めることはあながち間違いではないだろう。とすると「工作者」とは、弁証法的存在として生きるということにほかならない。「工作者」というものがオルグとして現実のせめぎ合いの中で、弁証法的図式と著しく似通った存在として導きだされたものなら、工作者の論理とは、弁証法的に組み立てられた思想といえなくないだろう。

この弁証法こそが、私がいう修辞的思想家としての谷川雁の特徴なのである。そしてこの修辞には、谷川雁の美学が潜んでいる。それはモダンでありながらアンチモダンな〈そぶり＝修辞〉で睥睨し自由を希求するとともに「崇高なるもの」を裡に抱えたウルトラモダンなたたずまいでもある。鮎川信夫はそれを《戦後の日本浪曼派》と称したのである。確かに谷川雁には、日本浪曼派を想起させる言説が多い。されど谷川雁自身、日本浪曼派を意識することがなかったなら、彼の思想家像をもう少し視野のきく広い場所に置くことで改めて捉えなおす必要があるのではなかろうか。そこで谷川雁を修辞的思想家と捉えなおし、その思想の系譜がアンチモダンに連なるものとしてみてみたい。

フランスにおけるアンチモダンの系譜を語ったアントワーヌ・コンパニョン（一九五〇〜／フランス近代文学・批評家）の二〇〇五年にでた『アンチモダン　反近代の精神史』（松澤和宏監訳／二〇一二年刊名古屋大学出版会）のなかでのアンチモダンの分類には確かに問題はあるが、ポスト・モダンがブームの最中、ウルトラモダンを標榜し戦後思想を語っていた谷川雁にこそアンチモダンと呼ぶに相応しい思想家はいないのではなかろうか。アンチモダンというと、橋川文三の解く保守思想を思い浮かべてしまうかもしれない。ここでは、そのことを詳らかにする紙数はないので、ボードレールやニーチェをその系譜に連なる名としてあげ、コンパニョンの定義を監訳者の松澤和宏氏が解説する「アンチモダン」を以下に引いておくにとどめることとする。

……近代に抗する近代人、意に反して近代人であることを己の運命として引き受けている彼らこそ、実は真の近代人なのであり、モダンにしてアンチモダンという両義性にこそ彼らの本領があると著者は考えている。言い換えれば、アンチモダンとは近代の敵ではなく、近代主義の敵なのである。このことは、文学・芸術上の「現代性（モデルニテ）」の創始者であるボードレールが、同時に自らド・メーストルの徒と任じる反進歩主義者、反近代主義者であったことを思い起こすならば、比較的容易に理解できるのではないだろうか。

『アンチモダン　反近代の精神史』収録「監訳者解題」より

ここで松澤氏のいう《近代の敵ではなく、近代主義の敵》こそ、谷川雁の思想的ポジションを明確にするだろう。同時に詩を書くことを止めたことからランボオに比せられることが多い谷川雁を、ランボオよりはるかにボードレールに近く、思想的にはその系譜に連なるのものとしたい誘惑にかられるところでもある。

以上で、「無（プラズマ）の造型――私の差別〈原論〉」が、どのような内容のものであるか知ることができたのではなかろうか。この辺りで中上健次との対談に話を戻すことにしよう。

感性の自殺と軍隊と詩

『無（プラズマ）の造型――60年代論草補遺』の「しおり」の対談の冒頭で中上健次は、左翼思想をもって羽田で肉体労働をしていたころ谷川雁の書くものを読み、教えられ救われもしたことを述べている。ならば中上健次が谷川雁を読んでいたころを特定することはできるのだろうか。高澤秀次氏による詳細な年譜（オンデマンド版中上健次全集収録）には、以下のように記された項目がある。

一九六七年（昭和四二）二一歳
三月、山本太郎の推薦により、詩「歌声は血を吐いて」が「詩学」に掲載される。

一一月一二日の第二次羽田闘争以降、王子野戦病院反対闘争、成田空港反対闘争等のデモに参加。「ジャズ・ビレッジ」の仲間たちと新宿反戦直接行動委員会を組織し、「新宿スパルタクス団」と署名したパンフレットを発行、独自に学習会を開く。ブント（共産主義者同盟）系の新左翼グループに加わり、早稲田大学に出入り。生活は実家からの仕送りに頼る。

小林秀雄、吉本隆明、谷川雁らの批評、詩作品に傾倒。

〈創作〉

作品38（詩）「道」一一号、一一月

歌声は血を吐いて（詩）「詩学」三月号
五つの母音からなる季節（詩）「さんでージャーナル」七月二日号
海へ（詩）「文藝首都」九月号
〈批評・エッセイ〉
現代についてのエチュード「さんでージャーナル」
一月二二日～五月二一日（全＝二回）
日本春歌考と僕（映画評）「文藝首都」六月号

「オンデマンド版中上健次全集」より

一九六七年、中上健次、二一歳の項目に記された小林秀雄、吉本隆明、谷川雁への傾倒とある一方で、「しおり」の対談で中上健次は、《雁さんのはぼく高校時代のときに読んだ》と述べていることから想像するに、一九六二年四月に和歌山県立新宮高校に入学しているから、大雑把にみても谷川雁の本を読んだのは、一九六二年から六七年の間ということになる。「無（プラズマ）の造型――私の差別〈原論〉」が『思想の科学』に掲載されたのが一九六三年一〇月号、差別特集の一篇であったことも考え併せると、新宮の書店にならんですぐ手にして読んだことは大いにあり得ることであろう。

因みに、小林秀雄については柄谷行人と『小林秀雄を超えて』（一九七九年／河出書房新社刊）という対談を本にし、吉本隆明とは『解体される場所――二〇時間完全討論』（三上治を交え一九九〇年／集英社刊）という対談を本にしている。そして谷川雁とは、この『無（プラズマ）の造型――60年代論草補遺』（一九八四年／潮出版刊）の「しおり」の対談で初めて会い、その後二人のつきあいは新宮を案内（後に随筆「憑依の分裂を知る者　中上文学・二泊三日の旅から」に結実）するほどに関係は深まるのである。

年譜からわかることは、中上健次も小田実と同じように（本質的に同じといえるかどうかはともかくとして、現象的には）詩を書いていたということである。一九六七年は創作で雑誌や同人誌、タウン誌に掲載されたものは全て詩である。初期の作品にはよくその作家の全てが出ているといわれる。詩においても同じことがいえるのかもしれない。ここでは山本太郎の推薦で「詩学」に掲載された詩を以下、紹介しておこう。

歌声は血を吐いて

I

声声は血を吐いて雨のなかに消えさるべきであった。とたん屋根の雨は真珠色の精液のように輝きながら黒い大地に流れこむ。緑色の道化師の仮面をまとった堕天使はやわらかな躰をもち口笛をふくのがにあっているはずだ。神経系統をおかされた（まるでひとりものの若者の如く）あの鳩に腐りりんごを食べさせねばならぬ。このきらりとひかるジャックナイフで処女の割礼することをゆめみる。

II

そこは棺のなかのように静まりかえってた。行方不明なたったままの浮浪者はあの夜ひっそりと公衆便所に注射した。あ、ゆきこよ、もっとこっちをむくんだ。
夜、裏切られた希望のようにおれたちはだきあった。おれの躰はいらくさの棘できずつき、ぼろぼろと赫い血のかたまりを吐きだした。沈没船がにびいろにひかりはじめる。たばこがものも云えない優しいおれをつつんだ。

Ⅲ

白い朝、くだけてとびちったストーブの管がおれの躰に不快なしみをのこす。おお、そのオイジイプス王の仮面はおれだけのものだ。世界はいつまでもギリシア悲劇を上演している。いまごろハレルヤをうたうのはよくない。

Ⅳ

その道をまがれ
凍った茨の棘がおれの躰にやさしげな傷口をつくる、あゝヒップスターよ、おれの存在までもかつあげしろ
その道をまがれ
猛々しい歌声をともなったおれの弦がはじける、雲がそのいとけない少年をまで殺そうとする時、おれは声をかぎりに叫ぶだろう、アトラスよ、おおキリストのように淫(みだ)らな性器をもち、右翼の暗殺志願者みたいにみじめな射精をこころみるアトラスよ、

(昭和42年3月「詩学」より

この詩を読むと、なぜか口からもれ出るため息のようなものがある。それは若き中上健次がそこにいる懐かしさからなのかもしれない。自由に慄き、破壊し葬りさりたい自虐的な暴力と仮託されたエディプスコンプレックス、そして土地に縛られ生贄にされる自分の定めに、抗い跳ねまわり、抑えきれぬナルシズ

ムが波打ちふるえているようにみてとれる。どこを読んでも中上健次がいる。いまだ進む方角が定まらぬまま言葉の力をその体軀にもてあましているようだ。小説家中上健次は、確かにこの詩の延長上にいる。詩作に傾倒していた若き中上健次が六〇年代いたことを念頭において、話を「しおり」に戻そう。

中上健次は、六〇年代に谷川雁が沈黙したことをそれは《感性の自殺》のようなものではなかったかと訊いている。この《感性の自殺》といういい方からも、かなり思い入れの強い谷川雁像を持っていたことが窺える。それに対して谷川雁は自分と詩について興味深いことを述べている。

谷川　私は自分で詩人たらんとして詩をかいたというわけでもなくて、詩人ということの側からいうと、それは自分自身の思想の問題とも重なりはしますが、やはり軍隊に行ったということが、自分が詩を書くことになったということとかなり因果関係があったんじゃないかと思う。逆に、もし軍隊に行っていなかったならば、仮に戦争というものを経由したにしろ、はたして戦後、詩を書くということになっただろうかというと、そうは思えない。
『無（プラズマ）の造型――60年代論草補遺』「しおり」より

谷川雁にとって軍隊体験と自身の詩作は、切っても切れない関係があると自ら語っている。自分を詩人と規定するとカイコのように糸を紡いでいくという連続の概念で自分を捉えなくてはならなくなるが、そういう連続性は自分にはないという。《五〇年代のある時期は、年に三回や四回、一篇に一ヵ月ずつぐらいかかって》作品を書くという時期がたまたま続いたことがあったとはいっているが。

では谷川雁にとって軍隊体験（一九四五〈昭和二〇〉年一月、千葉県印旛郡の陸軍野戦重砲隊に入隊）とは何であったのだろうか。抽象的ないい方をしているが、軍隊では、《一種脅迫されたようなところがあって、それに対してどうしても答えを出したい》というこだわりがあったという。そのこだわりこそ詩作のエネルギーだったのであろう。

詩についていえばそういう感じをもっていて、何か脅迫されて、それに対して必死になって声を出しているということなんです。軍隊はもう敗北したとはいっても、そのあとの時間の中でも生きているわけでしょう。帝国陸軍が滅亡したなんていうのはウソで、そのまま生きてこちらを脅迫しつづけているので、それに対する答えというものを吐き出している。しかし、ある程度吐き出した結果なのかどうか知らないけど私は変わったんですね。その変わったところに六〇年というものがあった。

『無（プラズマ）の造型――60年代論草補遺』「しおり」より

軍隊による「脅迫」、帝国陸軍が生きて「脅迫」しつづけているとは、一体どういうことなのであろうか。「脅迫」という言葉から、軍隊内での暴力のトラウマのようなものを想像していいのだろうか。そうではなく、戦後の社会組織が軍隊式の規律や戦略を歯車として経済活動や政治を下支えし、名前をすげ替え亡霊のごとく生き続けている。そのことによる《脅迫》なのではないかと思うのだが、どうであろうか。除隊後、西日本新聞整理部記者、労働組合書記長、コラムニスト、共産党オルグとして生きた一九六〇年まで十五年間。

寄り道に過ぎるかもしれぬが、ここで一九五七年八月「詩学」臨時増刊号に掲載された谷川雁の「わが代表作」に取りあげられた詩を紹介したい。この詩も自身の解説で制作に一月を要したもののひとつであることを述べている。

おれは砲兵　　谷川雁

海べにうまれた愚かな思想　なんでもない花
おれたちは流れにさからって進撃する
蛙よ　勇ましく鳴くときがきた
頭蓋の窪地に緑の野砲をひっぱりあげろ

神経のくぬぎ林が萌えだす月曜日
影のようにそよぐ寺院をねらうのだ
みろみろ　敵の砲弾は村の楽書をぶちこわし
もやのなかで咲いたあやめが処刑される

電話はどうした　星は青く空は黄に
それその土色にめまいするわらびにつなげ
たてよこに蜘蛛の巣をこぐ舟からは
大昔の戦闘命令を鼻歌まじり

うみともつかぬ汁ともつかぬ霰弾をふらす

空想的社会主義の地獄版め
純潔にしがみつくあの鷲もやられたか

よし　下男の夢で大地をうち鳴らせ
裏切りの三角法は計算ずみ
まっぴるまのどしゃぶりを射ちこんでやる
お望みなら夜明けの棕梠にはりつけも

娘は運転手を熱愛するくせがあり
おとなしい子供らが大工になるこの町で
燃えさかり攣きつる炎はてらしだす
おれたちのなかの癲を　世界の癲を

杙をぬけ　竜胆色の露ふりはらい
まぼろしから覚めたきのこよ　馬を呼べ
匂を嘔く物語をかかとにこすりつけながら
すべての汚辱といっしょに移動しよう

とどまる砲兵には死があるだけなのだ

蚊ばしら立つ炭焼党の都の方へゆっくりと
左へ　さあ輓馬の鞭をふりかざせ

「わが代表作」より

この「おれは砲兵」は一九五五年五月に書かれた作品である。この詩の主題は、《一般的ヒューマニズムへの侮蔑》であり、そのモチーフは《党員でなければ直面しない性質の問題に見えながら、実は深く自由の本質にかかわる方法上の一点》だという。

谷川雁は共産党細胞としての活動のなかで党内問題を不正規のルートで討論しないという規律に触れぬよう、直接政治的事柄を書くことを避け、文学の領域から政治を刺そうとつとめたという。共産党詩人が政治に触れようとするあまり、逆に非政治的ポジションに立てこもらざるを得なかったのであろう。

戦争から敗戦、そして新たにもたらされたデモクラシーという批判の自由が保障された世では、武装反乱はおおむね「自由への戦い」であると称されていた。そんな時節、《一定の大手術のあとで必ず訪れる清算主義的反動をどう処理するか》という問題意識から、この詩は、《単一の事件によって誘発されたものでなく、体験の連鎖の上に立ったある種の政治詩である》と云っている。

ではこの政治詩を書かしめた軍隊の「脅迫」とはなんであったのだろうか。谷川雁がそれを《文学に対する政治の前衛的態度》として語っているものがそれにあたる。党の矛盾としていっている事柄が、私には軍隊についていっているように聞こえてくるのである。組織の規律について谷川雁は、《部分的矛盾の存在を進んで容認しつつ、より高次な統一に至る出発点を目下の規律に求める》ことだという。これは党の矛盾か、それとも軍隊の矛盾をいっているのか。続けてこうもいう、《「尽きることのない連続性」で囲まれた外海を我々は自由と称しているのであって、規律のない攻撃は攻撃ではなく、攻撃しない自由は自由ではない》と。この矛盾の統一を高次へ押しあげ語られる「規律」「攻撃」「自由」こそ「脅迫」の内実なのではなかろうか。

これに対し谷川雁は、《しかし文学と政治が規律ある対立を媒介として嚙みあうとき、その苦痛は人間のすべての自由に関わるものであり、一直線に詩の母胎であることを私は証明しようとしてきた》とも述べている。まさに谷川雁は文学から政治を刺すこと、つまりここでいう〈政治＝軍隊の脅迫〉に《嚙みあう》ことで詩をものしてきたことが窺える。谷川雁が詩を書き証明しようとしてきたこととは、《人間のすべての自由に関わる》脅迫による苦痛に抗うことだったのである。

谷川雁は、自身をコミュニスト詩人と位置づけ、その課題を《どんな微細な矛盾をも見逃さずに「表現の自由」を拡大してゆく戦闘的姿勢を保持すること》であるとしている。この章の最後に、「わが代表作」に記された「おれは砲兵」の谷川雁自身の解説を記し、中上健次との話の続きに移ることとする。

右の理由から私はまず隠喩だけで描き切ってやろうと考えた。その弱さをむちうつために命令形や間投詞をふんだんに使った。当然それは観念の固さを帯びてくる。そこで泥絵具のあくどい色感とユーモアを少量混じえた。つまりは駄菓子製造の要領である。軍隊で輓馬十五榴に所属したから砲兵の気分はわかっている。前年に癩院へ行って道徳的苦戦をなめたことがあるのでそこの感触も入りこんだ。困ったのは第一連三行の「蛙よ、勇ましく……」が希望するほど強く反りかえってくれないことだった。その迷いが最後まで残ってしまったと思う。完成に要した時間は三十日。個室で紙屑をちらしていると、回診に来た医者がそのたびに眼をみはり、黙って帰っていった。

「わが代表作」より

注を一つ。この「おれは砲兵」は、一九五五年九月に「母音」に発表されるが、詩作は水俣市の新日本窒素肥料付属病院に入院中になされたものである。

「南、差別、そして自由」と越境する工作者

「しおり」では、続けて谷川雁は自身の体験から、これまで反権力闘争の歴史で取り込めないでいた課題「明るさ」について語っている。

そして、最初にあなたがいわれた暴力というのは権力とは反対側の暴力だから、追い詰められての暴力ということでもあるけれども、労働というものは力を出して、ある外界に自分の力を加えていくことであるわけですね。つまり、あなたの言う土方の労働ということなんだけれども、その明るさというものは絶対否定できないと思うし、その明るさと反権力というものとが結びついていくときにはとにかく楽しい。それは絶体絶命のピンチみたいなものにもしょっちゅうぶつかるけれども、その明るさがあるから殺されずに済むとか、へばらずに済むとか、そういうものが保障されているような自明の明るさがある。

日本のインテリというのはヒューマニズムに目覚めて、明治社会主義、平民主義以来、昭和マルクス主義までずっとつながってきているけれども、やはりそこのところの一点は取り込めないで来たと思う。だから面白くないというか、実際に明るさをもっている側からいえば、何だそんなものということでしかない。

『無（プラズマ）の造型――60年代論草補遺』「しおり」より

中上健次はこの話を受け、この『無（プラズマ）の造型――60年代論草補遺』に大きく流れているのはその旋律であり、そのことの強さだという。谷川雁のこの話は、中上健次が羽田闘争などのゲバルトの時代、その原型を大正行動隊に求めながらも暴力をもったことの不安を語ったことに拠る。中上健次にいわせれば、そうして手にした若者たちの暴力は、結局は連合赤軍に象徴される暴力フェティシズムようなものに収斂されてしまった。明るいはずのものがいつしか暗くなってしまう。《見えているものは見えているけれども、すぐそれを暗くしてしまうものがある。それは何なんだろうか》と中上健次は率直に疑問を投げる。

それに対し谷川雁は、大正行動隊の闘争は避難、逃走も時に戦術化したことをその特徴として語っている。矢部顕氏の紹介していたライ快復者の宿泊施設「むすびの家」建設反対の抗議行動にあってとった《一度しりぞく、という方法》は、ここからきている。

谷川　大正闘争というのはひじょうに面白い闘争で、労働法なんていう世界ではつまらないが、もっと広い意味でとらえればまだ未開拓の部分をもっていると思う。つまり、暴力というものの明るさを支えるものからいえば、あれは〝緊急避難〟ということだったのではないかと思います。やりたくないことは敵側からもやらされないし味方側からもやらされない、そういう時は避難してしまうが、それについて人も文句をつけないということなんです。ちょうど北前船みたいにすぐ港々があって、その港にちょっと逃げ込むとそこには酒あり女ありで、そこでちょっと休んでまた行こうかというかたちですね。

その点、三井三池労働組合が崩壊していくのは、遠州灘みたいな所を紀国屋文左衛門みたいに、避難港というようなものを何も設定しないで一路江戸を目指すといいようなところがあったからじゃないかと思うんですよ。

『無（プラズマ）の造型――60年代論草補遺』「しおり」より

引用した北前船と紀国屋文左衛門の航海法の違いにより反権力闘争のあり方の違いを説明するところなど、かなり印象に残る比喩ではなかろうか。その話を聞いて中上健次は大正行動隊の闘争を、当時流行りの「逃走」*という言葉ではなく、あくまで自分が羽田にいたころ理解した「伸縮自在」の運動のスタイルということばで評価している。

＊八〇年代前半、『構造と力』（勁草書房刊）が爆発的に売れ、ニューアカデミズムの旗手と目され一躍時の人となった浅田彰氏の著書に『逃走論』がある。谷川雁は浅田彰とつきあいのある中上健次にわざわざ誘い水として「逃走論」を話題にあげ既に大正闘争でやっていたことだと対談のなかで述べている。

続けて谷川雁は暴力についてもこう触れている。

谷川　暴力というのは言葉で言えば二文字で片づくが、その中身は地引一冊分よりもっと厚い中身をもっているのだから、そういう認識があれば、すぐ暴力路線とか、何か構造のある、杓子定規の方針というものが出てくるはずはない。それすらもわかっていないというのでどうも困っちゃうところがある。しかし、よく考えてみると、日本の革命派といったものは、明治以来ずっと暴力路線か非暴力路線かというバカげた二者択一をとっている。それはまさになまっちょろいやつらの考える二分法だと思う。暴力だの非暴力だのというのを路線で決めちゃって、抜き差しならないようなことをしたんじゃわやだもんな。だから、そんなことは初めから決めない。ニコニコしているということだと思うんだけどね。（笑）

さて二〇一九年の現在からみて、戦後の復興期における石炭産業の果たした役割は大きい。その分そこに働く労働者の生活の犠牲も見逃す訳にはいかない。六〇年代を迎える頃になると、閉山が相次ぎ切り捨てられた労働者は路頭に迷うことになり、彼らの権利であるはずの生活や自由は、経営者対労働組合という単純な構造では解決が見込めなくなる。ストライキやピケを張ったり座り込みをしても、話にならぬ和解金と暴力的解決手段に出る経営者側に対抗するためにどんな手段があるだろうか。暴力とは穏やかではないが、当然戦後の日本の革命運動において暴力はある程度致し方ないものとして肯定する気分があった。谷川雁が大正行動隊、そして大正鉱業退職者同盟の仲間たちとともにしてきたことには暴力はあったが、そこには明るさがあったという。確かに暴力にも幅がある。しかし、大正闘争から影響を受けた若者たちは、結局、暴力が暗さを運び、運動が引き返せぬどんづまりまで行ってしまったことに中上健次はこだわり続ける。

時代は移り、今日、暴力的な対抗手段を選ぶことは、この国ではなくなっている。あくまで非暴力で立ち向かう。そこに私のような世代は、甘いといわれようと社会の成熟を見るのであるが、このような話を聞かされるとやはり谷川雁がいうように、戦後はまだ軍隊が生きていたように思えてくるのである。

中上健次は、暴力に対してはどうしても埋まらない問題意識の溝を感じてか、話を『無（プラズマ）の造型――60年代論草補遺』の二つの特徴とそれぞれに共通する問題へと話を向ける。それは〈南〉に対する関心と〈差別〉であり、この二つに共通するのが〈自由〉の問題であるというのである。〈南〉に対する関心とは、自分の世界を広げ、文化を固定しないで広げて考えることだと中上健次はいう。つまり、越境することの意味をそう解いているである。そして自身の思想の血脈は一九六三年に書かれた「差別『原論』」にあることを述べている。「差別『原論』」が先にみたように、弁証法的な工作者の眼差しで書かれているのを鑑みるなら、中上健次はこの『無（プラズマ）の造型――60年代論草補遺』を谷川雁の馴染みの言葉でいうなら《越境》と《工作者》の視点から〈自由〉の問題として読み解こうとしていたことがわかる。

谷川雁は〈南〉と〈差別〉の二つの問題は別々ではなく、一つの根っこの中にある問題だという。差別の構造的問題を歴史的に説く重要なことがらを谷川雁は以下のように語る。

……日本列島であれ、台湾であれ、インドシナのほうであれ、突っ放して言ってしまえば結局中国大陸の周辺社会であるから、円周上にあるだけで決して中心にはないということを宿命的に背負わされている部分があると思う。そして、その問題がずっと続いてくるので、差別という問題の根源もそこにある。だから天皇制だけということで差別という問題は切れない。そういうことを言うなら、天皇制というのは中国大陸の神聖な権力というものに対するひじょうにみみっちい反抗としてある。ちゃんとした科学的社会主義ならば、戦前の二七テーゼとか三二テーゼというものの中にそういう視野が当然なくてはならなかったのが、そこのところが欠落している。

ということは、その当時の中国が半植民地みたいで弱い状態にあり、こっちは加害者の立場にあったからそういうふうになったと思うんだけど、その中国を今度はまた一元的なものと見るわけにいかない。中国自体を一つの権力として見ても、権力の中にもマルチブルなものがあって、それを大きく割ってしまえば黄河対揚子江というふうなことになる。だから、そのへんで南とあなたが言われている問題が出てくるように思う。
　つまり、たいへん大ざっぱな言い方ですが、仮に中国大陸権力が両極分解をして北対南というふうに絵にかいたようなかたちで分かれたときにどうするかというと、二つに割れてもやはり巨大な権力だから、志賀義雄みたいに全面的にソ連支持だというふうにはわれわれは言わんけれども、どっちに肩入れするかといえば、やはり揚子江のほうに肩入れするんだということなんだな。ということは、権力の中に含まれる差別性の度数が南のほうがちょっと低い。黄河のほうがその度数がかなり高いと思う。これは焼酎の南北の度数と同じで、どっちも焼酎かもしれないけれども、やはり度数の違いはここにあるというふうに考えたいようなところがあります。あなたのおっしゃる南というのは、たぶんそういうことじゃないかしら。

『無（プラズマ）の造型――60年代論草補遺』「しおり」より

　日本が地理的にみても中国の周辺国であることと、中国の権力からみると天皇制だけで差別という問題は切れないこと、そして黄河対揚子江＝北対南という巨大な権力に含まれる差別の度合いについて谷川雁はここで概観している。つまり〈差別〉の公共圏として中国まで広げて〈南〉を語っているのである。それに対し、中上健次は、中国と合わせて〈南〉は《インドが磁場として監視しつづけている》のではないかとつけたすと、谷川雁は中上健次の描こうとしているものが、『ラーマーヤナ』のようなインドを発祥としながらフィリピンまで含めた南海の世界共通のものとなっているようなそういう物語をつくることにあるのではないかと述べるに至る。これは真っすぐ『異族』のことを指しているもの云いと受け取りたい。いや、中上健次はそう受け取ったのではなかろうか。そういえば小田実との対談で中上健次が『ラーマーヤナ』について触れていたこともこれで頷けようというものである。谷川雁に指摘され挑発されて意識にあったものだったに違いない。

いよいよ「しおり」の対談は〈路地〉に話が移るのであるが、やはり谷川雁にとって、路地の消失とプロレタリアートや労働者という言葉が勢いをなくしていることがパラレルに思え、ヴィクトリア朝におけるイギリスの労働者の生活まで持ちだし、一九六〇年代の筑豊ではそれがなくなってしまったことを枕に話を始めている。一九八〇年代に入って二人のこだわった世界観の喪失は、二人の見ることのできなかった二十一世紀に起こる戦後史の忘却、歴史の修正をまねく頽廃を予兆するものであったと今から振り返ればそのようにみえなくもない。

ともあれ、ここで〈路地〉を谷川雁と中上健次はどのように語っているかというと、谷川雁は歴史の堆積として捉えようとし、中上健次は実体から離れようとはせず観念的に捉えられることをあくまで拒否する構えをとっている。

谷川雁にクリンチする中上健次がいいたいことは、次に引用する論調が中心にあるように思われる。


路地というものはもともと悪いものであって、善意で路地を考えるなんておかしい。そんなものは解放教育とか解放同盟のデマなんです。盗っ人とかポン引きとか今でも悪い人ばかりいるんだからね。それがだんだん解放同盟なんかの組織がいろいろなことをやって、自分たちはいいんだとか、自分たちは善人だとか言って弱くなってしまったところがあると思うんです。それで路地がなくなってしまったんです。そうじゃなくて、オレたちは悪いんだ、外の社会から十五やられたたら十五返すんだという意気をみんなもっていたんです。盗っ人にしても物を盗みながらそう言っていた。ぼくはそういうのをしょっちゅう書くんですけどねえ。

『無（プラズマ）の造型――60年代論草補遺』「しおり」より

中上健次は一九八四年の段階で「秋幸の路地」を二度と書くことはないと述べている。悪の巣窟としての路地、モラルなどない自由である路地、それは逆ユートピアやユートピアという言葉もあてはまることのない路地である。もしそう考えると未来を指し示す言葉はかぎりなく甘くなるという。対して谷川雁は、路地とはひじょうに凝縮した言葉による世界である。星座でいえば星座表みたいなもので、本当の星座は別にあるように、路地も実態ではないのではないかという。中上健次は、谷川雁のその言い方だと、路地は宙に浮いた存在となり、かぎりなくアナーキーになるし、自由になる。実態があれば物事が問われ、未来が出てくる。ところが路地には未来がない。もともとないことを知っているからワルになると、中上健次の知る実態から発言をするのを止めようとはしない。

谷川雁の歴史的な考察は、中上健次のいう路地には実態がないわけではなく《海沿いの島や港の路地はいったい何の星座表であるかというと、たぶんそれは倭寇の時代の星座表》だという。南北朝のころに始まる倭寇は、天皇の正当性などとは関係なく南朝の側につく。その理由は、政治的に強力な足利政権下では、国内の統制が厳しすぎ倭寇は思うように生きられない。そこで覇権が緩く象徴性の高い南朝の側の方が倭寇としての権益を侵犯されることは少ないとみたからであるという。そして初期の倭寇から後期に移ると、倭寇もウェルオーガナイズドされ、スポンサーは中国人となる。《日本とか朝鮮の全羅道とか済州島の連中はみんなペーペー》で、倭寇は株式会社になってしまう。そこに倭寇という星座は消えても星座表が残った。谷川雁は熊本の八代から水俣にかけて、懐良親王を担ぎあげて倭寇をおこなっていたことを報告している。

そこで路地の来歴を中上健次は山人系と海人系に分けている。紀州の被差別部落の特徴は、伊勢のように天孫とうまくつきあえず、その二つの系譜が吹き溜まりのようにたまってしまったところに典型として存在しているという。あるところは山村的であり、あるところは海村的であると。

一方、谷川雁は九州の場合として被差別部落には、二種類あるという。解放同盟の方の形をA型とすれば、箕作・山窩などの非人系のB型がある。AとBは仲が悪く、Bの方がAよりも路地に入る。Aは自分たちだけのゲットーを作り、他者の侵入を拒む特徴があるという。そこで中上健次は、ここで自身の来歴をAとBの両方の正当な血を受け継いでいることを谷川雁に告げている。

谷川雁はそれを聴き、中上健次の感性の問題として納得がいったようである。続けてこのAとBというのはまずいが、それは全アジア的規模の問題であり、そのことを語るのは、まるで禁圧され言論弾圧されているに等しい。この中に非常に大切な問題が含まれているという。

中上健次も天皇制と被差別民というパラダイムは日本だけで通用するのであって、外にいくと天皇は通じないが、かわりに被差別民のほうが通じると述べている。そのことは世界性ということから差別、被差別を考えるうえで重要な視点であることを強調する。

宮沢賢治と差別の密度

この後、南北論で二人の意見は少々かみ合わなくなる。谷川雁がいう宮沢賢治の作品の透明性あたりからこじれ始める。ここは二人の宮沢賢治観や差別についての違いが現れはじめる分岐なので引用しよう。

谷川　（略）。宮沢賢治の作品なんかがある意味でひじょうに透明なのはそれがないからないんだな。言語がその問題を通らざるをえないということになると、実体的な社会というフィルターを一度通らなければならない。しかし、賢治はそれを通る必要がないんだな。

中上 それは全然違いますよ。北だって差別はあるし、賢治はそれを直観しているというのがぼくの考えなんです。風の又三郎でもあれは山人ですよ。あなたのおっしゃるB型なんです。B型を直観している。ああいう歌とともに来て、そして去っていくかというと、あれは山人で、そういう本能として魅入っているんですよ。そして、被差別部落は福島にもあるし、絶対ないといわれている富山にもあるんですよ。隠蔽されているだけなんですよ。

谷川 A型？

中上 ええ。

谷川 富山はあるでしょうね。

中上 全国ずうっとあるんですよ。日本語を使っているかぎりないはずないんですよ。

谷川 ちょっと待って。ぼくはそういうふうに単純に思わない。いわゆるA型の差別というのは、すぐれて南朝鮮的なのよね。現在、朝鮮では全羅道というものに対しては全体的にものすごい差別があるでしょう。もちろん済州島に対してもありますね。だから、日本のA型差別の原型はあそこですよ。ぼくはそう思うんです。

それに対して山人というのは発生の歴史が違っていて、縄文とか続縄文とか、たとえばアイヌに対する差別みたいなものとつながるような差別で、それは縄文対弥生の衝突がもとになったと思うの。だから、そっちが本当はA型であると名づけるべきかもしれないんだけど、弥生期と古墳期とに広角的に分ける。そこで起こったのが今の未解放部落の原型じゃないかとぼくは感じる。その意味でも日本は二千年ぐらい前に、五、六百年の時間差で二つの大きな差別が発生する何らかの事態があったと思う。

中上　ぼくはその差別を認めたいんです。ひじょうに健康なんじゃないかと思う。敗者のシステムから考えてみると、何もみんなで楽しく生きましょうというのでのっぺらぼうになる必要はないんですね。

『無（プラズマ）の造型――60年代論草補遺』「しおり」より

中上健次は全ての表現、文化の基底は差別にあると定めている。故に、日本語や文学もボトムの問題として「はじめに差別ありき」で思想を組立てているのが窺える。谷川雁はそういう中上健次の話を受け、油絵の例をあげる。油絵の透明度の低さは迫力はあるが、透明度の高さはそこからはこないのではないかという。

この透明という宮沢賢治作品をめぐる議論において、谷川雁は社会的差別というフィルターをくぐっていない透明性を云い、中上健次は「風の又三郎」を例とし、賢治は全て承知のうえで凝縮した形で作品を書いているのであり、差別を媒介にして透明性ができているという。

この話のその後においても、お互いがこだわっているものの距離を詰めることはできずに、理解はできるがお互いそうは考えないという差異を残したまま対談は終わっている。あきらかとなったのは、谷川雁は実態の問題としてではなく、理念の問題として差別を考えており生活の問題としては考えてはおらず、一方の中上健次は理念は実態から生まれるものであり、生活を手放すことはできないといっているように読める。また路地をあまり悪といいすぎるとルサンチマンになるからいいすぎない方がいいと谷川雁は中上健次にアドバイスし、二人の間に流れる温もりのようなものを余韻に残して対談は終わる。

先述もしたが紀和鏡氏のいうように中上健次は谷川雁に対して何でもいえるオジ的な存在とみていたことが窺える対談であった。

「ベトナムに平和を！」と唱える市民運動

さて、本論をしめくくるにあたってベ平連事務所で起こり、端を発した「冷え物」論争について話を移そう。谷川雁と小田実の差別観の異同をみることを第二部の重心としたいところでもある。ここでは谷川雁の「無（プラズマ）の造型――私の差別〈原論〉」で先に登場願った鶴見俊輔が介在者となる。小田実と鶴見俊輔*、ともにベ平連の運動で主導的役割を果たした二人である。

＊沖縄から発信している詩人比嘉加津夫氏が編集・発行を務める季刊誌『脈（みゃく）』九三号に北野辰一の「〈井戸と釣瓶〉と二人との出会い――小田実と鶴見俊輔」がある。

小田実がベ平連に関わることになったのは、鶴見俊輔からの一本の電話がきっかけであった。小田実が鶴見俊輔と話をするのはその時が初めてである。

ベ平連前史と発足を簡略に記すと、一九六五年三月、文芸春秋画廊で富士正晴絵画展の受付をしていた鶴見俊輔に、最終日に訪れた「声なき声の会」事務連絡を中心に担っていた高畠通敏が、「米国の北ヴェトナム爆撃に抗議する運動を起そう」と提案したことからベ平連発足への道が始まった。同年四月はじめ、本郷学士会館で相談会を開き、安保反対運動の時より若い世代から指導者を求めることで意見が一致し、小田実に頼み承知してもらえたら呼びかけ人なってもらい、さらに若い人へと輪を広げようという話になったという。

そこで鶴見俊輔は大阪（当時小田実は西宮ではなく大阪の実家にいた。鶴見俊輔は西宮にかけたと記しているが記憶違いであろう）の小田実のもとに電話をかけた。すると小田実は即座に「やる気がある」と返答したという。新橋のパーラーで小田実、鶴見俊輔、高畠通敏は会い、よびかけ、デモの日どり、正式名称となった「ベトナムに平和を！　市民文化団体連合」も略称「ベ平連」もその場で決まった。よびかけ文は、既に小田実が新橋のパーラーで会う時点で用意していたと鶴見俊輔は伝えている。

そしてベ平連は正式発足し、一九六五年四月二四日の午後二時からの清水谷公園でのデモとなる。よびかけは、先に触れたように小田実の文章である。以下、さわりだけ紹介しておこう。

私たちは、ふつうの市民です。
ふつうの市民ということは、会社員がいて、小学校の先生がいて、大工さんがいて、おかみさんがいて、新聞記者がいて、花屋さんがいて、小説を書く男がいて、英語を勉強している少年がいて、
つまり、このパンフレットを読むあなた自身がいて、
その私たちが言いたいことは、ただ一つ、「ベトナムに平和を！」（以下略）

『資料「ベ平連」運動』「4・24デモの案内」より

4・24デモ当日のことを四月二五日付けの朝日新聞は以下のように取りあげている。

きのう文化人らデモ

作家小田実さんらの呼びかけで政党や労組などに属さない人たち約千五百人が、二十四日午後二時、東京・千代田区の清水谷公園に集まり「ベトナムに平和を」と訴えた。作家開高健さんの南ベトナム報

告をきいたあと、ジョンソン大統領と佐藤首相に訴えの手紙を出すことをきめ、勤め帰りの娘さんたちも加わって白い風船を手に新橋まで行進、道行く人に「ふつうの市民として参加して下さい」と呼びかけた。

「朝日新聞　65・4・25」より

記念すべきべ平連発足当日は、清水谷公園には約千五百名ほどが集まったようである（「毎日新聞65・4・25」の記事にも約千五百人とある）。また記事には開高健の南ベトナム報告とある。ベトナム戦争に朝日新聞臨時特派員としてベトナムに潜入し、一時行方不明と報道され、命からがら帰還した体験を持つ開高健は、帰国後、『週刊朝日』に「南ベトナム報告」を一〇回に渡って連載し、全面改訂し『ベトナム戦記』を三月二〇日、べ平連発足の一ヵ月前に朝日新聞社から出版する。その体験にもとづくベトナム戦争の報告があったのであろう。

なお名称についていうと、発足後、樋口謹一から電話連絡を受け、彼らによって京都べ平連が「ベトナムに平和を！　市民連合」という東京と違う名称で立ち上がる。この違いは、べ平連の発足においては「声なき声の会」などの市民文化団体が結集することから「市民文化団体連合」としたのだが、京都べ平連は賛同する個人の集まりによるものとする山田慶児らの思いが反映して「市民連合」とし、「文化団体」を抜いていたと鶴見俊輔は述べている。一年後、べ平連の活動の進展から東京赤坂に事務所をもつべ平連も名称をそろえることになる（『資料「べ平連」運動』上巻「ベトナムに平和を！」市民連合・編／一九七四年・河出書房新社刊を参照）。以上、駆け足でざっとべ平連前史と発足について述べてみた。

べ平連の運動は、新宿を通過する米軍タンクローリー車の問題、脱走兵援助の運動、原子力空母の佐世保寄港問題、出入国管理法案に対する反対運動、米軍兵士内部に反戦運動を拡げるための運動、自衛隊反軍工作や反軍需産業の運動など多岐にわたっている。ここではそのひとつひとつを詳らかにすることは省くが、まとめあげてべ平連の運動の成果を引くことで、運動がどのようなものであったのか、また、何がこの市民運動によってもたらされたのかを記すことによって知らない読者にも伝わればと思う。以下は、吉川勇一(べ平連事務局長)が述べていることだが、簡略にまとめてよう。

かつて私たちは、漠然と市民生活を脅かす戦争やファシズムから私たち自身を守ろうと考えていた。が、実は戦争やファシズムや他国に侵略をもたらす構造の中に私たちの市民生活が組み込まれてしまっていることに気づいた。故に、そういった構造を暴きたて変革しなければならないという意識がこの運動によって徐々に育まれていった。そこには日米安全保障条約の問題が大きく横たわっており、戦後、上から与えられた民主主義に対し、べ平連の市民運動は、市民がまさに日米安保による実態・構造的権力と向き合うこととなった。それは市民自らの手で選びとる民主主義の闘争であったと吉川勇一は述べている。

「冷え物」論争・吉川勇一の報告から

以下では、べ平連を巻き込んだ「冷え物」論争とは何であったのかを探ろうと思う。主に参照するのは吉川勇一の書いた「べ平連ニュース　七一年九月臨時増刊号」収録の「小説『冷え物』批判を契機とする討論について」(収録は『資料「べ平連」運動』下巻「ベトナムに平和を!」市民連合・編/一九七四年・河出書房新社刊)である。

今読んでみても少し奇異に思えることがある。実は「冷え物」が世に出たのは一九六九年「文芸」七月号である。「冷え物」が差別文書であるという声があがり始めるのは一年近くたってからのことであったことだ。

経過を述べると、先ず一九七〇年六月に関西部落研からの申し入れで大阪の「関西べ平連」内部で討論が開始され、続いて「京都べ平連」や「べ平連・神戸」にも部落研やその他の人々から小説に関する批判とべ平連運動に対する批判が寄せられた。

一九七〇年の暮れには、「関西べ平連」から著者の小田実と「文芸」発行所河出書房新社宛に「公開質問状」が出された。

その後、一九七一年一月二二日、東京で行われた「べ平連講演会」の席で関西べ平連の一人が出席し、この問題を小田実本人に直接話し、結果、関西べ平連の人が小田実の説明に納得し、翌日（二三日）の「べ平連全国懇談会」の席で配布予定の「公開質問状」の配布を取りやめ「この小説をみんなで読んで考えよう」という趣旨の発言にかえた。また小田実からもこの問題に関する発言があり、一定の諒解が得られたものだと思っていたと吉川勇一は述べている。

思うに、関西部落研からのこのような批判は、雑誌が出た後そんなに間をおかず出てくるはずのものである。なのにこのように間があることは、あまり考えにくいことではなかろうか。このことは小田実も自著『「べ平連」・回顧録でない回顧』（一九九五年／第三書館刊）の『「冷え物」論争』の章で、どうもおかしい、批判されるならもっと早く声があがるはずではなかろうかと述べている。この点に関しての分析は、小田実のいうことがおそらく的を射ているのであろう。つまり《べ平連の力が大きくなったことを好まぬ人々の思惑、動き》によるものではなかろうかというのである。つまり政治的な思惑により、べ平連をたたくネタとされたといっていいだろう。しかし、《事態はそう甘くはなかった》と小田実は続ける。

経過を続けよう。一九七一年三月はじめ、関西の一在日朝鮮人青年と、関西部落研に属する十数名が、それぞれ別個にべ平連事務所を訪れ、この小説が差別文書であること、またその際、吉川勇一の答弁も「この差別文書を擁護している」と批判され、吉川勇一ほかその場に居あわせた何人かが殴られるという暴行事件が起こったのである。吉川勇一は暴行されたことには一切触れずただ《この時のやりとりを詳しくのべることは省略しますが、私はこの時も、関西べ平連の人に言ったのと同じ趣旨のことを主張した》とある。在日朝鮮人と関西部落研の人たちとのやりとりは、かなり長時間続いたが、話は平行線をたどった末に、暴行事件が起こったようである。

ではここで吉川勇一がいう《関西べ平連の人に言ったのと同じ趣旨のこと》とは、どんな内容なのであろうか。「公開質問状」をもってべ平連の事務所を訪ねてきた「関西べ平連」の人から、「冷え物」に対する見解と東京のべ平連の態度を問われた時に応えたものである。その時応じた論点を吉川勇一は三点に絞って述べている。

①小説にかぎらず、べ平連運動にかかわっている人が、べ平連以外のところでやっている活動の責任は、その人個人でとるべきものであって組織でないべ平連運動が総体としてそれについての評価や態度を決定すべきではなく、また不可能であること、②私としてはこの小説は差別小説ではなく、それどころか、むしろ私たちが組み込まれている二重、三重の差別構造をえぐり出し、告発し、意識するとしないとにかかわらず、差別する側の立場に立つ人びとすべてに問題をつきつけた「差別告発」の小説だと思うこと、③関西べ平連がこれを差別小説だと断定したのなら、なぜそう評価したのかを、この小説に即して具体的に指摘してほしい、それなしには相互の前向きの討論にはならないだろうということ、などです。

「小説『冷え物』批判を契機とする討論について」より

これら三点を吉川勇一は同じように在日朝鮮人と関西部落研の人に話したのであろう。関西べ平連の人と話した時は、表面的に読んだ見解と思え納得できるものではなかったようだが、在日朝鮮人と関西部落研の人たちに話した時は、自分にも考えが不十分であったことを認めたという。

では不十分であったと認めたのは、どのような点からであったのだろうか。

一つには、自分がどのように読もうと、現に差別されている立場にある在日朝鮮人や被差別部落出身者が「差別文書である」と批判しているという事実は、問題を考えるうえで重要な意味を有するのではないか。二つには、一部からであっても現に批判が差別されている側の人びとから出されている以上、私が「差別小説ではない」と断言することはできない。三つには、私がこの小説を読むとき、私以外の人びと、とくに差別・抑圧されている側にある在日朝鮮人や被差別部落の人びとがこの小説を読んで、どんな印象や感情をもつか想像できていなかったのではないか、という三点を吉川勇一はあげている。

以後、べ平連では市民運動の立場から継続的に差別の問題を討議するようになる。吉川勇一は、「べ平連ニュース」で以下のことをこの事件から学んだという。《小説の評価については、まずこの小説を実際に読んで、一人ひとりが意見をもつことが出発点だ》ということ。しかしながら《「冷え物」についてそれをどう評価するかではなく、この問題を契機として、べ平連運動について、あるいは市民運動と差別問題について》共有化すべきだという。なぜなら運動の前提となっている市民的諸権利が、過去数十年あるいは数百年にわたって奪われてきている人びと——たとえば被差別部落出身の人びとや沖縄人民、あるいは在日朝鮮人——が多数存在していることも運動の視野に入れなければ、市民運動自体が差別する立場に落ち込み、権力や抑圧と闘う運動の内実が伴わないものとなってしまうからである。それに、時代的に流行っていた「わが内なる差別」などの安易な自己批判はやめることを提案している。《「自己自身への告発をも含めて、これまでの運動を自己批判的に総括した上で」というようなことを言葉の上でいっただけで、私たちの立場が、差別者の立場から被差別者の立場に簡単に転位などできるはずない》のである。どんなに差別の認識を深めてみても、差別されている人びとの立場と同一の地位には立ちえない。立場の違いを認め、その上でどれだけ近づくか以外にはないという。ここで吉川勇一は田川健三氏の言葉（「月刊キリスト」の「差別発言問題に関して竹尾氏に答える」より）を引用している。

部落解放の戦いに関しては、この位置ゆえに、ついにわれわれは同伴者でしかありえず、常に同伴者としての欺瞞性を差別された人々から告発されながらもなにほどか戦っていく、という以外のことはできないのです。

「差別発言問題に関して竹尾氏に答える」より

吉川勇一のこだわりは、あくまでも運動に還元しうる視点を模索するというスタンスにある。運動の内部で認められてきた論理で運動の前進を図ることに重点が置かれている。つまり《運動にかかわってきた多くの人びとが共有しているこれまでの行動の経験にのっとり、多くの人びとが共有しうる論理によって討論を進める必要》を説いたのである。

小説『冷え物』とはどんな小説か？

では『冷え物』とはどんな小説なのであろうか。『冷え物』はそれに続く『羽なければ』、『円いひっぴい』三作で本来なら三部作となるはずの第一作の中編小説であった。内容をひとことでいえば、主人公「ふみ子」の男性遍歴の物語である。二人の子を設け死別する黒木という男、その後在日朝鮮人の金圭植（金田茂）という男と一緒になり「ふみ子」は自身の親兄弟から離縁され、後に金圭植に捨てられ次に一緒となる朴という男とは、子供を日本に残し韓国に渡る、といった「女の一生」である。

彼女の住む地域は、差別が平素日常の出来事として存在し、暴力が肉体やこころを傷つけ、それでも生き、寄りそう人間の生き様を描いている。勿論、作品は差別だけを描いているわけではない。子供への昔話として語られる戦中疎開した弟（広）の話や、スーパーマーケットの庶務主任岡本の死者へ向けて書く手紙、父が女性の下着を盗んでいたという実家の大問題となる話など読者を引きつける挿話など満載であるが、主題は在日朝鮮人と一緒になった主人公の私生活の細々とした差別から差別社会による困窮に対する憎しみが渦巻いている。そして主人公であり作品の語り手である「ふみ子」は決して美人ではない、きつね顔でどちらかといえば痩せていて、一緒になる男たちからは冷たい女といわれる。

この冷たい女というのは作品タイトルである「冷え物」からきていることは間違いない。「冷え物」とは、その昔、風呂屋で湯船に入るとき「〈冷え物〉でございます」と自分のからだが冷たいのをことわって入ったということに由来している。そんな話を「ふみ子」はおばあちゃんから聞かされて育った。そしてこの「冷え物」が死人の真似をするおばあちゃんによって、いつしか「むくろ＝死体」を意味するようになるのである。よってこの作品には死が寄りそうようにして在日朝鮮人や被差別部落などへの差別的言辞と共にあり、悲しみに満ちあふれたささやかな日常生活が描かれている。日常生活に蔓延する差別という暴力に苦しみ悲しむ人々、それを描くことで作者の差別への怒りがペン先から行間にこぼれだしている。だからといって怒りに任せて書いたような突きはなした冷たい筆致や、あらい構成になることはなく、丁寧に細心を払い差別の重さをわが問題として描いている。故に決して明るい作品とはいえない。きれいごとは一切書くまいとした作者の心情から全体として明るくはない仕立てとなったのであろう。

作品の舞台は、小田実の育った桃谷周辺であり、おそらく幼い頃よりよく行き来した見慣れた生活環境であったに違いない。桃谷駅前のスーパーマーケットから本通りのくねくねとした商店街を抜けると疎開道路と呼ばれる通りがあり、その通りを渡れば八幡宮がある。そこは朝鮮人が住む猪飼野である。この疎開道路という境界のこちら側と向こう側が作品の象徴的空間であったと読めなくもない。親弟妹夫婦の生きるこちら側の世界から、向こう側の世界で生きる覚悟は、結果、子供二人（昭一、咲子）を弟（広）夫婦に預け、朴について「ふみ子」を韓国に渡らせることになる。

なぜ、作者は「ふみ子」を韓国に渡らせたのであろうか。それは、主人公が日本での差別する側に守られていた生活から、韓国に渡ればそのような守られるものは一切なくなり、差別される側になることを作品のなかで体験させたかったからに相違ない。ここに小田実の差別に対する怒りがみてとれるような気がする。在日朝鮮人であろうと、韓国に渡れば朴しか頼る者のない「ふみ子」なのである。差別される者の支えには弱きものの肩寄せあう〈優しさ〉があり、その〈優しさ〉に救われもするが時にはその偽善に怒り苦しむのである。異文化との共生は小田実の生涯の主題のひとつであった。話は逸れるが、小田実が好んだ小説に『ハックルベリー・フィンの冒険』や『洪吉童（ホンギルトン）伝』があったことは、この生涯の主題と別ものではない。

最初の朝鮮人の夫、金と結婚するとき「ふみ子」を殴った父がいいはなった《「よろしいな、うちはチョウセンには用はないのや。チョウセンの男と結婚した女はな、それはもうチョウセンや」》という離縁の発端、部落の話も朝鮮人との比較や日本人（岡本、信ちゃん）の差別言動として登場する。花見に出かけて戦争中の話になり、当時、金がうまいものを食っていたこと知った「ふみ子」は軽はずみにいった《あんたは朝鮮人のくせして、うまいもん食っていたんやね》といった一言で顔つきを変えた金、二階を間貸ししていた張が警察に捕まり密入国が発覚し送還される長崎の大村収容所のこと、朴がそうであるように、炭坑夫として九州に連れられてきた朝鮮人の強制徴用のことや、朴の愛したと思われる朝鮮人慰安婦の話など語られる言葉の端々にどす黒い越えがたい闇を感じさせる。

読後感は決して気持ちのいいものではない。多くの読者は、こころざわつかせたまま読み終えるのではなかろうか。されど、読み終えると、この後どうなったのか作品の続きを想像してみたくなるのも事実である。いや、その後が気になるといった方が正確であろう。

《業のようなもの》と決心を語り朴と韓国に渡った「ふみ子」は、差別を受けながら次第に生活に困窮することになる。その過程で朴が韓国に渡る理由が嘘であったことも知ることになったある日、女を連れて帰った朴に殴られ家から追い出され外泊し、翌日家に戻ると程なくして酔った朴が帰ってくる。開けてくれと頼む朴を「ふみ」は暫く家には入れようとしない。が次の瞬間、扉を開けて倒れかかってきた朴のからだを全身に力をこめて突き飛ばしてしまう。

最後の最後にドラマチックな展開をみせてこの小説は終わる。以下、最後の件りを引用してみよう。

酔っぱらって平衡を失なっていたためにちがいない、朴のからだはそのまま横手の三メートルほどの高さの崖のふちに倒れかかると、ふうわりと中空に舞い上るようにして落ちた。わずか三メートルほどの高さしかないにしても下は石畳で、その瞬間、ペシャリともグシャリともつかない音が下方から突き上って来た。死ぬがなア、死ぬがなア。しばらくして、下から低い悲鳴ともうめき声ともつかぬ声が上って来て、わたしが見下すと、月の光の照らすなかを朴は背中を石畳にぺったりと押しつけるようにして仰向けに倒れていて、それはまるで石に叩きつけられて伸びたカエルのように見えた。死ぬかも知れない。わたしはとっさに思った。それほど、朴の顔は蒼ざめ、悲鳴ともうめき声ともつかぬ声は低く、また、切迫していた。一瞬のあいだ、わたしは今すぐ下へ飛び降りて行ってでも、朴のそばへ駆け寄りたい、いや、そのように無防備に正面を見せて仰向けにころがっている朴のからだに自分のからだ――裸身をつきあわせ、それをおおいたい、あらあらしい世界のすべてから彼のそのからだを、からだだけを、おおいかくしたいと思った。しかし、次の瞬間、わたしは、そのからだ、その悲鳴、うめきをおき去りにしたまま、家のなかにとって返して朴にぶちこわされたミシンのまえに坐っていた。泣き伏したのではなかった。死人の真似をするんや。死体になるんや。むくろになってころがるんや。あのからだをおおいかくすより、今、世界のまえに、うちが冷たい、冷やっこい、鮭鑵のにおいを放つむくろになってころがるのや、冷え物になるんや、とわたしは呆然と考えつづけていた。

『冷え物』より

『冷え物』の冒頭の死んだふりをよくしていたおばあちゃんから教えてもらった「むくろ」になることが、最後の最後に出てくる。しかし、なぜ差別という主題に死が寄りそうのであろうか。それは決して大げさないいぐさなどではなく、差別にはいつも死が帰結として待っていることを暗にいいたかったのではあるまいか。存在の否定は、人を人としての状態を狂わせ、つき進む先には死が待ち構えている。だからとかく差別には、貧困や暴力や悪や犯罪がつきまとうのである。差別を憎み、人を憎まず。それこそ作者が一番いいたかったことなのではないだろうか。

　朴ははたして死んだのであろうか。おそらく死んだに違いない。いや、例え死ななかったとしても、死に匹敵するような状態のままとなるであろう。では主人公である「ふみ子」はどうなのか。警察に捕まって連行されたのか。それとも捕まらなかったにしても、やはり結果は、死が待っていたのではなかろうか。

そんな風に想像してしまう。

しかし、「冷え物」になることはそのまま生きる意味を失うということなのであろうか。作品の最後に《世界のまえに、冷え物》になるということは、ささやかではあるがこの世界に抗する戦いのようにも私には読める。ここでいう世界とは、勿論、差別が大手をふってのさばる世界のことである。「ふみ」にとっておばあちゃんから受け継いだもの、それははっきりとした意志表明であり世界と渡りあう手段として《冷え物＝むくろ》なのである。そのことを暗示する文章としてしめくくられているようにも読めなくもない。どうにも逃れられぬ思考のどんづまりとしてイメージされる死が、この作品の後味を暗く重たいものとしているのである。

以上が『冷え物』という小説の概略である。しかし、この『冷え物』が書籍となる段においては、先の「冷え物」論争があったことから、二つの文章が添えられることになる。ひとつは小田実の「ある手紙」という文章であり、もうひとつは土方鉄の「『冷え物』への私の批判」である。その理由は、小田実の「ある手紙」に詳しい。先ずは、「ある手紙」を読み、その上で添えられた理由を小田実に聞いてみよう。

文学者としての「ある手紙」

この「ある手紙」は「冷え物」論争があったことで、小田実がもともと三部作制作後に予定していた評論を取りやめ、論争を契機に『冷え物』を書いた作者の考えを述べたものである。当然、文学者としてのスタンスがどっしりと文章の尾根をつくっている。そのことが伝わる文章をまず引用してみよう。

小説はいわく言いがたいものを描き出すものだと私は先刻書いたのですが、ここで、小説という人間の行為のもととなる想像力にからめて言えば、小説の機能は主張を伝達することではなくて、読む人の心にイメージを喚起することにあるのでしょう。ことばをかえて言えば、読む人の想像力に訴えて、彼の想像力がつくりあげる世界のなかにあくまでも絵空事でありながら、彼の存在の根もとにまで突き刺さる、突き刺し得る具体的な像を定着する。それによって、彼は、現在現実にある自分以外の自分、現在、現実に存在する世界以外の世界、あり得べき自分、あり得べき世界の姿を認め、そこに立って、現実の自分、現実の世界をふり返り、ふつう、日常のくらしのなかにとりまぎれて見えなくなっている自分のほんとうの姿、世界のほんとうの姿を見る――小説とは、すくなくともすぐれた小説とはそうしたものであり、私が書こうと努力している小説はまさにそれなのです。

「ある手紙」より

ここには小田実が『冷え物』という小説で作家として自らが目指しているものが述べられている。小説とは主張を伝達するものではなく、読む人の心にイメージを喚起し、絵空事でありながら存在の根もとにまで突き刺し得る具体的像を定着するものだという。

ではなぜ小田実は小説という形でこと「差別」について語ろうとしたのであろうか。

ひとつには「差別」が自身のまえに立ちはだかる問題としてあるからだという。では「差別」が眼前に立ちはだかる問題とは何か。大前提として「差別」は避けて通ることのできない問題としてあるという社会認識が小田実にはある。一方には「善良な」人たちのあいだにひそむ「差別」があり、もう一方では、抑圧されている故にこそ、もって行きどころのない気持ちを、他者への「差別」としてあらわす者がいる。小田実の知るまわりには、このような差別の生態がみてとれていた。そうした「差別」の問題を一層複雑にしているのは、「差別」が社会制度的なものでありながら、人間の意識に深くくいこんだものであるという事実による。つまり「差別」とは全体と個別（個人）の双方にまたがる問題としてある。では社会変革が為され、政治的に問題がクリアーされれば「差別」がなくなるかというと、決してそうはならないのが「差別」の一筋縄ではゆかぬところである。そこで「差別」問題は、人間の感情のあり方、想像力のあり方から考えねばならないというのが小田実の持論である。高橋和巳の「現代における想像力の問題」（『人間として』５号収録）と題した講演のなかで、《「差別」とは政治の問題ではなく人間の意識の問題である》という件りに共感を寄せ、ならば小説という形で描くことが意識に訴える最良の方法ではないかと「ある手紙」のなかで記している。

もうひとつの理由には、作家として前作の小説『現代史』の反省が『冷え物』を書かせたと小田実は述べている。大阪の人間のことを書けば、そこには必ず差別意識にぶちあたるのは必定。なのにとかく大阪について書かれた小説には、そこに在日朝鮮人や被差別部落の人たちが存在していないように書かれることが多い。ある場合は、差別意識はないと思いこんでいるといった、もっとも大きな差別意識があるはずなのだが、それを作家は往々にして避けてしまう。小田実は、それでは大阪の真実を描き出したことにはならないのではないか。それでは作家として不誠実というものであるという。そんな思いがつのり、『現代史』では意識的にその問題を避けたが、《それは間違いであったと反省し、『冷え物』を書いた》と前作の非を正直に認めたうえでその理由を語っている。

「差別」を語る《外の思考》

ではその大前提を構成する小田実自身が体験的に「差別」の問題を強く意識するようになったのは、いつからのことなのであろうか。「ある手紙」にはその辺りことが詳しく書かれている。小田実が少年時代暮らしていた大阪の桃谷周辺には、近隣に在日朝鮮人が多く住んでおり、また四天王寺から上町台地を下ればば被差別部落の地域はそれ程遠くなくある。そんな環境であればこそ、日常生活においてあたりまえのように「差別」は顔をだす。それは時に人の姿として、また会話のなかの言葉として。しかし、小田実がはっきりと「差別」を意識することになる体験は、ハーバード大学留学でアメリカ合州国に渡り、南部にバスで行ったときのことであったという。勿論、焼跡世代である小田実は敗戦で占領軍のアメリカ兵たちから差別をうけた体験はあったが、それを除けばアメリカでの体験は差別に直接触れえたという感覚の最初のものであった。アメリカで小田実は、ニューヨークの黒人街に行き、黒人たちとつきあうようになる。日本に兵隊で行ったことのある黒人も多く、また黒人の運動家とも親しくなった。本人曰く、そこで小田実はいっぱしの黒人差別問題の「理解者」となっていた。

その頃は、まだ公民権運動のような黒人差別問題が大きな広がりを持つ前の段階で、二、三年前にリトル・ロックの事件が起こり、モントゴメリイでマーティン・ルーサー・キングによるバスのボイコット運動が始まったばかりのことであった。「ブラック・パンサー」の運動もまだなく、カーマイケルも「ブラック・パワー」なる言葉も生まれる前の話である。されど小田実は、同じ「有色人種」であり、「差別」問題のよき「理解者」というだけで終わることはなかった。その後にバスで旅をし、南部へおもむいた体験がそれで終わらせることを拒んだのである。『何でも見てやろう』にも書いてあることだが、以下長いが引用してみよう（余談ではあるが、因みに『何でも見てやろう』には、他にもカルカッタで不可触賎民と一緒に寝泊りしたことが記されている）。

夜行バスで旅していたので、ねぼけマナコで見た二つの標識のことはまだよくおぼえている。待合室の入口にかけてあった「白人用」、「有色人種用」という二つの標識です。（今では、そんな標識はありません。しかし、現実に差別はいぜんとして残っている。）ああ、南部へ来たな、と思った。「有色人種用」ということばは、アメリカでは、「黒人用」ということですが、私は決意して「有色人種用」の待合室へ行った。たちまち拒否されて「白人用」に連れて行かれた。

私がここで述べておきたいことは、自分の気持ちのことです。私は自分に正直でありたいのですが（この文章全体を通じて、できるかぎり、私はそうありたいと思う）、私は何かしらホッとしたのです。そのときの自分の気持ちを忘れ去ることはできない。それが私のそれからの自分の「差別」についてのみならず、他の問題についてのかかわりあいのもととなるものですから。

それは衝撃でした。衝撃というほかない。私は人種差別というものにまっこうから反対していた。黒人の「理解者」だったはずだ。「有色人種」として、ともにたたかう、などと景気のいいことを言って来た（たいして言いもしなかったが、言ったことは事実だ）——その自分が「白人用」に入れられて、ホッとした。

私は腹を立てていました。怒りは二重でした。一つは、「差別」そのものに対しての怒り。もう一つは、自分に対しての怒り。怒りは二重で、私の体内でわかちがたく結びついていた。

ホッとしたという事実は、いくつかのことを意味していたと思います。

それは、まず、「差別」の問題が私には何も判っていなかったということでした。それはウンザリする発見でしたが、事実です。

なるほど、私は黒人の「理解者」面をしていた。しかし、それは、結局のところ、ものわかりのいい白人の眼で黒人を見ていたことにほかならないのではないか。黒人といっしょにいながら、黒人におれも「有色人種」だと言いながら、心のどこかで、自分は白人なみだと感じている、白人なみに取り扱われたいとのぞんでいたことになる。つまり、私は「差別」を容認していたことになる。いや、それどころか、私のそうした態度そのものが「差別」をかたちづくる根本のもので、その意味で、私は「差別」の一部だ――私はそれだけの事実を、そのホッとした気持ちのあとで、南部を旅して歩きながら「発見」したのです。

「ある手紙」より

この「白人用」の待合室に連れていかれてホッとした体験は、小田実の「差別」問題のみならず、社会問題全般を考える原体験となる。それは玉音放送の流れる前日の八月一四日の大阪砲兵工廠を襲った空襲体験と並ぶ貴重なものではなかろうか。

それではこの《ホッとした》体験、《私のそうした態度そのものが「差別」をかたちづくる根本のもので、その意味で、私は「差別」の一部だ》と自らをいわしめた体験は、どんな視点を小田実に与えることになったのだろうか。

それを簡略していうなら、《外の思考》とでも呼べるような小田実の思想の座標軸となるものだといえる。自分はいくら「有色人種」だといいはっても黒人「差別」の内部にはいない、「外」にいる人間である。内部に留まろうとしても、人間関係によるつながりは断ち切ることはできない、所詮は「外」の人間なのである。このことからわかることは、「外」にいる人間が「内」の問題を解決することはできない。また、「外」の問題は「内」にいる人間には解決できないという論理的な帰結が生じる。が故にこそ、「外」の問題は「外」にいる人間が解決せねばならず、「内」の問題は「内」にいる人間にしか解決できない。この構図は、自分がどこに立って、誰にものをいい、且つどのように行動するのか、という己が思想の守備範囲を点検・

再確認する思考であるといえよう。「差別」問題に対しても例え被差別の「理解者」であったとしても被差別民の「外」にいるということから思考や論理の組み立てを始めねばならない。そしてそのルールを崩してはならない。なぜなら「外」にいる人間は「内」にいる人間には、どう転んでもなれないが故に、傷つけ、暴力を侵し得ることがあるからである。小田実は「差別」問題に限らず、ベトナム反戦運動や、第三世界の解放運動において、また自分たちとは違って運動にはかかわらず遠巻きにみている人たちへの想像も、「外」側にいるという倫理と論理からの思考を手放さなかった。民族自決や人間の尊厳を踏みにじるようなもの云いは決してしない。

こと表現に関しても小田実は文学者として《あることえがたい裂け目》があるという。《この裂け目は、表現する者が表現される者の問題に密着することで、表現する者が表現される者と同じところに立って行為することで、大幅に克服されるものだと考えますが、それにしても、最後どこかでこえがたい裂け目が残るような気がしてならない》と。このことは表現する者が表現される者の世界の「外」に立っているという自覚からくるのではなかろうか。そのため小田実は文学者として表現する者は、表現される者の内部に完全に入りこむことができるというような錯覚を起こしてはならない、そうした幻想を抱いてはならないという。なぜなら《「差別」「被差別」の関係がそうであるように、そうした錯覚、幻想にのりかかって、表現される者に対して加害者として働く》ということが起こり得るからである。『冷え物』のなかでも岡本の語る「差別」する側の「被差別」側への「連帯」の強制は、そのことをいみじくも表現してみせている。そこで「ふみ子」は、岡本の奇妙な連帯の強制をもはや自分の体質として受けつけようとしないのではあるが……。この「ある手紙」ではフローベルのマダム・ボヴァリーは私だというかのように、「ふみ子」

はまさに小田実であると自身述べている箇所がある。
くり返しになる部分もあるが、小田実は《文学者＝表現する者》として以下のように述べている。

表現する者は、そうした錯覚、幻想なしに、表現される者の世界にできるかぎり密着しなければならない。表現される者の世界を自分の問題としてとらえなければならない。そうして、同時に、彼がしなければならないことは、いくら彼がそうした努力をつづけようとも、自分は表現される者の「外」にいる人間だということを自覚すること、その自覚にもとづいて自分の考えと行動をくみたてることであると思います。つまり、そうすることで、表現される者の世界のもつ重みが、自分にもおおいかぶさって来る――私には、それが表現という行為が表現者自身に、また、表現者がぞくする世界（表現される者の外側の世界）にもつもっとも重要な意味ではないかと考えます。

「ある手紙」より

引用した事柄は、私がここで谷川雁や小田実を語ることにもいい得てあてはまることであろう。「外」にいるという自覚から時には論理的な矛盾を引き受けなくてはならなくなる。それは《作家の信念として「反差別文学」であるとしても、自分に忠実であればこそ、その作品を「差別文学」とみなす「被差別」の内部の人たちを間違っている正しくないと断じてはならない》という。これは論理ではなく倫理ではないかと小田実は述べている。例えどんなに表現を重ねようと、「被差別」の内部にいる被差別部落の人たちが眼にするときの痛みを、「被差別」の外にいる人間は同じように感じとることはできない。勿論、作家はそれをできるかぎり自分のこととして捉えようと努力しなければならないが。いくらそうした努力を続けたところで、その痛みは被差別部落の人たちが感じとるのと同じようにはなれない。故に、批判も正しくない誤りであるとはいえないのである。

そこで小田実は「冷え物」論争のように、自分の作品を読んで作家の想いとは逆に《自分の「差別」意識を強化するような人物がひとりでもいたら、私という作者の責任はどうなるのか》と問うてみる。それに対する回答は、デモクラシィの根幹である修辞学を、ロゴスによるペイトー（説得）があるだけだと語る。《もし現実にそうした読者（「差別」意識を植えつけられた）が存在するなら、あるいは、悪意をもって私の作品を利用する人間がいるなら、ただちに私はかれのもとにおもむき、彼を説得し、あるいは、私の意図とまったく逆の方向に利用しようとする人物に対してなら、私は力をつくしてそれをやめさせる》と述べている。

共著と小田実にある《群衆の声＝ポリフォニー》

小田実はこの論理的矛盾を引き受ける《倫理》によって、自己の世界とのつながりを変えてゆくことが必要だと説く。それは、自身の体験に引きつけていうなら「白人用」の待合室に入れられてもホッとしない自分につくり変えてゆくことだという。『冷え物』は、その過程でひとりの人間が自分の問題として書いた作品である。ならば当然、自分が「反差別文学」を作り出すために、文学において自分の「反差別」をつらぬくために、ある場合には、それが「差別文学」であるとみなされる不幸な場合も覚悟しなければならない。そうみなされた責任は、全て表現した側にあって、そうみなした「被差別」の側にはない。このような倫理的態度から小田実はもう一歩話を先に進める。

《「被差別」の「外」にある作家が「反差別文学」をつくり出してゆく過程はたえざる試行錯誤の過程》である。ならば、「差別」の問題を正面から捉えようとすればするほど、作家は絶えず間違いをおかしていくことになる。この間違いを正すためには「被差別」側からの批判が必要となり、作家は考え、また新たな次の「反差別文学」にとりくむことになる。つまり、事態は具体的な作品執筆とそれに対する批判、この二つの相互作用によってしか改善されないということだ。そこでこの「冷え物」論争を契機に共著をつくろうではないかと小田実は提案する。これまでの試行錯誤があまりにも個人領域にとどまっていて、みなの共通財産になっていないのではなかろうか。そのことは作家の場合だけでなく、「差別」を自分の問題として考える人すべてにいえることではないかという。小田実は、共著（「冷え物」とその作者の意見とその批判）をつくる意味をこう述べている。

ただ、私がこの奇妙な本の出版を提案するのは、「差別」の問題それ自体を、世の中の問題にしたい、世の中のさまざまな問題の根本に位置する問題にしたい、と考えるからです。「被差別」の外にあっては、「差別」はまだまだ忘れられた、いや、人びとが意識的、無意識的に忘れようとしている問題です。私は、あなたがたの私自身に対する批判をふくめて、その問題を人びとに突きつけたい。そして、そのとき、その人びとのなかには、私自身も入っているにちがいありません。

「ある手紙」より

注目したいのは、《「被差別」の外にあっては、「差別」はまだまだ忘れられた、いや、人びとが意識的、無意識的に忘れようとしている》と外の思考が語られており、小田実が問題と〈できる・する〉守備範囲を的確にいいあてているということがひとつ。もうひとつは、その後に続く文章で、批判も含めた本を出すことは公に人びとの問題にすることとイコール、その人びとのなかに小田実自身も入っているということのいい方にある（「そして、そのとき、その人びとのなかには、私自身も入っているにちがいありません」）。

これはいったい何を意味するのであろうか。少々不親切に、さらりと終りにつけたしのように添えられたこの言葉は、小田実の文学者としての特色を解くヒントである。

鶴見俊輔にここで改めて登場願おう。このような小田実を評して鶴見俊輔は、没後に編集されたETV『小田実　遺す言葉』で「小田のなかには《群衆の声》がある」と述べている。

小田のなかには群衆の声があるんですよ。そういう人であるというのが彼の特色じゃないかって気がしますね。だから、文学用語でいうとポリフォニー（Polyphony）なんですよね。多声的なもの。日本人なんかデモなんかやるとすぐ反対派が（ママ）理論闘争みたいなものが起きるでしょう。理論の独占という形をとろうとしますね。小田はそういうふうにして弾劾されたことがありますよ。それに対して小田実は「じゃあ、一緒に本を作ろう」、「反対派の声とそのまた自分の反論と一緒にして本を作ろう」といったんですよ。それは実現したんですけどね。

そういう思いつきをやるところがポリフォニーなんですよ。群衆のなかで色んな声と一緒に合わせて自分も一つの声として出していこう。それが小田の特色じゃないかな。私は自分の生涯で小田実に会って、長い間行動を共にしたっていうのは、大変に愉快なことだったと、大きな時間だったと思って感謝しますね。

ETV『小田実　遺す言葉』より

ここでいう本作りとは、勿論、『冷え物』の出版のことである。鶴見俊輔は小田実のなかにある《群衆の声》を「ポリフォニー＝多声的なもの」と評している。この《群衆の声》こそ小田実が古典ギリシアから学び、身体化したものだったのではなかろうか。『「ベ平連」・回顧録でない回顧』（一九九五年／第三書館刊）の「『冷え物』論争」のなかでも、この批判を含めた本をつくって公にすることの念頭にあったのは、《「言論の自由」であり、それを基本にしての民主主義》のことだったと述べていることからも判る。小田実の古代アテナィ市民の「言論の自由」、民主主義の意識こそ鶴見俊輔のいう「ポリフォニー＝多声的なもの」の拠ってくるものなのである。この共著をつくるということは、関西部落研や関西べ平連が求めた出版さしとめとは全く正反対の積極的な提案であった。

ここで共著として『冷え物』に「ある手紙」と共に付された批判文をここで紹介しておこう。本来、小田実が共著の提案をした批判者（「若くかつ党派的行動様式を持つ人」：土方鉄著『冷え物』への私の批判」より）からの返答は一切なく、その後どういうわけか彼らからの批判はウヤムヤに終わってしまう。そこで小田実は旧知の土方鉄（一九二六年～二〇〇五年、部落解放同盟京都府連合会顧問）に批判文を依頼し書いてもらうことになる。そうして小説『冷え物』に付されるのが「『冷え物』への私の批判」であり、『冷え物』の出版、収録作品集には以後必ず「ある手紙」と共に付されることになるのである。

ここで土方鉄は、「若くかつ党派的行動様式を持つ人」たちとはかなり意見は違うがと断ったうえで「冷え物」批判を書いたと記している。

先ず土方鉄は『冷え物』の差別的表現が語られる部分を抜き書きし、それに対して小田実の「ある手紙」に書いてある該当箇所の真意を汲みとったうえでなおかつ、それでも陥穽があることを指摘する。それは《作者の意図としては、批判的にとらえている人物像であったとしても、表現されたイメージそのものから、読者が、どううけとるかということは別の問題である》と述べる。ここで私は土方鉄が引用したその箇所を抜き書きすることは控える。物語の流れを無視し、その部分だけが独り歩きすることを避けるためである。やはり小田実や吉川勇一がいうように興味のある方には曇りのない自分の眼で読んでみてもらいたいからである。しかしながら、それでは読んだことのない人にとっては雲をつかむような話にならないとも限らない。そこで土方鉄の批判をもう少し続けその輪郭を明らかにしよう。

《つまり、読者が、この醜悪な会話から、岡本や、お信さんや、ふみ子の父を、批判的によむのか、共感してよむのか、という点である。／作者は反差別という意図にもかかわらず、この部落問題にふれた部分に対応する差別を否定するイメージは残念ながら、まったく弱いというほかない》というのである。これは作品の中での「ふみ子」の差別発言への対応姿勢、並びに小説の最後の結末の分かりにくさに関わるものだ。小田実は土方鉄のこの批判文章を要約し、以下のように理解している。

　骨子は、用語の使い方とともに私の「差別」認識を批判し、そこでの私の思い上りを指摘した上で「冷え物」を「差別文学」だとは決してとらないが、「この作品は、読者をある程度は打つだろう。しかし、打ちのめさない。そして『自分のほんとうの姿、世界のほんとうの姿を観る』ところまで、読者を導いていかないと思う」という手きびしいものだった。

『「ベ平連」・回顧録でない回顧』収録「『冷え物』論争」より

一連の「冷え物」論争の指摘から小田実は地名に対する言及を「ある手紙」を書いた後、《不必要であり、まちがっていた》と正直に述べ訂正していることは注意に値する。

「被差別」の内側にいるものと外側にいるものとでは、闘わねばならぬものや解決できる問題は違うだろう。されど「反差別」をモットーとした作品でも「差別」文学であるとみなされる覚悟、作家として批判を甘んじて受けとめ更なる作品の高みを目指さねばならぬとする小田実の倫理的態度と潔さをここに私は認める。

土方鉄は文章の最後に《なお、私は、この作品に多くの不満があった、それを以上にかいてきたが、しかし、この作品を「差別文学」と断定し、「糾弾」に価するなどとは、すこしも考えていないことを、結びのことばとして、ここに書きしるしておきたい》ということばで結ばれている。土方鉄のスタンスは、批判はあるが、「糾弾」には価しないというものであったことが判る。

相補うものとして

小田実は「差別」について小説という形で書くことを選ばなければ、「差別」の構造について書いたに違いないと述べている。奇しくもそれは谷川雁がそれを引きうけ、小田実は作家であるというスタンスを保持したこととなった。谷川雁の〈差別「原論」〉の特徴は、内在的に「差別」構造を明らかにするような仕掛けがなされており、小田実の「差別」小説は「被差別」の外にいる者たちの差別の日常性を問題として取りあげていた。

「差別」認識において二人に共通した点があるとするなら、ひとつには体験を拠りどころとして離さぬ姿勢があるということではなかろうか。幼年のころ存在と意識の無（プラズマ）の間に割って入り戦慄させた近親憎悪とアメリカ南部の旅で「白人用」に連れていかれホッとした二重の苦しみの体験は、二人がそれぞれの形でその後差別意識を認識し批判する体験的礎となっていった。もうひとつは、小田実の私のいう《外の思考》と似通ったことを谷川雁は中上健次の対談で《キミは言わんでいい。ぼくが言えばいいんで。その役割を変えなさい》といっている点だ。これは差別の力学という文脈で谷川雁が被差別の「外」

の問題は「外」にいる人間が闘うといわんとしているように思われる。

これまで井上光晴や中上健次、鶴見俊輔は二人の思想に同伴するように特徴づける存在として私は論を進めてきた。二人に共通するのは、他人を容易に寄せつけず己が思想を語っているところである。谷川雁はその多彩なレトリカルな言辞によって、また、小田実は決して自己を見失わず、豊富な体験に裏打ちされた繰り返し語られる作家気質故にである。谷川雁は読むたびに違った姿を読者に与え、その明滅する言葉は捕まえた横からすり抜けてしまうところがある。小田実は修辞的に説得する言葉で己を語ろうとするため、人より先に多くの違った場で自己解説をしてしまうところがある。しかし、どこか二人には相補うところがあるように私には感じられてならない。戦後のこの国の歩む方向を示唆し、絶えず時代の先を歩き続けながら《現場》で鍛えぬかれた色褪せぬものが二人にはある。

たとえばそれは一九五四年に存在の原点として体験の座標軸を思想の基底とした谷川雁の発言。一九四五年八月一四日の大阪砲兵工廠を襲った空襲体験から「無意味な死の意味＝難死」(「展望」一九六五年一月号)を自分の原点とした小田実は、その思想を手放さずべ平連から一九九五年の阪神淡路大震災後の被災者救援のため憲政史上初の市民発議である市民＝議員立法まで推し進め続けた。また谷川雁が主導的にかかわった大正炭坑闘争の理念と組織論は、小田実らのべ平連やその後の市民運動にまで引き継がれていった。ラボ時代の谷川雁の「ひとりだちへの旅」は、私のなかでは小田実の『何でも見てやろう』の精神と通底し、ラボに馴染みのあるジョン万次郎は小田実を評する鶴見俊輔がイメージしていたものでもあった。そして、こと差別に対して敏感な態度は、全ての社会生活の矛盾の基底に「差別」を据え、ことある度に社会の流れに逆らい個人になるとき、はっきり闘わねばならぬ対象が二人にはみえていたに違いない。

戦勝国と敗戦国の論理と芸術、戦争に翻弄された人びとの文化と連帯、日米安全保障条約と民主主義、原子力を含めたエネルギー問題、生老病死から貧困問題、そして世代を越えて託さねばならぬものと教育活動等々、谷川雁はレトリックを駆使しながら歴史を貫く村の思想に戦後思想の存亡を賭けて生き、小田実は戦後民主主義からデモクラシイの定着を根源的に推し進めようと生きた。共に国家を否定するアナキストの色合いを濃くとどめながらだ。

とはいえ谷川雁と小田実の人を引きつける魅力は、かなり違う。その開きは宮沢賢治と憲法九条ほど離れている。例え、谷川雁が憲法より宮沢賢治の作品を大事だといおうとも、小田実の憲法九条を守れという改憲に対する危機感は、今日の情況をいいあてていた。

谷川雁は後半生、子供たちの教育に力を注いだ。小田実は作家として引き継がれてゆくバトンを主題に『終らない旅』や『河』を書いた。勿論、予備校（代々木ゼミナール／二六年間）の講師や国内外の大学や教育機関で教鞭を取っていたことは忘れてはならない。ともに遺すことを意識していたにもかかわらず表現の仕方はかなり違う。

また二人にとっての修辞学はかなりの開きがあるが、ともにその修辞法には比類なき輝きがあった。片や弁証法のきいたレトリカルな文体で、片や古代ギリシア以来の社会に対する行為（パフォーマティヴ）的なものであった。ともすると煙にまいてしまい読者を置いてきぼりにしてしまう難解な反語的レトリックとは、以前にも記した谷川雁の文章についての感想だが、その霧を払い尾根をみつけ読み解く喜びがあるのも事実だ。一方、小田実の誰にでも解る言葉で、時には大阪弁を交えながら言葉をつくして説得しにかかる文体には、なにげない言葉の選択の裏側に深い意味を探る喜びが隠されている。睥睨する構えた視線と誰に対しても対等な虫の視線、それが双方の個性的な文体を生みだしたのであろう。そして「工作者」の名を冠する谷川雁に対して「人間みなチョボチョボや」という小田実の構えとなって、二人それぞれの美学を形づくっている。

谷川雁と小田実という二人の才とたたずまいに魅力を感じ手放さずにここまで歩んできた。そしてここにあまり語られてこなかった二人の「差別」に対する思想的スタンスを書きとめることによって、二人の世界観と思想の一端を垣間見ることができたのではないだろうか。

おわりに

谷川雁と小田実――くり返しになるが、二人の思想にはかなり開きがある。それは本書のタイトルをみて感じられた多くの読者の予想を覆すものではないだろう。この書で私は二人を近づけようとしたわけではない。二人の戦後知識人の開きや距離をそのままに、並べ論じたてたに過ぎない。ただ二人の思想や文学・物語を手放さない理由は、戦後日本で培われた思想を語るうえで二人の築いたものは継承するに値する価値あるものだと信じるからである。

この書を終えるにあたって「はじめに」でも触れた公的に二人が同席したべ平連主催の「ベトナム戦争と反戦の原理」（一九六六年一〇月一五日／於、読売ホール）、サルトルとボーヴォワールを迎えて開かれた討論集会（七時間余）の記録（『世界』二五三号収録・岩波書店）から二人の発言についてとりあげてみたい。記録を読む限り会全体の印象は、核の問題を背景に具体的な課題としてベトナム戦争には、エスカレートしている緊迫した情勢から米中戦争へなだれ込むのではないかという危機感がただよっており、平和という言葉に潜む自己欺瞞や偽善、無意識に加害者に加担し得る穽穴や、われわれの求める平和と戦争にさらされているベトナム人の求めているものとの落差、沖縄という視点を運動に組み込むことで日米安全保障条約の問題が明確になるなど言及されており、これからの運動の方向性がかなり煮詰まった処で議論がなされているように窺える。なみいる知識人たちの発言のなかでも、谷川雁と小田実のものいいは、特に会全体を印象づける色合いの強いものであった。

小田実は第一部の四人のパネラー（他に開高健、ボーヴォワール、サルトル）のうちの一人であり、主催者代表ということもあって運動を通じ、みえてきたかなり多くの課題を述べている。なかでも運動のこれからの課題として、個人が主体的に行動を継続するためには何が必要かということを話している。自身作家であるということから作品執筆と運動という事柄を俎上に載せ、多くの運動に関わるものたちが迫られる仕事や家庭と運動との兼ね合いのなかで、いかに行動を主体的に継続させるか、また継続力を再生させるための個人原理について触れている。

そんな小田実の印象的な発言をここでは引いて、会場の空気が伝わればと思う。

> 僕は、ベトナム戦争は、われわれが二十世紀になって、獲得しつつあるいろいろのものの考え方、価値基準、世界観に対する根本的な挑戦であると思います。そしてその世界観を獲得しようと努力している僕個人に対する挑戦でもあると思います。その挑戦に勝たない限り、私たちの未来の展望はあり得ないのだと思います。
>
> 「ベトナム戦争と反戦の原理」より

一方、当時ラボ・パーティ発足などで多忙を極めていた谷川雁はべ平連の運動を外から観て、運動自体、そこに関わることでいついかなることが起こるか判らぬということに責任や気構えを持ちえているのか、もしも「ゆるい」運動でもいいということであるならベトナムの問題を話す資格も条件もないのではないかと発言。また安全な雰囲気のなかで会を持つことは、今も逃げ回り、闘っているベトナムの人たちに、逆に何かひとつの攻撃を加えているのではないか。ゆるんだ状況の網の目をかぶせているのではなかろうかと外側から問題を投げかけている。谷川雁のことばを引いてみよう。

……僕が言ったのは、参加、アンガージュマンということを言うとするならば、そのなかの全面性、それがどれだけ充実しているかという、そこのところでの基準を抜きにして、こういうふうなものが成立するということがあれば、それは困る。それはベトナムのだれかに対する裏切りであると言ったわけです。

「ベトナム戦争と反戦の原理」より

要は《アンガージュの全面性》を谷川雁はベ平連の運動に参加する一人ひとりに問うたのである。日高六郎はこれを受け、アンガージュの全面性の獲得は、自己のその不完全性を問うことによって内側に意識されるという。例えば税金を払っているということで、実は部分的に日本の国家目的に奉仕している。故に、トータルなアンガージュなどは存在しえない。つねに部分的にしかアンガージュしていないのだが、しかしその欠如を自覚していることにおいて全面性は保たれるとした。

多くのパネラーや参加者は、谷川雁の指摘する《ゆるさ》や《アンガージュの全面性》を意識したに違いない。しかしながら、私が注目したいのは、《ベトナムのだれかに対する裏切り》や想いとは逆に何か攻撃をしかけてはいまいかというい方に象徴されるものが、谷川雁の《無（プラズマ）の造型》で試みられた差別（抑圧）者でありながら被差別（被抑圧）者であるという弁証法的な工作者の思想からくるものであるということだ。谷川雁は「差別」が《世界の核》にあると語り、その認識において外せないというのもこういうところから頷けるのである。

出席者の一人である久野収が谷川雁と小田実の話を以下のように受けとめていたのも興味深い。

……しかし、われわれがこの集会でほんとうに議論をして、かりに行動までいかなくても、ある一つの決議を行う、あるいは自分自身の内心でそれを行動に実現するような可能性を考えるということ、によって実は状況そのものが何らかの意味で変わることになるわけです。谷川君は大正炭鉱以来、そういう問題に直面してやってきて、その状況のなかで、どういう主体の資格で自分はやっているのだということをはっきりさせ、その主体が他の主体によびかけるときの配慮というようなものも、ちゃんとしろということを言ってきたわけですね。小田君自身も、そういう問題をずっと追求してきたと思うのです。ただ小田君が、状況を変革するのに選ぶ梃子と、谷川君が選ぶ梃子とはちがっていて、谷川君の場合は、やはり熊本の西郷派的であって、主体の充実と、自分はどうかということを、問題にしてそこから一切を見る、それに対して小田君は、そういう自分の原理も問題にしているけれども、しかし、それとともに、どれだけのファクトを客観的に認識し、そのファクトからどういう兆候を診断するか、つまりその診断の的確性のもとにファクトをつかみ、今後はそのつかみ方の中で、非常に全面的なアンガージュマンが出てきて、それが行動によってどういうふうに持続され、実現されていくかが、自分の内部に問われている。つまり谷川君よりも小田君の場合、有効性の原理が内面の原理とともに重要となっている。小田君が言われた、どういうふうに行動の主体を持続させていくか、どうやって再生させていくかという問題は非常に大事だと思うのです。

「ベトナム戦争と反戦の原理」より

久野収がここでいう小田実評は、鶴見俊輔のいう《群衆の声＝ポリフォニー》を想起させる。どれだけのファクトを客観的に認識し診断することによって的確にファクトをつかむか、それを久野収は《有効性の原理》と呼ぶ。その有効性の原理が、内面の原理とあわせ持っていることが重要だという。この久野収の指摘に表れているのがそれだといえよう。繰り返すまでもないことだが、確かにべ平連の運動は谷川雁が関わった大正行動隊の運動の組織論を引き継いでいるが、ここにその運動の違いが述べられていることにも注意を払いたい。

この「ベトナム戦争と反戦の原理」を読みながらふと保田與重郎が三田文学に寄せた「日本浪曼派のために」で《セルバンテスの嘆き》について述べていたことが思い出された。本書四四・四七頁でも引用したドン・キホーテと従者サンチョ・パンサの物語についてである。時代は当然違う。「日本浪曼派について」は一九三五（昭和一〇）年に書かれ、「ベトナム戦争と反戦の原理」は一九六六（昭和四一）年に行われた。間には敗戦を挟み三十一年の年月が流れている。が、ここになにがしかの共通したものがあるように思われるのである。それは「ベトナム戦争と反戦の原理」において谷川雁の批判に組織的盲点をつかれたと自覚しながらも、それでも活動を継続したいとするべ平連が、《セルバンテスの嘆き》に聞こえてならなかったのである。いずれにしても戦後民主主義と自由の旗をふり国家権力に立ち向かった多くのドン・キホーテとそれに続く多くのサンチョ・パンサがいたことは確かである。ふり返ってみると、急進化していった左翼運動は姿を消し、総評・国労の解体で労働組合運動も力を失っていった。「ゆるい」と形容されたべ平連のような市民運動だけが命をながらえたのであった。

今日、時代は戦後の民主主義と自由の闘争で得てきた正負の蓄積を無に帰すような発言と政治がまかり通っている。私たちの時代の虚無の嘆きはどこに向かっているのだろうか。戦争、民主主義、少子高齢、原発列島、米国追従、ネット監視、ポスト・トゥルース、あげればきりはない。眼前には、戦後の歴史の重さに反し、高速化した時間の軽さだけがぶらさがっているようだ。そんななかでロマン的な憧れと、悲劇を面差しに湛えながら残された文章からアンチモダンやモダンの思想と出会う喜びを永劫回帰する不死の精神へと、時に崇高なるものとして倫理的に「私」の物語風に語りたかったのである。

かつて「虚空に精神の夢を築く営み」(「日本浪曼派」創刊之辞)としての作品制作に身命を賭け、「イロニーとは混沌を住家とするものの自己主張である」(「日本浪曼派について」)と宣言しつつ、それに《セルバンテスの嘆き》を重ね孤高のイロニーを説いた保田與重郎ではないが、私は遠くなった敗戦後の二人の修辞学に秀でた思想家、谷川雁と小田実をロマンティッシュ・イロニーとして今の世によみがえらせたかったにすぎない。

あとがき――後狂言に代えて

この本では、谷川雁の「十代の会」「ものがたり文化の会」の時代、小田実の八〇年代以降の活動については、ともに一切触れ得なかった。いずれもそれだけとっても一冊の本が書けるほど濃い内容をはらんでいるのだが、これらついては今後の宿題とし、ここでは二〇〇〇年代に入り、十九年歩いた私たちの常識として翳み始めた戦後思想の記憶の一端を記しておくことができたことでひとまずはよしとしよう。

二〇一九年五月、「令和」と改元され、何故かあの大正から昭和に移り保田與重郎の嘆いた思想状況（合理の権威がはびこり思想の空洞化が進んだ）、あの時代とどこかパラレルにみえてならないでいる。そんな時代に拙いながらこの本が出せたことをこころから嬉しく思う。

本書のタイトルを考えるにあたり脳裏にあったのは、三木清の「解釈学と修辞学」（波多野精一先生献呈論文集『哲學及び宗教と其歴史』収録／一九三八「昭和一三」年、岩波書店）という論文であった。一九三〇年代後半の暗い時代の思想状況の中で三木清は、時代は解釈学ではなく修辞学こそ必要であると述べていた。このことを私に教えてくれたのは小田実である。本書は、戦後の思想家で修辞学の雄である谷川雁と小田実を中心に取り上げることから、修辞学の必要性を説いた三木清に倣い、今日もあの時代と変わらぬ時代状況になりつつあることから、タイトルに「修辞学」の文字を冠したのである。

本書では、一時誌面上でお互い意識することのあった三木清と保田與重郎の関係については一切触れなかったが、一九三〇年代後半、新たな修辞学として保田與重郎の説く「イロニー」が衆目に眩しく映っていたことは明白な事実である。以下、「イロニー」についてこの場を借りて若干の解説めいたことを述べる。

イロニーは、一八〇〇年頃の文芸復興期であったドイツ・ロマン派によってもたらされた概念である。フィヒテの自我の拡大で自由意志による反抗がその根底にあるのはいうまでもない。それを輸入した保田與重郎のイロニーは、「コギト」誌上で日本浪曼派を特徴づけるものとなった。正負の自己意識の違いはあれイロニーをたたずまいとすることは、「世界」と「私」との関係を明確にする態度表明といえるだろう。保田與重郎の説くイロニーには、「破壊の自由」と「建設の自由」を先に記したあの暗い時代の思想状況に強いられたものとして語っている文章がある。そこから「わが谷川雁」と「わが小田実」が想起されたのである。

されど「自我の自由」を声高に、「無限の前に腕をふる」主観にだけ頼ってばかりはいられない。時代は、情報管理が人々の自由を奪い、貧困を深刻なものとし、自然災害の頻発する列島に住む人々の危機意識は薄く、原発廃棄や少子高齢化問題はいまだ手つかずのまま、そして地理的に離れられない関係各国との危機意識を煽ってばかりいる。アメリカに追従する限りこの国の戦後は終わらない。改憲は戦後史の否定であり、戦前回帰の幕開けとなるだろう。沖縄の基地問題は根幹からこの国の民主主義を瓦解させる非道政治の現れである。これらの危機的な状況をふまえて倫理と行動を担える思想の可能性としていくぶん反語的な響きにはなるがイロニーとして私の脳裡には谷川雁と小田実が存在した。どちらかに傾くでもなく、二人が向きあうわけでもない。二人の思想を根とし、何を破壊し何を建設せねばならぬのか、私なりに世界と向きあう座標を形づくるものである。共に内在性を重んじた修辞学に今なお言葉の力をみいだせる戦後思想としての谷川雁と小田実である。

本を出すということは、一人ではなせぬことである。ラボ時代から四〇年近く「対等」なつきあいをいただき、今回本書の構想段階からあれこれ懇切な協力と助言を寄せてくれた上、出版社アーツアンドクラフツ社長小島雄氏とのご縁繋ぎに加えて、解説の労までとってくださった松本輝夫氏、執筆が父の介護や不案内で難航した時など惜しみない声援と小田実との思い出をさり気なく披露してくださり解説の依頼まで快諾いただいた山村雅治氏、お二人にはなみなみならぬご恩を感じている。跋文（解説）では身に余る言葉をいただき、この場を借りて心からお礼を述べさせていただく。

資料の収集では兵庫県西宮市今津の古書店「蝸牛」の店主滝田順一氏のみならぬ協力をいただいた。兵庫県尼崎市武庫川の古書店「街の草」の店主加納成治氏には、小田実の「青い花」時代の貴重な資料を提供いただいた。その時の喜びは今でも忘れられずにいる。

小田実とつきあいの長かった佐世保の濱田亮典氏には、私の気づかぬ出典や体験談をご教示いただいた。小田実と活動をともにされてきた北川靖一郎・美紀御夫妻は、私の体調や執筆の進み具合を気にかけてくださった。

私の至らぬ理解を「小田実を読む」の例会で優しく見守ってくださっていた小田実の人生の同行者玄順恵氏には感謝の気持ちが絶えない。

個人的な話で恐縮ではあるが、二〇年間逢うことのなかった息子大倉岳と、四年前、私の主宰する劇団（藝術交響空間◎北辰旅団）の戸隠公演で再会した。その後、息子は結婚、愛妻翠さんを迎えた。そしてその二人に今年、新たな命が宿り家族に仲間入りするという。執筆しながらこの喜ばしき報せをきき、それがまた一つの励みにもなったことをここに記しておきたい。

最後に、私のような無名の書き手を拾ってくれたアーツアンドクラフツ社長小島雄氏に心から感謝を申し上げたい。そして執筆期間中絶えず傍にいた認知症の父大倉英志郎と黄泉の国で待つ母大倉喜美子にこの本を捧げたい。

二〇一九年七月一日

北野辰一

［跋］小田実は死なないことを確信させてくれた「門外の弟子」の著書発刊を祝して

山村雅治

一

交じりあう声が響いて時代をつくった。終戦時に一三歳の少年だった小田実は焼け野原の累々と横たわる焼死体のあとかたづけをした。首のない死体。腕がもがれ、脚がない死体。性別さえ年齢さえ判らなくなって、臭気を放つ。かつて人間だった焼け焦げた肉片はもはや歩くことがない。話すこともない。犠牲者の数は読みあげられる。しかし焼け死んだ人間は数ではなかった。生んだ親があり、家族のなかで育ち、学校や職場でいきいきと笑っていた、名前がある人間だった。ひとりずつは丁重に葬ることができない。まとめて焼くこともあっただろう。なんということだ。この人たちの死はなんだ。小田実には少年時代の大阪大空襲のときに嚙みしめた怒りが終生あった。

米軍機は兵士ならぬ一般市民の大量虐殺をもくろみ、日本中を焼夷弾の火で焼き尽くした。かつて日本軍機が中国重慶を無差別爆撃したように。さらに米軍機は広島と長崎に、新型爆弾と呼ばれた原子爆弾のウラン式とプルトニウム式を落とした。一瞬にして熱に焼かれて消滅した方がよかったと、生き地獄を残らなければならなかった人々はうめいた。米軍機は念入りにもポツダム宣言受諾後の八月十四日に大阪に十トン爆弾を落とした。少年の小田実は火のなか、煙のなかを逃げまわった。

そうして焼き殺された人間の死には個人の尊厳などどこにもない。それまで生きた時間の意味も焼き消され、街もなくなり見わたすかぎりの焼け野原になったのだから、死んだ人間が生きた時空が消えた。少年の小田実はそれでも生きる。闇市で大人を相手に商売をして小遣いを稼ぐ。大人の行い、大人の言葉とじかにふれあい、言葉をみがいていく。高校生で小説を書き大学のなかばで世界無銭旅行にでかけて帰国後に書いた『何でも見てやろう』が売れに売れて小田実は時代の寵児になった。

少年時代の空襲体験からみがいてきた意味がない死への怒りは確固たる思想になった。『難死の思想』と名づけられて一冊になった。「ベトナム反戦運動」「ベトナム戦争」の「二つを通して、戦争の問題、そこへの私たち市民の荷担の問題、荷担を当然のこととする社会、国家のありようの問題、そこでの民主主義の問題、そして何よりも人間の生き方の問題だったにちがいない」。「こうした問題は、今日も変らず私たちのまえにある——」。

「一九四五年の『敗戦』に終る日本の近代の歴史は、つまるところ、侵し、焼き、奪ったはての、侵され、焼かれ、奪われた歴史だった。その歴史の展開のなかで、日本人はただ被害者であったのではなかった。あきらかに加害者としてもあった。被害者でありながら加害者であった、と言うのでは、それはむしろなかった。被害者であることによって、加害者になっていた。

そのありようは、召集されて前線に連れて行かれる兵士のことを考えてみれば容易にあきらかになることだろう。彼は、彼の立場から見れば、被害者だが、彼は前線で何をするのか。銃を撃って、『中国人』を殺した。そこで、彼はまぎれもなく加害者だった。加害者になっていた」。

「侵し、焼き、奪ったはての、殺され、焼かれ、奪われた歴史の体験のあとで、私たち日本人が生き方の基本として選びとったのは民主主義だけではなかった。もうひとつ、戦争、暴力は、そこにどのような理由づけ、大義名分があろうと、何ものも産み出さないという非暴力、反暴力の認識がその民主主義には背骨のように貫通していた。二つがあって、二つの具現体として、『日本国憲法』ができあがった。

今、「自衛隊の『海外派兵』が『国際貢献』『国連への協力』の『美名』の下に、『民主主義国』がなすべき自明当然の行為のようにして論じられている」。(以上、一九九一年のまえがき)。

『難死の思想』が、『何でも見てやろう』よりも社会運動家として彼を世に知らしめた「ベトナムに平和を！ 市民連合」の底にながれていた。いまでも一般には小田実は「べ平連」代表として認識されている。東京を中心にそのころの彼は動いていたからで、この国では東京のできごとがすぐさま全国紙に載る。あるいは放送、放映される。ほかの街での重要なできごとは地方紙にしか載らない。そのような日本の悪弊が『われわれの小田実』(藤原書店)にも如実にあらわれている。主要な冒頭の大部の頁は「べ平連」関連に割かれて、小田実が最終の思想を形成する契機になった「阪神淡路大震災」

以後の運動のことは巻末に追いやられている。ほんとうはそちらの方を冒頭に多くの頁が割かれるべきだった。

私は小田実の最後の二十年余の時間の多くをともにしてきた。一九九二年、人はすべて対等平等な地平に立ち、自由にものをいう。そうした場がなければ文化は育たない。真理も探究することができないという「サロンの思想」を書いた『マリア・ユージナがいた』というエッセイを単行本で上梓。その本がきっかけで小田実の知遇を得た。そして一九九三年、彼に帯のことばをいただいた『宗教的人間』というエッセイを上梓。ついで『G』という小説二冊本を上梓。これら四冊は、いずれもリブロ社から出した。小田さんに『G』を寄贈したあと「あんたは小説を書け」といわれたが、続編はまだ果たせずにいる。二人での社会への働きかけは、はじめは文芸講座を二人で開いてきたが、阪神淡路大震災にともに被災した。そして国の無策への怒りがともに噴きあがった。小田実の目には震災後の瓦礫の山になった被災地に大阪大空襲の後の焼け野原が重なりあった。生きのこった被災者を国は棄てる。死ねばすべてが解決するだろうといわんばかりの姿勢を貫いていた。

被災者を救う法律がないなら自分たちでつくろう。まず市民立法案をつくり、すべての国会議員に送った。賛同した議員たちで超党派の議員団をつくり、彼らが国会に上程し紆余曲折の末に「被災者生活再建支援法」を二年半にわたる戦いののちに成立させた。市民=議員立法実現推進本部の代表が小田実であり、事務局長は山村雅治だった。そのあとに小田実は『難死の思想』をさらに発展させた思想の書物を書いた。

『でもくらてぃあ』だ。

「震災と小田実」を語るには、震災前と震災後の小田実を深く知ることが必要だ。そして、その二つを貫く熱い体から発した理念とはなにか。震災の翌年一九九六年に出版された評論『被災の思想　難死の思想』(朝日新聞社)と、評論『でもくらてぃあ』(筑摩書房)。そして、被災者生活再建支援法が成立した一九九八年に出版された評論集『これは「人間の国」か』(筑摩書房)に震災に言及した言葉があり、小説では同年、小説集『「アボジ」を踏む』(講談社)、さらには二〇〇二年に小説『深い音』(新潮社)が出されている。小田実の評論から一冊を挙げよ、といわれたら『でもくらてぃあ』(筑摩書房)を挙げることに躊躇はない。なぜならそこには「するもの」と「されるもの」の対比が鮮やかに示されていて、ベ平連の時代の「殺すな」から「殺されるな」へ至る思想の歩みが記されている。人は人を殺してはならない。人は人に殺されてはならない。同じ単語「人」のなかに「する」人と「される」人がいる。

市民＝議員立法実現推進本部の活動は、この理念の上にあった。殺さないために、殺されないために、阪神淡路大震災被災地から立ちあがった、首都東京ではない地方からの「日本を変えよう」という叫びをあげたのだ。

二

その後も小田実と展開した運動がある。二〇〇〇年、小田実の提案で「良心的軍事拒否国家日本実現の会」をつくり、やはり「代表・小田実／事務局長・山村雅治」で展開。呼びかけの文面英語版もつくり海外からもチョムスキーらの賛同を得た。戦争に正義などない。日本は憲法九条に即して、あらゆる軍事を拒否する平和国家としての役割を果たすべきである。東京で集会をやり、デモもやった。小田実はいつも年季の入った黄土色の大きな手提げ鞄を持ち、その中に書きかけの原稿を入れてデモも歩いた。完全に一人になるホテルの時間に、彼は小説を書き進めていたのだ。未完の『河』はいつも。

世界と日本をにらみながら月に一回、小田実の言葉に耳を傾ける集会があった。「市民の意見30・関西」の集まりに、いつのまにか私も加わっていた。回を重ねて二〇〇七年の二月には、すでに食べ物も飲み物も小田実の喉を通らなかった。旅に出て帰国後の四月、彼の周りにいた私たちが呼び集められた。「私は終わる」。そして同年七月三十日、小田実は永眠した。激しい土砂降りの雨が降りしきり、雷鳴がとどろく早暁だった。

私たちは、もはやその場にはいないけれども小田実を囲む集会を続けた。すると翌二〇〇八年の春、小田実の「人生の同行者」玄順恵氏から「小田の小説をお芝居にした若い人から連絡があって、その人に会ってみた」と聞いた。これには二つの驚きがあった。まず小田実の小説が読まれていたこと。かつての「べ平連」、震災後の「市民＝議員立法」運動をともに展開した人たちは、ほとんどが小田実の小説を読んではいなかった。もうひとつは、若い人から連絡があったこと。二つの運動を通じて私が最年少だった。その人物が本書の著者である北野辰一氏だった。

二〇〇八年六月一日にその公演は開かれた。大阪フジハラビルでの藝術交響空間◎北辰旅団第十八回公演『なでしこと五円玉』を見て、その後のパーティ『小田実生誕七六周年記念祭』に参加したのが北野氏との出会いのはじまりだった。その後の公演にも小田実の若い日の小説『明後日の手記』に霊感を与えられた『明後日への手紙』が上演された。ほかに二作、宇和島と高野長英を描いた『お尋ね者』と、サン＝テグジュペリを扱った洋物は見た。しかしそれらのあとに私自身が出演することになろうとは、露ほども思わなかった。二〇〇九年九月十三日、藝術交響空間◎北辰旅団第二一回公演『宇宙の種まく捨聖』に私は役者として舞台にあがった。幼稚園の頃から母に能楽を習うよう仕向けられ、小学校高学年になるまでの間に舞台に立って以来の舞台役者になった。能ではなく現代の演劇だ。

演劇にはむかしから少なからぬ興味と情熱と憧れがあった。むかし、というのは自覚的に詩を書きはじめた高校生の頃からだ。まず文学、そして音楽、美術となんでも興味があって、いまにいたるまで表現を模索し続けているが、それらの諸分野を通じて私の好きな表現や私がやればそうなるであろう表現は、その底に「劇」が潜むものだ。ここでの「劇」は、かつてエウヘーニオ・ドールスが『バロック論』で書いていた「双反する要素の対立と和合」ということ。バッハが好きなのはそのせいだし、『哭礼記』と題した長詩を発表したとき（『現代詩手帖』一九七三年六月号）行分け詩を書いていたにもかかわらず、すぐに物語性の濃い散文詩に転じた（一九七四年以降一九八六年までの『小原流挿花』誌）のも、そのせいだ。

だから北野辰一氏は私にとっては年少の友であり、彼の主催する劇団に属する役者としては彼を座長と呼ぶ。彼はまず演劇の人として私たちの目の前に現れたのだ。彼は小田実が生きる日々には重なりあう時間があったにもかかわらず、ついに生きている小田実には会えなかった。門外の弟子という言葉がある。私は彼を「百年後の少年」と名づけた。その人に会ったことがなくて本の言葉で追いかけるのは百年後の少年とおなじだから。

そして一周忌と呼ばれるべきなのに『小田実生誕七六周年記念祭』の酒宴を繰りひろげたことに、わが意を得た。小田実は死なない。

小田実の葬儀は青山斎場でいとなまれた。葬儀委員長は鶴見俊輔。その「小田さんはジョン万次郎だった」という言葉のあとに加藤周一、ドナルド・キーン、吉川勇一らに続いて最年少の送り人として弔辞を読んだ。小田実は不死の人だ。

〈弔辞〉

小田実さんに九〇年代はじめに出会い、最晩年に至るまでつねに身近にともに歩いたものとして、感謝の言葉を捧げます。

私は少しだけ生まれてくるのが遅れ、小田さんの本はたくさん読んでいたものの、ベ平連はおろか、一切の学生運動・市民運動の体験がありませんでした。だから、私が小田さんの前に現れたとき、私はまるで「カラマーゾフの兄弟」の登場人物でいえば、コーリャのような少年として映っただろうと思っています。

一九八六年、こつこつと一人だけで市民文化をつくる活動を始めました。芦屋に山村サロンという場をつくり、誰もが対等、平等な地平において、借り物でない自分の言葉で、自由にものごとを語りあう。文化はそこからしか生まれない。やがてはそこから生まれる平和の思想を全地におしひろげる力も生み出せるかも知れない。

そんな考えをこめて、はじめて小田さんに手紙を書いたのは、すでに西宮に移られてからです。山村サロンの自主イベントは、私の好きな音楽家を呼んで音楽会を開くことが主でした。至近の距離に住まれる小田さんに文学講座を開くことをお願いしたのです。

初めてお会いした小田さんは、やはり大きな人でした。しかし人懐っこい笑顔で「私はサロンが好きや」とおっしゃいました。中村真一郎さんや久野収さん、そして韓国の文化人たちをゲストに招き豊穣な文学講座は続いていました。


そして一九九五年一月一七日。

阪神淡路大震災に遭い、小田さんは西宮で、私は芦屋で被災しました。そこから先のことは、小田さんご自身が膨大な量の評論と一冊の長編小説『深い音』のなかで書かれています。

小田さんと私は、政府・自治体への怒りを共有していました。義援金配布のみに頼り、市民は棄てられていました。

まず「市民が市民を救う」という考え方で立てられた「市民救援基金」活動を一年やり、その後、それでも被災者の支援を義援金だけで済まそうとしていた政府と自治体に支援金を要求する「被災者からの緊急・要求声明」を神戸の市民たちとともに発し、九六年五月からは「市民＝議員立法実現推進本部」の活動が始まりました。

「私が代表をやるから、事務局長はあんたがやれ。事務局は山村サロンや」と即刻決まり、ほかに場所を借りる余裕もない私たちの市民活動の拠点が、私の職場でもある山村サロンになったのです。半壊の修理に半年間を費やし、再オープンしても仕事はありません。スタッフも被災者ばかりで、書類づくり、国会議員全員への宛名書き、袋詰めなどの作業を繰り返す時間はたっぷりとありました。

同じ怒りを共有する市民も超党派の議員もがんばりました。その活動は九八年に「被災者生活再建支援法」として結実し、それは財産の個人補償にあたるから住宅本体には適用されない等、私たちが成立後もたびたび衝いてきた制限に満ちたものでしたが、小田さんが亡くなったこの七月三十日、まさにその日に、同法の検討会で、ようやく「住宅本体への拡大」が国として検討課題として明記されたのです。

小田さんは、だから、なお生きておられます。小田さんの意志は地上に残り、なお世の中に働きかけています。

不可能だと誰もが思っていた「震災被災者に公的援助を」という運動で、世論を動かし、国会を動かしたのは、まず小田実さんの言葉の力でした。古代ギリシアを通じてロゴスとレトリックを知り抜いた小田さんの政治の現場を動かす言葉を、論破できた国会議員はいません。

学問も、芸術行為としての文学も、小田実さんは最期の病床にあっても続けておられました。小田実さんと何度新幹線で往復したか数え切れませんが、車中での話は政治の話はお互い避けて、文学や音楽、芸術の話ばかりをしていました。小田さんは、そういう人でした。人は日頃は生業に打ち込むが、これはいくらなんでもひどすぎるというときに、決然として市民運動をやる。少年時代の空襲体験という原点を見据える眼が震災時にも輝き、自然災害ではなく人災として、無駄に人を死なせていく政府の罪を糾弾し抜いたのでした。これは人間の国か、と。

市民が安心して生きていける国。人間の国であることを求めて、ネット上にメッセージを掲げる「良心的軍事拒否国家日本実現の会」を、小田さんと二人で立ち上げたのは二〇〇〇年の秋でした。そのあたりから小田実さんは市民運動の集大成に向かわれます。運動の原理においていささかの矛盾もなく同じだから、私も「市民の政策づくり」をめざす、小田実さんのライフワークになるはずだった「市民の意見30・関西」の集会に合流し、新しくつくられた「日本・ベトナム市民交流」にも参加し、イベントも共催が常態になっていくことになります。そして、ご病気の発覚。この四月の終わりに、小田さんは大阪と芦屋の運動の要になっている私たちを西宮の病床に呼ばれ、あらゆる市民運動の代表を辞任されることを告げられました。

小田さん。小田さんは死んでも死なない。

小田さんはすでに、私のなかに生きていて、みんなのなかにも生きていて、ひとりで歩くようになっても、つねに前には大きな小田さんの背中があり、横にも小田さんが歩いていて、急な坂では小田さんに背中を押されている気がするはずです。

安らかにお眠りくださいとは、いいたくありません。

小田さんは、あなたの魂、あなたの言葉は、なお平和を求めてやまない地上に生き続けているからです。

ありがとうございました。

二〇〇七年八月四日

山村雅治

三

ここに一冊の本がある。『戦後思想の修辞学――谷川雁と小田実を中心に』。小田実は七十五年の歳月を全うしたにもかかわらず、敢然と「生誕七六年」を祝い、芝居の公演と打ち上げの酒宴を開いた北野辰一氏の満を持しての新著である。藝術交響空間◎北辰旅団の座長であり、戯曲作家と演出家を兼ねる。彼はまず演劇人として私たちの目の前にあらわれた。虚構の話を言葉でつくる。言葉を読みこみ、役者の肉体でどう演じさせるかを考えて舞台にあらわす。さらに観客がどう感じるかまでを測る。台詞は修辞に満たされてなければならないし、演出は修辞そのものだ。藝術交響空間◎北辰旅団は二〇〇四年に結成されて、二〇〇五年十一月に『希望の原理』で旗揚げ公演をした。彼の作品は小さな小屋でやる芝居だが、流行には完全に背を向けていた。くすぐりやお笑いで客を集めている小劇団はあまたあるけれども、一作ごとに鋭い問題提起があった。客をたくさん集めることを目的としない。内容が客を惹きつけられればいいと考えるまじめな演劇なのだ。作風は神話を探る想像もあり、古代ギリシアと平家物語を混ぜ合わせた歴史浪漫もある。しかし歴史そのものに取材した題材を扱うさいには考証は精緻をきわめる。『大逆百年ノ孤独』（二〇一〇年、高知市公演。二〇一一年一月、四万十市公演）では、無実のまま国家に殺された幸徳秋水の刑死百年に捧げられた芝居で、ここに書かれた秋水の台詞には一切の作者の捏造はなく、すべてが秋水自身が書いた文章に典拠をもつ。東日本大震災を受けて『揺れやまぬ波の底から』（二〇一一年十月）が書かれた。この作品では足尾鉱毒事件で国とたたかった田中正造が描かれた。「私たち人間にやさしい国家を、人間の形にあわせた国家を作らねばならない。それが只今、急務になっている」と案内文に北野辰一氏は書いた。そして『奉教の花薫る峠』（二〇一二年）は隠れキリシタンの物語。ここでも虐げられる人々へのまなざしがある。「どんな困難にも屈せず、信ずることを成し遂げる様にこそ、人間の限りなく逞しい尊さが存在します。何人も、人の信ずるものを奪うことはできないのです。それは浦上のキリシタンにしてもしかりでした」と彼は書いた。

　こうした劇作家としてのまなざしと修辞の手腕は本書に縦横に発揮されている。本書の全体にわたる解題は、松本輝夫氏の稿に読むことができるだろう。社会運動に関心がある読者は後半部分に新しい発見があるに違いない。若い詩人だった私は、詩を通じての谷川雁と小田実をつなぐ詩人たちを鋭い針先で縫っていく繊細さを讃えたい。美しい刺繍だ。

（「小田実を読む」発起人／元「山村サロン」代表）

［跋］谷川雁と小田実を結ぶ
戦後思想・不滅の言霊群再照射の企てに助力して

松本輝夫

何らかのかたちで北野辰一（本名・大倉之卓）という固有名詞を意識する時、筆者の脳裏に必ず立ち現れる特定場所の情景というものがある。それは京都・八坂神社正面口・朱塗りの楼門下の石段であり、同じく京都・東寺の全景にからむ情景だ。何故か。

有り体に言えば、北野辰一が、これまでの人生で、おそらく最も苦しく、進退きわまった局面で、彼の話に耳を傾けた上で、彼を励まし、その後へ向けて必要な相談をなすべく落ち合った場所がかの石段であり、事態克服へ向けての必死の祈りをささげたのが八坂神社であり、東寺だったからである。

「煩悩具足の凡夫」度が高い漢（おとこ） 北野辰一

年月日で言えば、二〇〇〇年九月十五日のこと。この日の午後三時頃であったか、当時ラボ教育センター本部責任者の一人であった筆者が、当時ラボ教育センター関西総局に勤務していた北野と会うべく、東京・新宿から京都へと赴いてくだんの待ち合わせ場所に辿り着くと、彼はかの石段の片隅に

（思えば、この当時はまだ外国人の群れが今日ほど大挙して京都にも押し寄せるという現象は起こっていなかった）全身うずくまるように放心状態で座しているのであった。そんな彼に声をかけて、まずは共に八坂神社に参拝。この跋文で具体的に書く必要はないことだが、ある問題でとんでもない事件が起こって途方に暮れている彼の今後に救いがあるよう主神スサノオ（荒ぶる神だ）に心から祈った次第だ。

　そして、その後八坂神社からさほど遠くない東寺に移動して真言密教の寺でも祈願。大日如来をはじめとする御仏群に、北野が招き寄せた不始末と苦難は自業自得だが、にもかかわらず彼には比類なき長所と能力があるので、なんとか格別なる加護のほどをと切に祈ったものである。空海が中国から帰国する際同道したと伝わる不動明王像にも手は合わせたのだが、その際、「我々は共に煩悩が並外れて深い人間だが、不動明王は煩悩滅却をコトにする明王だからあまり好きになれない。煩悩そのものを否定する神仏は評価できない。我々はあくまでも煩悩即菩提の大道を歩むこととしたい」といった話を筆者が伝えたはず。また大師堂では丁度十五日ごとのザンゲの祈禱会がなされていたので、その参列者の輪にも入れてもらい、関連の経文唱和に加わる仕儀ともなった。

　こうした神仏への全身全霊かけた共同の祈りが通じたのでもあろう、この時出来（しゅったい）した修羅場はその後奇跡的に何とか鎮静化していったのだが、思えば北野辰一の青年期・壮年期（前半）はこの種の大小様々な修羅場の連続なのであった。

　そして、思い返せば、彼個人ではラチがあかなくなった時にはその都度（と言っても計四〜五回か）筆者が相談や解決への協力を行なってきたのである。彼と筆者との間には二〇歳もの年の差があり、いわゆる親友という関係でもないにもかかわらず、何故そこまで格別の関与を重ねてきたのであろうか。それはひとえに彼が秘める過剰ともいえる生命エネルギー（類稀な煩悩力と言い換えても可）と豊潤な感性、それに裏打ちされた独特の大志、思想性、思考力、表現力への高評価があり続けたからに他ならない。敢えて更に言えば、「煩悩具足の凡夫」（親鸞）度の高さが筆者と相似した漢（おとこ）だと感じてきたからでもある。つまり筆者は北野が過去に織りなしてきたある意味罪深い所業や事件の数々に己の影をみてとってきたのであり、非凡なまでの煩悩具足の凡夫としての近親性、共通性を認めてきたが故でもあるということだ。筆者の場合は彼よりもほんの少しばかり自己抑制力や用心深さが働くせいか大事件化はほぼ防ぎえてきたのだが、この差は本質的な違いではない。そうした同類意識をベースに、この漢は相当に困った奴との感受と、しかし捨てがたいとの両義的な思いがいつも共存・交錯してきたのだが、最終的には捨てるには惜しすぎるとの判断が勝り続けてきたというべきか。北野と筆者とのこのような曰く因縁があった上での本書発刊は、そうであればこそ真実悦ばしい慶事であり、筆者の彼に対する（最終）判断が正しかったことの何よりの証でもある。

——と、ここまでは前置きだが、本論に入る前に補足しておいた方がいいと思われる事柄を二点。一つとして、彼から逆に助けられ、支えられてきたケースが少なからずあったことも言い添えておかねばならない。とりわけ筆者にとって決定的に大事な使命であった『〈感動の体系〉をめぐって——谷川雁　ラボ草創期の言霊』出版（二〇一八年一月刊行）に際して北野が行なってくれた支援と協力は幸甚の限りで忘れることができない（詳しくはこの本の「解説兼編集後記」参照）。併せてこの大著の版元となってくれたアーツアンドクラフツから今回北野辰一の本書が刊行されることになった成り行きにも大いなる縁の働きを実感するとともに同社の小島雄社長に心から感謝申し上げたい。

もう一点は、「煩悩」という言葉を使ったからには、我が谷川雁もまた大いなる煩悩のかたまりであったということ。雁は「艶福家」などと半ば羨まし気に物書き連中から言われていたようだが、その陰で泣かされ、翻弄された異性がどれほどいたことか。筆者の知る限りラボ関係だけでも幾人かの名前が思い浮かぶというものだ。またそのことともある程度は関連していようが、金銭問題では兄である谷川健一等にどれほどの心配と迷惑をかけたことか……これは生前の健一から直接聞いた話であり、「雁が経済的に安定していたのはテック（ラボ教育センター）時代だけだった」とも。しかし健一は勿論雁との関係を切ることはなかったし、雁の自分とは異なる資質、その詩魂や物語感受力、思想表現力、そして革命的「工作者」力に対する敬愛と評価を手放すことはなかった。雁の場合は「凡夫」という言葉が不似合いなので、彼もまた「煩悩具足の俊才」であったと言うべきであろうが。

谷川雁の言霊との出会いで「人生が変わった」と公言

さて、これからが一気に本論だが、では、北野ならでは独特の大志、思想性、思考力、表現力とは具体的にどのようなものであろうか。一例を挙げれば、次の通りだ。彼が二〇〇七年頃、おそらくは彼主宰の劇団会報に書いた「私の〈アジア〉――ある詩人の調べ」という一文（コピー）を筆者はもっているのだが、その冒頭に谷川雁の『意識の海のものがたりへ』書き出しの「この国へ〈私〉が来てから、そこばくの時がすぎた。苫舟の屋根をうつ雨の音がきこえる。流離の身をあわれんで、そっとさしだされた生魚のにおい。顔も見えぬ南朝鮮漁民のふとい指を感じる。七世紀はもう終わろうとしていたか。以来千三百年、〈私〉はこの国の借家人である」という文章を紹介した上で、「一九八二年、一本の論文というにはあまりにも奇妙な文章と出合った。……その所為でといおうか、そのお蔭でというのが正しいのか、未だにわからぬままではあるが、私のその後の生き方は変えられてしまった」「原稿用紙二十枚にも満たない散文詩のようなその文章の調べは、その後の二十五年間、脳裏でいつも基調低音として鳴り響いていた」と記しているのである。

確かに雁のこのエッセイは「奇妙な」輝きを放つ名文なのだが、その中でも北野は「さしあたり倭とエゾが復権しなければならない。いまさら古証文をと言うなかれ。存在が追いつめられたときに放つ光。それを『物語』とよぶよりほかに適当なことばが見つからないが、名辞としての存在も消された。見えない物語も消された」「物語である。どこまでも物語である。それ以外のものはいらない。心性の根を糸につむいで縫われた物語。意識の海の物語」という言挙げに特に目を凝らしつつ「ここにこそ私が演劇をする全ての理由が存在する。二十五年間、この段落に宿っている魂魄でできた鉱石のようなことばを、私は後生大事に抱き続けてきたようである。私の演劇はなぜ物語を大切にしているのか。また、なぜその土地に葬られた物語の墓を掘り起こし、舞台にあげているのか。それは彼がここで断定的に肯定している物語の必要性にこそある」と書き進めているのである。

その上で、「〈弱さ〉を一つの希望の原理に仕立てあげ、二〇〇五年に旗揚げ公演した北辰旅団は、意識の海の物語を漂う現代の家船とならねばならぬだろう」と己が発起した劇団の決意表明ともしているのだ。一九八二年といえば、北野がまだラボ（株式会社テック）入社前のことであり、その段階で当時「朝日ジャーナル」誌に発表されたばかりの雁特有の難解な一文を早々と読んだ知的関心の広さと勁さにまずは感心するが、その読み方、即ち雁の言霊に幻惑され、魅了されてしまったという感受性、というより魂のありようが半端ではなかろう。しかも、その上、「生き方」まで変える重大な契機となったというのだから、これはただごとではない。いくら雁の言霊とはいえ、この「奇妙な」エッセイに接して、我が人生を変えた、雁の言霊を字義通り受けとめて生きてきたと言い切れる人士が果たして他にありうるだろうか。筆者の知る限り皆無だ。つまり、そのくらい北野の知情意がけた外れに異色だということであり、実際その後も「どこまでも物語である。それ以外はいらない」という生き方を公言しつつ歩んできたのであるから、敬服に値するとも言わねばなるまい。

筆者は彼の主宰する劇団「困民楽団」「藝術交響楽団◎北辰旅団」の芝居を何作か観てきたが、すべて今どき珍しい思想劇、あるいは「意識の海の物語」劇といってよく、やや重苦しさはあるものの、北野ならではの志と思想性、言語表現力、そして音楽が波打ち、「交響」する総合藝術空間を会場内に現出させていた。本書七頁に「私が偏愛する思想家・作家のルートは、谷川雁から始まり、保田與重郎があり、次に中上健次があり、最後に小田実へとたどり着く」と記されているが、北野作の芝居も、大筋ではこの思想遍歴とともにテーマが選ばれ、脚本が書かれ、公演がなされてきたのではなかろうか。また役者個々に最も強く求めるのが「演技力より存在感で勝負できる役者をめざせ。そのためには読書にも励めと常々言っている」との話を聞いたことがあるが、その言や良し。

小田実と出会い、本書刊行はすでに八年前から予感されていた

思い返せば、北野がラボっ子大学生の頃からの出会いと付き合いにつき、すでに四〇年近くに及ぶ相渉史を刻んできたわけだが、当初からそうした構えと才の片鱗に触れて、内心好ましく思い、高評価してきたというわけだ。一九八六年のラボ教育センター入社後の仕事ぶりも、その物語理解力と表現活動力からして、ラボ・テューターからの評価はおしなべて著しく高かったといっていい。ラボ・パーティ現場を訪ねた際の個々のパーティ活動に対する内在的コメント力、賦活力も抜群だったはずだ。そうした彼の仕事上の輝きもあり、筆者と北野は時に西新宿の馴染みのバーで親しく杯を重ねる

一方、二人が中心となって当時のラボ事務局にあって見どころのあるメンバーに声をかけて「梁山泊」と称する読書会を起こしたり、筆者がラボ外で主宰していた一種の異業種交流会的要素ももつ読書会に彼を誘ったり等々、とにかく北野との共同性を重んじてきたものである。

そして芝居に専心したいとの衝迫と仕事上のある事件もからんでのことだろう、二〇〇四年九月に彼がラボを中途退社した後も付き合いを切らすことなく、二〇〇九年四月、谷川雁研究会（雁研）を筆者が（ラボ教育センターを退いた後）満を持して起ち上げた際、発起人に名を連ねてもらった次第でもある。

また北野が今回筆者と共に本書に跋文を寄せてくれている山村雅治氏等と共同して二〇一一年三月、「小田実を読む」の会報「りいど みい」を発刊した際（この編集責任者は北野とのこと）、その創刊号に『「あの戦争」について――雑感、はじまりの小田実』という一文を掲載しているのだが、その出だしが「Mさんへ」であり、（谷川雁と同じく）「私は顔が見えぬ相手に向かって書くのは苦手でした」ということで、なんと筆者の「顔」を思い浮かべながら執筆したというのである。で、その内容たるや「恋人の名を記すように保田與重郎、谷川雁、中上健次と書き連ねてみると、恥ずかしさから開き直って『君知るや～』と詠いたくもなります」と書いて、この三者との出会いと交わりの思想遍歴を略記した上で、兵庫県西宮市に居を定めつつ小田実（のテキスト）と遂に邂逅できたことの喜びと必然性を綴っている書簡体のエッセイというべきもの。鋭敏な読者であれば、この今から八年前の「雑感」が結果的に今回刊行の本書の予告編と言ってもいい内容であることにお気づきであろう。逆に言えば、本書にはそれだけの年季が入っているということであり、その分中身が重厚・濃密になっているということでもある。ともあれ、かくも貴重な一文が筆者宛という体裁をとって書かれたという史実には改めて襟を正すほかあるまい。
このように北野と筆者との関係史を振り返ってみると、我々には二〇歳もの年齢差があるし、ラボ教育センター内ではある時期から立場的に一応の上下関係はあったものの、その基調はいつも「対等なつきあい」であったと断言していい。本書第一章の後半に中村真一郎と小田実との関係性についての加藤周一の証言が紹介されているが、物書きの大先輩である中村真一郎がまだ学生だった頃の小田実に対して一〇〇％「対等の扱い」をしてくれたことに「小田実は非常に強い印象を受けました」とあり、それを受けて北野は、小田にとって中村は「対等のつきあいを生涯通じてしてくれた最初の先達だった」と記しているが、北野にとって筆者が同じくそのような「最初の先達」の一人でありえたとすれば、いささか面映ゆいが、そこはかとなく嬉しいことでもある。

本書ならではの画期的意義

ここまで縷々書いてきたが、このように因縁浅からぬ仲の北野辰一だけに、そんな彼の大志と知情意のいわば集大成として本書が遂に刊行されたことを煩悩具足の凡夫度においても「対等」の同類として、まずは素直に喜んでいるところだ。
その上で、本書がはらむ画期的な意義と特長について、下記に箇条書き風に書いていくことにしよう。

㈠ まずは敗戦後に活躍した数多の思想家の中でも特筆すべき二人として、これまでは殆ど無縁と思われてきた谷川雁と小田実を選び、この両者の違いも充分踏まえつつ対比させる論の組み立てにおいて離れわざ的事例の駆使も含めて基本的に成功しているということ。一等始めの谷川雁と保田與重郎との対比については㈡に譲るとして、たとえば今日ではすっかり忘れられた存在といっていい夭折した詩人・津村信夫の『戸隠の絵本』等をとりあげて、津村と谷川雁、保田與重郎、津村の盟友であった丸山薫との関係性を書いた上で、その丸山薫とまだ十代であった小田実との手紙のやりとりに触れたくだりなどは本書のテーマにからめてあまりにも鮮やかな手さばきと言わねばなるまい。やはり雁と小田実は、かすかであるかもしれぬが、いろいろな意味で接点があるのだというふうに。

また谷川雁と井上光晴、その井上と小田実のトライアングルについての叙述もすこぶる面白く、説得力充分と明言できよう。

㈡　谷川雁と小田実の直接対比に赴く前の作業として、保田與重郎、中上健次という二人の表現者を選び出し、保田と谷川雁、中上健次と谷川雁、そして中上健次と小田実の交点をありありと具体的に描出しているのは本書の大手柄だ。筆者は『谷川雁　永久工作者の言霊』（平凡社新書）において、詩人・鮎川信夫の雁評（雁は「日本浪曼派の戦後版」、「戦後の保田與重郎じゃないか」とした）をとりあげ、その指摘の鋭さを評価したのだが、同時に「その後の雁論で、この鮎川発言に触れて深化させたものはほぼ皆無」と断じて、詳しくは今後の自らの研究課題としていたところ本書がその課題掘り下げの引き受け手先駆となってくれたことに拍手を送ることとしたい。

これを機会に保田を改めてトータルに読み返してみたいとの意欲をかきたててくれたことに対しても感謝の意を表しておきたい。本書に引用されている保田の文章（言霊）のどれもこれもが喚起力とエロスに満ち満ちているが故に、だ。

(三)　その保田の文章に限らず、本書では検討対象に選んだ実に多くの表現者たちの生の文章〈言霊〉がおびただしいほどの量で引用・紹介されているが、主役である谷川雁と小田実の言葉はいうまでもなく、先述の津村信夫や丸山薫のも含めて、その言葉のいちいちが放つ輝きと艶、魅力は大したもので、読み進めていくと決して軽い読み物ではないにもかかわらず誰しもが心地よくなるのではなかろうか。これは北野の読書量と調査力の凄みを示すものにちがいないが、さらに言えば、本書執筆に際して彼が敢えてとった方法というか構え方にも起因していよう。本書三ページの「前狂言」で、「これから本書で書くのは、単純化していえば、語られたことを〈読む〉だけである。別な言い方をすればテキストを〈註釈〉することでしかない」とやや控えめそうに書いているが、この構え方の貫徹が本書の大きな特長であり、それが当たっているということだ。欧米流近代化日本、そして敗戦後日本にあって、なんとか「言葉の力」を信じつつ必要に応じて乾坤一擲の言葉を発してきた表現者、思想家の中から谷川雁と小田実、ならびにこの二人に関わりある人物の文章をいわばテキストとしての必要性に即して目的意識的に収集・抽出して、個々に〈註釈〉を試みてゆくという論述法。こうした論考が必ずしもいつも望ましいわけではなかろうが、本書においてはテーマがテーマだけにこの手法が正解であった。谷川雁も小田実も、そして保田與重郎も中上健次も、さらには中村真一郎も井上光晴も、紙幅の許す限り彼ら自身をして語らしめよ。著者である自分の果たす役割は彼らの発する言葉たちが躍動する舞台としての原稿作成であり、必要最小限の演出（註解）あるのみ、というふうに。今回はこの手法にこだわることにより、北野の舞台（原稿）に上げられた言葉たちは間違いなく〈言霊〉的威力を帯びることにもなっていよう。

こう書きつつ、しかしこの手法は本書に限らず北野にあっては常道と言ってもいいのかもしれぬとの思いも突き上げてくるところだ。というのも彼の芝居そのものがこの種傾向が強いことを思い出したからだ。筆者は事情によりさほど多く彼の芝居をみてきたわけではないが、たとえば保田與重郎の戦争体験を題材にした作品『美と戦いのイロニー』では保田自身のことばをナレーションやセリフにおいてふんだんに散りばめての物語展開だったと記憶しているし、それによりすこぶるメッセージ性の強い芝居になっていたとも。

㈣　ともあれ、こうしたテキスト紹介・引用と〈註釈〉を中心に据えた原稿作成により結果的にもたらされた副産物、というより読者にとっての得難い幸は、本書が谷川雁、小田実とこの二人に関わる詩人、物書きその他の人士が当時の時代状況において発した一回性の言葉群のすこぶる重宝なアンソロジー（詞華集）ともなっているということ。あるいは貴重な資料集と言ってもいいはず。谷川雁と小田実、そして保田與重郎や中上健次に関心を抱く読者であれば、どのページを開いても、肺腑に染みる言霊と出会えることだろう。

㈤　そして最後に評価したいのは、何と言っても本書の「はじめに」と「おわりに」に叙されている一九六六年十月十五日東京で開催されたべ平連主催による討論集会「ベトナム戦争と反戦の原理」における二人に着目し、二人のやりとりと差異に言及している点だ。この討論集会は、フランスからサルトルとボーヴォワールを迎えたかたちで開催されたのだが、まずは上京してテック入りし、ラボ・パーティという独自の言語教育運動を創始して間もない雁がいくら親友である鶴見俊輔の強要に近い誘いを受けたからとはいえ、パネラーの一人として参加している事実には改めて驚かざるをえないが、しかし発言そのものではべ平連と当日の会の持ち方への疑問を遠慮なしに提示していて、さすが「ラボ時代の雁だ」（詳しくは『谷川雁　永久工作者の言霊』等拙著参照のほどを）と感服するほかなし。そして、これに対する日高六郎と久野収の反論めいたコメントもそれなりに説得力はあるが、それ以上に納得できるのは北野が、ここで保田與重郎の「セルバンテスの嘆き」を引き合いに出して小田実らの運動に対する基本的な共感と評価を述べて、本書全体の結びとしている点だ。保田與重郎とべ平連をつなげて一書の締めくくりとするなどという構えと芸当はまさしくイロニーの極致でもあり、北野辰一以外の誰にもなしえない痛快事でもあろう。

ともあれ、かくして本書発刊は成った。北野辰一と筆者とのある種「物語」的な共同関係史を経ての今回の出版は、当然のことながら相当な難産でもあったが、それだけに筆者としても感無量である。おそらく八坂神社に祀られている神々、東寺にたたずむ御仏群も大いに喜び、祝福してくれるに違いあるまい。

（谷川雁研究会代表／元ラボ教育センター会長）

北野辰一（きたの・しんいち）

本名・大倉之卓。1963年高知市生まれ。兵庫県西宮市在住。1966年、ラボ・パーティ入会（千葉支部本山パーティ）。20年間ラボ会員。明治学院（白金）高等学校から1981年、明治学院大学社会学部社会学科入学（～1985年、卒業）。1986年、株式会社ラボ教育センター入社（～2004年、退社）。（演劇集団）困民楽団（90年代）主宰。藝術交響楽団◎北辰旅団（2004年～）主宰、演劇人（作・演出）。現在、谷川雁研究会発起人。「小田実を読む」発起人・委員（会報「りいどみい」編集責任）。沖縄発の季刊誌『脈』に折にふれて論考を発表。

戦後思想の修辞学
谷川雁と小田実を中心に

2019年9月15日　第1版第1刷発行

著者◆北野辰一
発行人◆小島　雄
発行所◆有限会社アーツアンドクラフツ
東京都千代田区神田神保町2-7-17
〒101-0051
TEL. 03-6272-5207　FAX. 03-6272-5208
http://www.webarts.co.jp/
印刷　シナノ書籍印刷株式会社

落丁・乱丁本はお取り替えいたします。
ISBN978-4-908028-41-0　C0095